BASTEI LÜBBE

Konsalik

Ich bin verliebt in deine Stimme

Und das Leben geht doch weiter

BASTEI LÜBBE

BASTEI-LÜBBE-TASCHENBUCH
Band 12 128

1. Auflage 1981
2. Auflage Juni 1982
3. Auflage Nov. 1982
4. Auflage Juni 1983
5. Auflage Jan. 1984
6. Auflage Nov. 1984

Originalausgabe

Lizenzausgabe: Gustav Lübbe Verlag GmbH,
Bergisch Gladbach
Printed in Western Germany 1984
Einbandgestaltung: Manfred Peters
Titelfoto: ZEFA
Gesamtherstellung: Ebner Ulm
ISBN 3-404-12128-7

Der Preis dieses Bandes versteht sich einschließlich
der gesetzlichen Mehrwertsteuer

Ich bin verliebt in deine Stimme

Die Handlung dieses Romans spielt in der noch gar nicht so lange zurückliegenden Zeit, als es noch nicht möglich war, von zu Hause aus jede Nummer in der Welt anzuwählen. Das »Fräulein vom Amt« mußte damals bemüht werden – und wie der Leser feststellen wird, hatte das auch seine Reize.

I

Das bekannte Modeatelier »chic« war eine der sogenannten »guten Geschäftsadressen« Berlins. Jede Weltstadt verfügt über solche »Häuser«, sonst wäre sie keine Weltstadt. Das »chic« in Berlin lag in der breiten Konstanzer Straße, die sich der unmittelbaren Nachbarschaft des weltberühmten Kurfürstendamms rühmen darf.

Jeder Herr, jede Dame, alles, was sich zur eleganten Welt rechnete – ob zu Recht oder zu Unrecht, sei dahingestellt –, kannte das »chic«. Seine beiden großen Schaufenster waren von geschnitzten Holzrahmen eingefaßt, und ständig lockten Modeartikel erlesenster Art zum Kauf. Die Krönung bildete natürlich jeweils ein hinreißendes Kleid, das – kunstvoll auf ein vergoldetes Sesselchen geworfen – den Eindruck erweckte, als hätte es seine Besitzerin soeben erst abgelegt. Einen Teil des linken Schaufensters beherrschte eine gläserne Figur, deren von innen erleuchteter Leib durch die zarten Gebilde von Organdy, Tüll und Georgette schien und den Zauber der Stoffe, Farben und Schnitte noch erhöhte.

Für nicht wenige Damen der Berliner Gesellschaft war es selbstverständlich, mindestens zu jeder Saison, noch besser aber zu jeder Festlichkeit ein neues Kleid vom Salon »chic« zu tragen. Das führte dazu, daß in den Räumlichkeiten der Firma zwar keineswegs der Rubel, aber jede westliche Währung – hauptsächlich natürlich die D-Mark – rollte. Daß dies zum Wohlgefallen des Besitzers geschah, läßt sich vermuten. Er hieß Ralf Petermann.

Ralf Petermann war 32 Jahre alt. Der berufliche Erfolg, den er verzeichnen konnte, war ihm also schon recht früh in den Schoß gefallen – nein, so durfte man nicht sagen, in den Schoß gefallen war ihm nämlich nichts, sondern nur harte Arbeit hatte ihn dahin gebracht, wo er heute stand. »Heute« meint das Jahr 1962, eine Zeit also, in der die Automatisierung in den Fernämtern der Bundespost noch nicht das berühmte, vielbesungene, manchmal allerdings auch berüchtigte »Fräulein vom Amt«, ohne dessen Vermittlung kein Ferngespräch zustande kommen konnte, verdrängt hatte.

Ralf Petermann war nicht nur ein tüchtiger und fleißiger Chef, sondern auch ein sehr gutaussehender. Groß, schlank, blond, intelligent – ein Ladykillertyp. Nur machte er davon keinen übermäßigen Gebrauch. Die Arbeit lasse ihm dazu keine Zeit, pflegte er zu sagen. Daß er in gewissen Abständen in seinem Schlafzimmer entsprechende, aber stets wechselnde Gesellschaft hatte, entsprang einem physischen Erfordernis, nichts anderem. Zu einer Verlobung oder gar Heirat war es also nie gekommen.

Seine finanziellen Verhältnisse hatten es ihm erlaubt, sich in Dahlem einen Bungalow zu bauen, der geradezu danach schrie, nicht von einem Mann allein bewohnt zu werden. Diese Ansicht vertraten jedenfalls zahlreiche junge – und auch nicht mehr ganz junge – Damen und legten ihre Fallstricke nach dem erfolgreichen Modeschöpfer aus. Sie versprachen sich davon nicht nur, daß er die leere Hälfte ihres Bettes füllte, sondern auch, daß er keine Lücke in ihrem Kleiderschrank aufkommen lassen würde. Alle Bemühungen aber, den ersehnten Fisch an die Angel zu kriegen, waren bisher gescheitert. Im Bekanntenkreis begann dadurch sogar schon der Verdacht zu kursieren, daß ein ewiger Junggeselle mehr sich zu etablieren im Begriffe war. Doch die Leute irrten, denn im Buch des Schicksals stand geschrieben . . .

»Fräulein!« bellte Ralf Petermann ins Telefon. »Fräulein, verdammt noch mal, was ist denn los, warum kriege ich keine Verbindung?«

Er steckte in einem seiner in Berlin auch schon zu Ruhm gelangten Maßanzüge, saß auf der Kante seines breiten Schreibtisches im Zimmer hinter dem großen Atelier, in dem zwei Dutzend Nähmaschinen ununterbrochen surrten, in Gang gehalten von fleißigen Mädchenhänden, denen es oblag, des Chefs Träume in Seide, Taft, Samt und Tüll in die Wirklichkeit umzusetzen.

»Fräulein . . .!«

»Hören Sie mich nicht?«

»Fräulein, Himmel Herrgott . . .«

Die Wut eines Mannes, der sich von der Post im Stich gelassen fühlt, kann ordinäre Züge annehmen.

»Fräulein, ich brauche eine Verbindung nach Hamburg, und was kriege ich? Nichts kriege ich, einen Scheißdreck kriege ich!«

Nichts regte sich in Petermanns Hörer.

»Hallo!«

Petermann hämmerte auf die Gabel seines Apparats, unterbrach dadurch natürlich die Verbindung zum Fernamt – falls überhaupt eine solche bestanden hatte – und versuchte eine neue ins Leben zu rufen. Und siehe da, nun knackte es im Hörer.

Dann: »Hier Fernamt . . .«

Eine ungewöhnlich melodische, jung und bezaubernd klingende Mädchenstimme sagte das. Im Moment aber hätte sie gar nicht bezaubernd genug klingen können, um eine besänftigende Wirkung auf den Modeschöpfer auszuüben.

»Ach nee!« höhnte er. »Das Fernamt! Nicht zu glauben, das Fernamt! Ich dachte schon, euch gibt's gar nicht mehr.«

»Sie wünschen?«

»Dreimal dürfen Sie raten, was ich wünsche!«

»Ein Ferngespräch, nehme ich an.«

»Bravo! Toll, daß Sie das auf Anhieb gemerkt haben! Man müßte Sie zum Nobelpreis vorschlagen!«

»Und Sie, scheint mir, zum ›Mann des Jahres‹ in puncto Höflichkeit.«

Das kam wie aus der Pistole geschossen, und die Stimme hatte dabei ihren melodischen Klang verloren.

»Entschuldigen Sie«, brummte Petermann.

Schweigen am anderen Ende.

»Hallo, Fräulein, hören Sie mich . . .?«

»Ja.«

»Gott sei Dank, ich hatte schon Angst, Sie seien wieder weg.«

»Nein.«

»Ich habe mich entschuldigt.«

»Ich habe es zur Kenntnis genommen.«

»Und?«

»Was und?«

»Kann ich mich auch als entschuldigt betrachten?«

Was für einen Stuß rede ich da, dachte er. Die soll mir meine Verbindung herstellen, dazu ist sie da – und damit basta!

Ein kurzes Lachen drang an sein Ohr.

»Sie können«, sagte die Stimme und klang wieder viel netter.

Petermann saß mit übergeschlagenen Beinen, das eine auf dem Boden, während das andere in der Luft baumelte. Mit der einen Hand preßte er den Hörer ans Ohr, mit der anderen blätterte er in den Zeichnungen, die ihm seine tüchtige Assistentin einige Minuten zuvor auf den Schreibtisch gelegt hatte. Es handelte sich um Entwürfe für die neue Herbstkollektion, auch einige Wintermodelle waren schon dabei.

»Fräulein, darf ich Sie jetzt bitten, mich mit Hamburg zu verbinden?«

»Selbstverständlich gerne.«

»Danke.«

Wie mag die wohl aussehen, fragte sich Petermann völlig überflüssigerweise. Sicher wie zehntausend andere. Wie eine meiner Näherinnen.

Und wie alt mag sie sein? Bestimmt nicht mehr jung. Die Stimme allerdings . . .

»Hallo . . .«

Das war diese Stimme.

»Ja?« sagte Petermann.

Ein kurzes Lachen, ähnlich dem vorausgegangenen, antwortete ihm.

Dann: »Mein Herr, Sie haben das Wichtigste vergessen. Ich warte darauf.«

»Worauf?« erwiderte Petermann von oben herab. »Es ist

nicht meine Art, etwas Wichtiges zu vergessen.«

»Anscheinend doch.«

»Und was soll das sein?«

»Die Nummer in Hamburg, mit der Sie verbunden werden möchten.«

Ralf Petermann konnte sich in diesem Augenblick nur sagen: Ich Idiot! Die hat ja recht! Wie konnte mir das nur passieren, eine Telefonverbindung zu verlangen und keine Nummer anzugeben?

Die muß mich ja für doof halten, dachte er.

Es war, objektiv besehen, wirklich ein Rätsel, wie ihm das hatte passieren können, doch in den letzten zwei Minuten war noch einiges Ungewöhnliches geschehen.

Ralf Petermann hatte sich selbst Fragen gestellt, die in Anbetracht der gegebenen Umstände völlig absurd waren.

Wie mag sie wohl aussehen?

Wie alt mag sie sein?

Tausende von Ferngesprächen hatte er bereits in seinem Leben geführt, aber noch nicht ein einziges Mal hatte er sich über Aussehen oder Alter der Vermittlung auch nur die geringsten Gedanken gemacht. Warum plötzlich diesmal?

Ja, warum . . .

»Fräulein«, begann er wieder.

»Ja?«

»Wofür halten Sie mich?«

»Wofür ich Sie halte?«

»Ja.«

Wieder dieses kurze Lachen.

»Für einen waschechten Berliner. Das hört man!«

Auch das noch! Ralf Petermann konnte nämlich den Berliner Akzent überhaupt nicht leiden und war deshalb stets bemüht, ihn zu unterdrücken. An seiner Überzeugung, daß ihm dies gelang und er das reinste Hochdeutsch produzierte, wenn er den Mund auftat, gab es für ihn nicht den leisesten Zweifel.

Ralf Petermann seufzte.

»Berlinern«, erklärte er dann, »sagt man nach, daß sie helle sind, Fräulein.«

»Gewiß.«

»Aber sie vergessen, die Telefonnummer anzugeben.«

»Nicht alle.«

»Hand aufs Herz, Fräulein, ist Ihnen das schon öfter vorgekommen?«

»J . . . ja.«

»Wie oft?«

»Zweimal.«

»Dazu gehöre ich?«

Erneutes Lachen.

»Ja.«

»Und wer war der zweite?«

»Das weiß ich nicht. Als ich ihn nach der Nummer fragte, erwiderte er mir, daß der Freitag auf den Montag folge und dem ehemaligen Linksverkehr in Österreich vorzuziehen sei.«

»Also ein Verrückter.«

»Scheinbar.«

»Fräulein . . .«

»Mein Herr«, wurde er unterbrochen, »wir müssen dieses Gespräch, das schon viel zu lange dauert, beenden. Mein Klappenschrank glüht. Zehntausend Berliner wollen mit der halben Welt verbunden werden. Ich darf sie nicht noch länger warten lassen. Sie wissen ja aus eigener Erfahrung, wie sehr das dazu führen kann, daß einem der Kragen platzt. Deshalb jetzt bitte schnell die Nummer in Hamburg, die Sie wünschen . . .«

Petermann nannte sie ihr und fügte hinzu: »Es ist die vom Hotel Continental, in dem ein Don José del Castello abgestiegen ist. Lassen Sie sich mit ihm verbinden, und geben Sie mir dann das Gespräch!«

»Tut mir leid, mit dem Herrn müssen Sie sich vom Empfang selbst verbinden lassen. Von mir bekommen Sie nur das Hotel.«

»Aber . . .«

»Legen Sie einstweilen auf.«

Weg war die Stimme, deren Wandlungsfähigkeit ihn in Erstaunen versetzt hatte.

»Hallo, Fräulein ...«

Die Stimme meldete sich nicht mehr.

Petermann legte zögernd den Hörer auf die Gabel, ließ sich von der Schreibtischkante rutschen und nahm in seinem Sessel Platz. Castello war ein südamerikanischer Modekaufmann, der sich darauf verlegt hatte, mit Modellen aus Europa Gewinn zu machen. Mit dem »chic« in Berlin bestand die Geschäftsverbindung noch nicht lange.

Ralf Petermann blätterte noch einmal die Entwürfe seiner Assistentin durch, ohne mit seinen Gedanken bei der Sache zu sein. Vielmehr sagte er sich: Auf den Montag folgt der Freitag ... Mann, und der gleiche Idiot muß ich in ihren Augen gewesen sein! Hat sie mir ja mehr oder minder deutlich zu verstehen gegeben. Eigentlich eine Frechheit von der. Bin ich Kunde der Post, oder verhält sich's umgekehrt? Na also! Wenn sich das eine meiner Näherinnen herausnehmen würde – ganz egal gegen wen –, der würde ich Benehmen beibringen!

Es klopfte.

»Herein!«

Die Tür ging auf. Es erschien ein rundlicher Mann, ungefähr im Alter des Modeschöpfers.

»Sonne meines Lebens!« rief er mit ausgestreckten Händen. »Laß dich begrüßen!«

Der Besucher hieß Peter Mann und war Reporter. Der Modeschöpfer und er hatten sich im Wannsee-Schwimmbad kennengelernt. Dem Zufall, daß sich Ralfs Familienname mit dem vollen Namen des Zeitungsmenschen deckte, war eine rasch wachsende Freundschaft zwischen den beiden entsprungen. Äußerlich total verschieden, glichen die beiden sich darin, unter keinen Umständen eine sogenannte feste Bindung eingehen zu wollen. Peter Mann, der Reporter, war, wie gesagt, rundlich, besaß schwarzes Haar und maß noch keine einssiebzig; er war also das extreme Gegenteil von Ralf Petermann. Trotzdem fand auch er bei den Mädchen, sooft er eines nötig hatte, Anklang. Dies war wohl auf seinen Charakter zurückzuführen, den man am besten beschrieb, wenn man sagte, daß Peter Mann rundum ein »netter Kerl« war. Am angenehmsten unter seinen positiven Charaktereigenschaften machte sich eine immerwährende Fröhlichkeit bemerkbar.

»Ich muß dich nicht fragen, wie's dir geht«, meinte Ralf, der Modeschöpfer, nachdem die zwei einen kräftigen Händedruck ausgetauscht hatten.

»Prächtig, Ralf, mein Blatt gedenkt die Nase ins momentane Berliner Nachtleben zu stecken.«

»Und? Was heißt das?«

»Die Nase bin ich.«

»Wenn ich dich richtig verstehe«, schmunzelte Petermann, beabsichtigt ihr, eine entsprechende Reportage zu starten. Das Material dazu sollst du herbeischaffen.«

»Absolut richtig! Du kannst mir gratulieren!«

»Ich tue das, denn ich sehe, daß dir dieser Auftrag weit besser zusagt als der im vergangenen Monat.«

»Du besitzt das Zartgefühl, auf meine mühsamen Recherchen bezüglich der Tätigkeit der Berliner Bahnhofsmission anzuspielen?«

»So ist es.«

»Daran erkennt man wahre Freundschaft.«

Das Lachen der beiden wurde vom Läuten des Telefons unterbrochen. Ralf hob ab. Wieder war die melodische Mädchenstimme am Apparat und sagte: »Sie haben Pech, mein Herr.«

»Wieso?«

»Nach Hamburg durchzukommen ist im Moment leider nicht möglich. Eine größere technische Störung, wissen Sie. Man ist aber bemüht, dieselbe in Kürze zu beheben. Sobald das geschehen ist, hören Sie wieder von mir.«

»Danke.«

»Bitte.«

»Fräulein . . .«

Keine Antwort mehr.

»Abgehängt«, sagte Petermann zu sich selbst, blickte dann seinen Freund an. »Die machen mich heute noch wahnsinnig. Seit Stunden kämpfe ich um eine Verbindung nach Hamburg – vergebens.«

»Stunden« war übertrieben, aber lange genug ärgerte Ralf Petermann sich nun wirklich schon.

»Du wurdest mit einer Asiatin gesehen«, wechselte der Reporter das Thema.

»Ich?«

»Im Clublokal.«

»Wann?«

»Vor zwei oder drei Tagen. Die soll dir mit Händen und Füßen schöne Augen gemacht haben.«

Ralf grinste.

»Mit Händen und Füßen schöne Augen machen – wie geht das denn?«

»Weiß ich auch nicht, kann's mir aber denken. Die Wortschöpfung stammt vom Steinkühler. Du weißt, darin ist er stark – im Tennisspielen weniger.«

»Was gehen ihn meine Privatangelegenheiten an?«

»Eine Asiatin, sagte er, würde ihm in seiner Sammlung noch fehlen.«

»Die war halb so wild.«

»Ja.«

»Man macht sich da ständig übertriebene Vorstellungen.«

»Mein Bedarf an Sex wurde vorige Woche durch eine aus Charlottenburg wieder für längere Zeit gedeckt.«

»Nach dem Motto: Bleibe im Land und nähre dich redlich . . .«

Gelächter der beiden.

Das war also eine der sogenannten typischen Männerunterhaltungen, die da so lief.

Ralf fuhr fort: »Dein Bedarf ist also gedeckt?«

Vorläufig.«

»Der meine auch – das heißt . . .« Ralf verstummte und winkte mit der Hand.

Peter blickte ihn an.

»Was wolltest du sagen?«

»Hast du Lust, mit mir durch die Nachtlokale zu ziehen?«

»Nee, danke. Du suchst eine Begleitmannschaft für eine Reportage. Nicht mein Geschmack. Frag doch den Steinkühler, der kann dir auch mit Wortschöpfungen beispringen.«

»Vielleicht keine schlechte Idee.«

»Meine Ideen . . .«

Das Telefon schrillte, das Gespräch aus Hamburg war da.

»Fräulein«, sagte Ralf Petermann rasch, »ehe Sie sich wieder ausblenden, verraten Sie mir doch bitte Ihren Namen.«

»Wozu?«

»Ich würde Sie gerne kennenlernen.«

»Diesen Satz hören meine Kolleginnen und ich jeden Tag mindestens hundertmal.«

»Aber . . .«

»Tut mir leid, ich lege auf solche Bekanntschaften keinerlei Wert.«

»Fräulein . . .«

»Ich gebe Ihnen jetzt Hamburg.«

Es knackste und rauschte in der Leitung, dann meldete sich das Continental. Ralf Petermann bat, mit Don Castello verbunden zu werden. Wieder traten Schwierigkeiten auf.

»Wen wollen Sie sprechen?« antwortete aus Hamburg eine Männerstimme, die irgendwie ein wenig distanziert klang.

»Don José del Castello.«

»Don Castello?«

»Ja, der wohnt doch bei Ihnen?«

Der Mann in Hamburg räusperte sich.

»Im Moment können wir dazu weder ja noch nein sagen.«

»Wie bitte?«

»Im Moment ist eine eindeutige Antwort auf Ihre Frage leider nicht möglich.«

Nun räusperte sich Petermann.

»Können Sie sich nicht etwas deutlicher ausdrücken? Wissen Sie, ich bin ein Geschäftsfreund von Don Castello.«

»Ein Geschäftsfreund?«

Die Stimme sagte dies noch etwas distanzierter.

»Präzise ausgedrückt: Ich bin dabei, mit Don Castello in Geschäftsverbindung zu treten.«

»Sie sind dabei?«

»Ja.«

»Wenn ich Ihnen einen Rat geben darf – überstürzen Sie nichts.«

»Wie bitte?« fragte Ralf Petermann verwirrt.

»Don Castello wurde vor etwa einer Stunde von zwei Herren hier aufgesucht, die ihn mitnahmen.«

»Mitnahmen?«

»Die beiden Herren waren von der Polizei.«

Das mußte der Berliner Modeschöpfer erst einmal verdauen. In solchen Momenten fehlen jedoch nicht nur Modeschöpfern die richtigen Worte.

»Don Castello«, fuhr der Mann in Hamburg nach einer kurzen Pause fort, »verwies natürlich auf ein Mißverständnis, dessen Opfer er geworden sei – lediglich vorübergehend selbstverständlich. In kürzester Zeit werde sich alles aufgeklärt haben.«

»Warum wurde er abgeholt?«

»Genau entzieht sich das leider unserer Kenntnis.«

»Äußerten sich die Polizeibeamten nicht?«

»Das tun sie ja höchst selten.«

Ralf, der sich langsam wieder gefaßt hatte, schlug folgendes vor: »Wissen Sie was, ich rufe in einigen Stunden noch einmal bei Ihnen an. Es gibt ja in der Tat solche Mißverständnisse, von denen Don Castello sprach. Vielleicht liegt hier wirklich eines vor.«

»Vielleicht.«

Das klang durchaus skeptisch.

»Peter«, wandte sich Ralf kopfschüttelnd an den Reporter, nachdem er aufgelegt hatte, »das ist ja ein tolles Ding!«

»Was?«

Er erzählte ihm den Vorfall. Der Reporter schien sich aber nicht besonders dafür zu interessieren. Etwas anderes beschäftigte ihn weit mehr.

»Weshalb willst du die kennenlernen, Ralf?« fragte er.

»Wen?«

»Die vom Amt.«

Ralf druckste ein bißchen herum, ehe er gestand: »Ich weiß auch nicht. Ihre Stimme reizt mich.«

Peter riß die Augen auf.

»Was reizt dich?«

»Ihre Stimme«, wiederholte Ralf achselzuckend.

»Ihre *Stimme*?« Peter Mann schüttelte den Kopf. »Hat man so etwas schon gehört!«

»Lach mich ruhig aus.«

»Sagtest du nicht, dein Bedarf an Sex sei vorläufig gedeckt?«

»Das sagte ich, ja.«

»Und? War das etwa eine Falschmeldung?«

»Nein, überhaupt nicht . . . und doch . . .« Er brach ab. »Ich weiß auch nicht«, sagte er ein zweitesmal.

»Hast du denn den geringsten Schimmer, wie sie aussieht?«

»Nein.«

»Wie alt sie ist?«

»Keine Ahnung!«

»Ob sie verheiratet oder ledig ist?«

»Ich weiß überhaupt nichts von ihr – höchstens, daß sie intelligent sein muß.«

»Und woher weißt du das?«

»So, wie sie am Telefon mit mir sprach, war sie mir eindeutig über.«

»Über?«

»Eindeutig.«

»Um Gottes willen, dann die Finger weg von ihr! Solche Frauen haben etwas Entsetzliches an sich. Mir war auch schon einmal eine über, eine leidenschaftliche Schachspielerin. Ich kann dir sagen . . .«

Die Erinnerung überwältigte den Reporter. Er winkte nur noch mit der Hand.

Petermanns Assistentin kam ins Zimmer, um vom Chef zu erfahren, was er von ihren Entwürfen hielt. Wie aus ihrem Beruf zu schließen war, eine sehr elegante junge Dame, die aber auch hinsichtlich ihrer Figur von der Natur auf das erfreulichste ausgestattet worden war. Ralf sagte ihr, daß er noch nicht dazugekommen sei, ihre Entwürfe zu begutachten. Enttäuscht verließ sie den Raum.

»Mann!« stieß der Reporter hervor. »Die Stimme deiner Assistentin ist doch auch nicht ohne!«

»Dann sieh zu, daß du mit ihr ins reine kommen kannst.«

»Ach Gott, die hat doch nur Augen für dich. Merkst du das denn nicht?«

»Du kennst meine Einstellung: Nicht in der Firma!«

»So?«

»Außerdem hat sie einen großen Fehler.«

»Welchen?«

»Sie raucht. Das stört mich bei Frauen.«

»Aha. Aber bei der Telefonistin stört's dich nicht?«

»Wieso? Woher weißt du, daß sie raucht?«

»Woher weißt du, daß sie nicht raucht?«

Beide hatte wieder einmal Grund zu lachen. Der Reporter sah dabei auf die Uhr, sprang auf und sagte: »Ich muß gehen, man wartet in der Redaktion auf mich.«

Auch Ralf erhob sich.

»Wann sehen wir uns wieder, Peter?«

»Morgen. Sollte ich dazu keine Zeit erübrigen können, rufe ich dich an, ja? Im übrigen . . .« Der Reporter machte eine Pause, blickte seinen Freund sorgenvoll an, nahm ihn beim Arm und fing noch einmal an: »Im übrigen solltest du einmal Urlaub machen. Du bist überarbeitet. Daß dich unbekannte Stimmen aus der Bahn werfen, ist nicht normal. Fahr an die See oder in die Berge. Geh viel in der frischen Luft spazieren, das wird dir guttun.«

»Hau ab, Mensch!« sagte der Modeschöpfer.

Kaum war der Zeitungsmann grinsend verschwunden, ging Ralf Petermann erneut zum Telefon und rief das Fernamt an.

»Fräulein«, sagte er, als die Verbindung hergestellt war, »da wär ich wieder . . .«

»Ich hör's, mein Herr.«

»Eigentlich ist das doch ein Wink des Schicksals.«

»Was ist ein Wink des Schicksals?«

»Daß es sich nun schon zum wiederholten Male so fügt, daß mein Anruf bei Ihnen landet. In eurer Vermittlung sitzen doch auch noch andere Frauen und Mädchen.«

»Dutzende.«

»Sehen Sie, und trotzdem will es das Schicksal . . .«

»Der Zufall«, unterbrach das Mädchen ihn.

»Nein, sagen Sie das nicht. Nicht der Zufall fügt es, sondern das Schicksal. Wie heißen Sie?«

»Ich habe Ihnen schon einmal gesagt, daß ich diese Frage nicht beantworte.«

»Sind sie blond?«

»Nein.«

»Schwarz?«

»Nein.«

»Brünett?«

»Nein.«

»Rot?«

»Nein.«

»Was denn dann, du liebe Zeit?«

»Grau.«

»Gr . . . grau«, schluckte Ralf.

»Ja.«

Ralf glaubte, unterdrücktes Kichern zu vernehmen. Die sekundenschnelle Depression, die ihn befallen hatte, verschwand dadurch so rasch, wie sie gekommen war.

»Sie beschwindeln mich, mein Fräulein.«

»Glauben Sie?«

»Gestattet Ihnen das eigentlich Ihre Dienstvorschrift?«

»In gewissen Fällen schon.«

»Ich bin ein sehr guter Kunde, möchte ich betonen.«

»Trotzdem.«

»Aber . . .«

»Mein Herr, ich muß Ihnen schon wieder sagen, daß unser Gespräch viel zu lange dauert. Ich falle damit meinen Kolleginnen zur Last . . .«

»Nein, unterbrechen Sie nicht, Fräulein, ich habe Ihnen nämlich auch noch etwas Dienstliches mitzuteilen.«

»Was?« fragte sie reichlich knapp.

»Ich brauche dieselbe Verbindung mit Hamburg heute noch einmal.«

»Sie werden sie bekommen.«

»Von Ihnen?«

»Wenn das Schicksal, wie Sie sagen, es so will, ja. Andernfalls von jeder meiner Kolleginnen, bei der Ihr Wunsch, mit Hamburg verbunden zu werden, landet.«

»Ich möchte aber, daß *Sie* das tun.«

»Fangen Sie nicht schon wieder an, ich . . .«

»Sie zwingen mich«, unterbrach er sie, »die Karten auf den Tisch zu legen. In Hamburg hatte sich die Polizei eingeschaltet.«

»Die Polizei?«

»Ja, sehen Sie, das ist eine höchst geheimnisvolle Angelegenheit. Man hat mich dazu verpflichtet, den Kreis der Mitwisser möglichst klein zu halten.«

»Sind Sie Polizeibeamter?«

»Nein, Modeschöpfer.«

»Modeschöpfer?«

Modeschöpfer, das war ja noch viel interessanter als alles andere. Die Mädchenstimme hatte mit einem Schlag einen Klang geballter Neugierde angenommen.

»Ich war ja am Telefon selbst wie vor den Kopf geschlagen, Fräulein.«

»Handelt es sich denn um Modespionage?«

»Dazu . . . dazu kann ich leider nichts sagen, Fräulein.«

»Ich verstehe.«

»Jedenfalls soll, wiederhole ich, der Kreis der Mitwisser möglichst klein gehalten werden. Das gilt auch, hieß es, für Damen in der Telefonvermittlung, die eventuell mithören können. Ist Ihnen nun klar, warum ich . . .«

Er hörte mitten im Satz auf. Ihn zu vollenden war auch gar nicht mehr nötig. Rasch fiel das Mädchen ein: »Wir sind alle zu strengem Stillschweigen verpflichtet. Sie brauchen sich diesbezüglich wirklich keinerlei Sorgen zu machen.«

»Trotzdem, wissen Sie, diese Leute aus Südamerika . . .«

Wieder bedeutsames Verstummen.

»Richtig, ich erinnere mich«, sagte das Mädchen, »Sie sprachen von einem Don Castello. Ist er der Bösewicht?«

»Dazu kann ich wieder nichts sagen.«

»Ich verstehe.«

»Jedenfalls wissen wir alle, wie undurchschaubar Südamerikaner sein können.«

Das Mädchen zögerte.

»Man sollte sich allerdings vor Pauschalurteilen hüten«, meinte sie dann.

»So?«

»Ich selbst war schon in Paraguay und in Bolivien und kann von den Leuten dort nur Gutes berichten.«

»Sie machen aber tolle Reisen, meine Liebe.«

»Nicht auf eigene Kosten«, erwiderte sie lachend. »Ich bin Basketballspielerin. Als solche komme ich ein bißchen herum.«

»Prima.«

So, dich habe ich, dachte er. Wie viele Basketballspielerinnen, die so gut sind, daß sie internationale Spiele bestreiten, wird es beim Fernamt schon geben? Bestimmt keine zwei! Dich habe ich, mein Täubchen.

»Tja, Fräulein, nun wird's aber auch für mich Zeit, unser Gespräch zu beenden. Sie können mir also garantieren, daß aus eurer Vermittlung kein Sterbenswörtchen heraussikkert?«

»Kein Sterbenswörtchen.«

»Dann ist es ja wirklich nicht nötig, daß ich mich noch einmal an Sie wende. Ihren Namen würden Sie mir ja ohnehin nicht preisgeben, schätze ich.«

»Nein, wissen Sie, um den werden wir leider zu oft angegangen. Sie müssen das verstehen.«

»Ich bemühe mich, es zu verstehen.«
»Viel Glück in Ihrem Modespionagefall.«
»Danke. Auf Wiederhören.«
»Auf Wiederhören.«

II

Don Castello war ein Mann, der den Hals nicht vollkriegen konnte. Er hätte herrlich und in Freuden von seinen legalen Gewinnen, die er schon seit Jahren als Modekaufmann erzielt hatte, leben können, doch die waren ihm nicht genug. Eines Tages war er auch noch der Versuchung erlegen, in den internationalen Waffenhandel einzusteigen, und dabei war es zu Kopplungsgeschäften mit Rauschgift gekommen, die schließlich das Augenmerk von Interpol auf ihn lenkten. Hamburg war dadurch vorläufig Endstation für den Argentinier geworden, dessen von ihm als besonders tragisch empfundenes Pech es war, daß ihn ausnahmsweise einmal nur das Interesse an neu zu knüpfenden Geschäftsverbindungen in der Modebranche nach Deutschland geführt hatte, wo er aus dem Verkehr gezogen wurde.

Nachdem die Polizei Herrn Castello in einer ihrer Zellen ein neues Quartier geboten hatte, sah sie keine Veranlassung mehr, dem Hotel Continental nähere Informationen vorzuenthalten. Von der Direktion des vornehmen Hauses wurde schließlich auch Ralf Petermann in kühler Weise ins Bild gesetzt. »Kühl« deshalb, weil man von Herrn Castello wohl irgendwie auf jeden anderen schloß, der eine Verbindung mit dem Südamerikaner zu erkennen gab.

»Da scheint ja ein Kelch an uns vorübergegangen zu sein«, sagte Petermann zu seiner Sekretärin. »Gott sei Dank müssen wir erst eine kleine Lieferung in den Kamin schreiben. Wir waren aber dabei, die Sache auszuweiten. Rufen Sie mir die Kühnemann. Und noch eines: Reservieren Sie mir, wenn ich wieder einmal nach Hamburg muß, auf keinen Fall mehr ein Zimmer im Continental. Die sind für mich gestorben.

Wie die mit mir geredet haben, das war einfach . . .«

Er verstummte, ballte zornig die Faust und sagte noch einmal: »Rufen Sie mir die Kühnemann!«

Edith Kühnemann war seine Assistentin.

»Ihre Entwürfe«, empfing er sie, »habe ich mir gestern abend zu Hause noch angesehen. Wie viele waren es doch im ganzen?«

»Elf.«

Er nickte.

»Zehn davon können Sie wegwerfen bzw. habe ich schon weggeworfen. Schade fürs Papier! Besonders die zwei Wintermodelle waren eine einzige Katastrophe, die hätten eher für die Sahara getaugt oder . . . was ist los? Flennen Sie doch nicht!«

Tränen waren ihr in die Augen gestiegen. Sie konnte nicht sofort antworten. »Nun warten Sie doch«, fuhr er nach einer Weile fort, »zu einem Ihrer Entwürfe komme ich ja nun. Leider habe ich vergessen, ihn mitzubringen. Er liegt bei mir zu Hause. Jedenfalls ist er . . .« Verstummend und die Augen schließend, küßte sich der großer Meister die Fingerspitzen. » . . . ein Gedicht«, schloß er. »Ein Traum.«

Die Tränen verschwanden im Nu, als hätte es sie nie gegeben.

»Es würde mich interessieren, Edith, an welcher Stelle der Kollektion Sie diesen Entwurf gemacht haben. Als elften und letzten? Oder als ersten? Oder in der Mitte?«

»Ich weiß doch gar nicht, welchen Sie meinen.«

»Das zauberhafte Kostümchen natürlich, das braune, das aber meiner Ansicht nach auch jede andere gedeckte Farbe verträgt.«

»Das war, glaube ich, mein vorletzter Entwurf – ja, der zehnte.«

»Dann schenken Sie sich künftig die ersten neun und beginnen gleich mit dem zehnten, Edith.«

Ein uralter Witz, der aber nicht umzubringen ist. Ein Mann wie Ralf Petermann hätte sich eigentlich zu schade für so etwas sein müssen.

Das Telefon läutete. Ungewöhnlich war das nicht. In jeder Firma, die über Wachstum nicht zu klagen hat, läuten ununterbrochen die Telefone. Ralfs Freund Peter war am Apparat.

»Ralf«, begann er, »ich hatte dir doch versprochen, heute entweder bei dir vorbeizukommen oder anzurufen.«

»Ja.«

»Und nun rufe ich dich an.«

»Mann, ja, nun rufst du mich an! Das heißt wohl, daß du nicht vorbeikommst?«

»He, warum so grantig? Welche Laus ist dir über die Leber gelaufen?«

»Keine. Weshalb hast du keine Zeit?«

»Wäre es denn so wichtig, daß ich bei dir vorbeikäme?«

»Wo bist du momentan?«

»Zu Hause. Eben erst aufgestanden. Habe mir die Nacht um die Ohren geschlagen. Meine Reportage, du weißt doch. Warum fragst du?«

»Ich könnte zu dir kommen.«

»Lieber nicht«, meinte der Zeitungsmensch erschrocken. »Bei mir sieht's furchtbar aus. Meine Zugehfrau liegt seit sieben Wochen mit Angina im Bett.«

»Seit sieben Wochen? Mit Angina?«

»Eher mit Albrecht, willst du wohl sagen? Oder mit Franz. Weiß der Teufel, wie der Kerl heißt. Jedenfalls bin ich gewissermaßen das Opfer des Betreffenden geworden.«

»Ich müßte dringend mit dir reden.«

»Na schön«, seufzte Peter, »dann komme ich doch auf einen Sprung bei dir vorbei. Eigentlich wollte ich ja noch ein Stündchen pennen. Das kostet dich aber einen Cognac.«

»Einen doppelten.«

Der Modeschöpfer legte auf und blickte seine Assistentin an, die sich inzwischen eine Zigarette angezündet hatte.

»Edith«, sagte er, »wo waren wir stehengeblieben?«

»Bei meinem Kostümentwurf.«

»Der Ihr zehnter war, richtig. Hätten Sie Lust, mit meinem Freund einmal essen zu gehen?«

»Mit wem?« stieß die Assistentin überrascht hervor. Sie errötete. Natürlich hatte sie Lust, essen zu gehen – aber nur mit *einem*, und ausgerechnet *der* fragte sie, ob sie Lust hätte, mit einem Freund von ihm essen zu gehen. Er wiederholte dies sogar.

»Mit meinem Freund, Edith. Ein furchtbar netter Kerl. Wenn ich ein Mädchen wäre, gäb's für mich keinen anderen.«

Du bist aber kein Mädchen, dachte sie, Gott sei Dank nicht.

Und wieder läutete das Telefon. Diesmal war es aber nur ein Vertreter, der seinen Besuch für den nächsten Tag ankündigte.

»Edith«, fuhr Ralf anschließend fort, »was sehen Sie mich so merkwürdig an? Liegen Ihnen etwa die zehn Entwürfe noch im Magen, die ich wegwerfen mußte. Ich *mußte* sie wegwerfen, glauben Sie mir«, bekräftigte er. »Nur so lernen Sie etwas. Im übrigen möchte ich Ihnen bei dieser Gelegenheit sagen, daß ich durchaus zufrieden mit Ihnen bin. Zehn schlechte Entwürfe und ein guter, ein hervorragender sogar, das ist ein Verhältnis, um das Sie viele beneiden, glauben Sie mir. Soll ich Ihnen einmal verraten, wie viele Entwürfe von mir immer noch im Papierkorb landen, weil ich selbst sie hineinwerfe? – Nein, das sage ich Ihnen lieber nicht, meine Autorität wäre sonst dahin.«

Er lachte, zündete sich eine Zigarette an und löschte die Flamme des goldenen Feuerzeugs.

»Einen großen Fehler muß ich Ihnen allerdings ankreiden, Edith, der das Bild, das ich von Ihnen habe, immer wieder verdüstert. Darf ich Ihnen den verraten?«

»Ja, bitte.«

»Sie rauchen.«

»Aber . . .«

Sie verstummte. Die Überraschung stand ihr ins Gesicht geschrieben, doch das war nicht ihre einzige Reaktion. Emanzipatorisch blickte sie ihn an.

»Ich weiß, was Sie sagen wollen«, erklärte Ralf seelenruhig. »Ob das mein Ernst ist, nicht? Welcher Zeitgeist aus mir spricht? Ob nur Männer qualmen dürfen, Frauen dagegen nicht? Welche Gründe ich für meinen Standpunkt anführen könne . . .? Ich werde es Ihnen sagen: keine. Die Sache ist ganz einfach: Mir gefällt es nicht, es sieht nicht gut aus, das ist alles. Anderen Männern gefallen vielleicht keine flachen Absätze bei Frauen. Wieder anderen sind zu lange Haare ein Greuel, einer vierten Gruppe zu kurze. Und so weiter. Jeder nach seinem Geschmack. In meinem Fall kommt noch hinzu, daß Nikotin der Gesichtshaut gar nicht guttut, was bei Männern kaum ins Gewicht fällt, bei Frauen aber sehr. Denken Sie jetzt aber nicht, Edith, daß ich als Ihr Chef nun erwarte, daß Sie Konsequenzen daraus ziehen. Keineswegs brauchen Sie das. Ich . . . was machen Sie denn da?«

Die Assistentin war gerade dabei, die halbe Zigarette, die sie in den Fingern gehalten hatte, im Aschenbecher auszudrücken.

»Das sehen Sie ja, Herr Petermann«, antwortete sie.

In ihrem Tun lag etwas Endgültiges, obwohl sie nach außen hin lächelte.

III

Peter Mann, der Zeitungsmensch, machte einen leicht zerknitterten Eindruck, als er bei Ralf Petermann, dem Modeschöpfer, auftauchte. Die ersten Spuren der Reportage, auf die er angesetzt worden war, begannen sich abzuzeichnen.

»Ich habe einen Fehler gemacht«, sagte er nach der Begrüßung und seufzte, als Ralf aus seinem Schreibtisch eine Cognacflasche und zwei Gläser zum Vorschein brachte. »Ich hätte dich auf Bier festnageln sollen.«

»Durst, wie?«

»Und was für einen!«

»Moment . . .«

Ralf läutete seiner Sekretärin und trug ihr auf, für das entsprechende Getränk zu sorgen. Und erst als sich der

Zeitungsmensch an einer Molle gelabt hatte, war er gewillt, mit sich reden zu lassen, indem er fragte: »Also, was kann ich für dich tun? Schieß los.«

»Hast du dich mit dem Steinkühler geeinigt?« antwortete Ralf mit einer Gegenfrage.

»Inwiefern?«

»Du wolltest ihn doch dabeihaben, bei deinem Trip durch die Nachtlokale.«

»Ach ja, richtig, dein Vorschlag. Nein, ich habe darauf verzichtet.«

»Und warum?«

»Das war doch nicht dein Ernst!«

»Doch, warum nicht?«

»Nee, der ist mir zu sehr hinter den Weibern her. Das lenkt nur von der eigentlichen Aufgabe ab. *Du* wärst der geeignete Compagnon, das sagte ich gestern schon.«

»Kommt nicht in Frage, das sagte ich auch bereits gestern.«

»Weshalb wolltest du mich sprechen?«

»Möchtest du noch ein Bier?«

»Ja, gern.«

Wieder waltete die Sekretärin ihres Amtes. Daß eine solche Tätigkeit durchaus nicht »ihres Amtes« war, wußte sie nur allzu gut. Das wissen alle Sekretärinnen auf Gottes weiter Erde, denen ausnahmslos die gleiche Bürde auferlegt wird, es sei denn, ihre Chefs sind zuckerkrank und deshalb überzeugte Alkoholgegner.

Die Frage, die Ralf seinem Freund nun stellte, war eigentlich überflüssig: »Schmeckt's?«

»Kein bißchen«, erwiderte Peter und grinste.

»Ich habe dich übrigens bei ihr in Vorschlag gebracht.«

»Verstehe ich nicht. Was heißt das, du hast mich bei ihr in Vorschlag gebracht?«

»Daß sie mit dir essen geht.«

»Wer? Deine Sekretärin?«

»Nein, meine Assistentin.«

»Wer ist deine Assistentin?«

»Hör mal«, wunderte sich Ralf, »die hat dir doch so gut gefallen.«

»Wann? Wo?«

»Gestern, hier in meinem Büro.« Ralf schüttelte den Kopf. »Mann, du mußt ja wirklich allerhand getankt haben.«

Nun war der Groschen bei Peter gefallen.

»Ach die«, sagte er, »die kann sich auch sehen lassen. Bei der hast du mich in Vorschlag gebracht?«

»Daß sie einmal mit dir essen geht.«

»Bist du verrückt?«

»Wieso? Du warst doch ganz scharf auf die.«

»Erstens«, erwiderte Peter, »habe ich dir damals gesagt, daß die nur scharf auf dich ist. Zweitens bin ich persönlich im Moment auf gar keine besonders scharf. Und drittens regle ich das schon selbst, wenn ich auf eine scharf bin.«

»Entschuldige, ich wollte dir doch nur unter die Arme greifen.«

»Unter die Arme greifen? Danke vielmals! War es das, was du mir sagen wolltest?«

»Du bist doch nicht etwa eingeschnappt, Peter? So kenne ich dich ja gar nicht.«

Der Reporter war keineswegs vergrätzt. Das sah nur ganz kurz so aus bei ihm. Schon grinste er wieder.

»Was hat sie denn gesagt?« fragte er.

Ja, was hatte Edith eigentlich gesagt? Ralf dachte nach. Richtig, gar nichts hatte sie gesagt, denn das Telefon war ihnen dazwischengekommen, wie so oft. Aber, kein Zweifel, mit der würde sich das schon noch regeln lassen.

»Sie war nicht abgeneigt, Peter.«

»So?«

»Bei ihr braucht's nur noch einen zweiten Anlauf. Demnächst werde ich . . .«

»Gar nichts wirst du!« unterbrach der Zeitungsmensch den Modeschöpfer. »*Ich* werde – wenn überhaupt einer!«

»Gut.« Ralf druckste ein bißchen herum. »Aber . . .«

»Was aber?«

»Wie ich dir, so du mir.«

»Was?«
»Wie ich dir, so du mir. Weißt du, in diesem Sinne hätte ich das Ganze gerne abgewickelt.«
Peter blickte Ralf verständnislos an und sagte: »Kannst du dich denn nicht so ausdrücken, daß es auch ein normaler Mensch kapiert?«
Ralf räusperte sich zweimal.
»Ja, siehst du«, begann er noch einmal, »siehst du, ich helfe dir bei meiner Assistentin weiter, und du ebnest mir den Weg beim Fräulein vom Amt. So habe ich das gemeint.«
Peter konnte seine Überraschung nicht verbergen. Er hatte dieses Mädchen schon wieder vergessen.
»Sag mal«, antwortete er, »wie lange soll denn dieser Blödsinn noch weitergehen? Ich habe doch gestern nicht im Traum gedacht, daß da etwas Ernstes dran ist.«
»Was heißt Ernstes?« Ralf glaubte, es sich schuldig zu sein, die Sache herunterzuspielen. »Davon redet doch kein Mensch, du kennst mich doch. Ich bin eben mal ein bißchen neugierig auf die.«
»Wegen ihrer Stimme?«
Der Spott leuchtete aus Peters Augen, doch völlig unbeeindruckt davon erwiderte Ralf: »Ja, wegen ihrer Stimme. Und auch noch wegen etwas anderem.«
»Und das wäre?«
»Ich sagte dir schon, daß sie mir so intelligent erschien, so souverän.«
»Daß sie dir über war, so hast du dich ausgedrückt.«
»Richtig.«
»Und ich habe dir geraten: Finger weg von solchen Weibern! Ich spreche aus Erfahrung.«
»Außerdem ist das keine, die sich leicht herumkriegen läßt.«
»Wer sagt das?«
»Sie hat mich ganz schön abblitzen lassen, als ich sie um ihren Namen bat.«
»Sei froh drum.«
»Aber sie hat sich doch verraten. Ich weiß nun einen Weg,

wie ich an sie rankommen kann.«

»Wie denn?«

»Durch dich.«

»Nein!« rief der Reporter, wobei er abwehrend die Hände ausstreckte.

»Dann zerstörst du unsere langjährige Freundschaft, Peter.«

»Ich sehe, du bist verrückt», erwiderte der Reporter darauf. »Also, was soll ich tun?«

»Sie für mich ausfindig machen.«

»Ich dachte, dieses Problem wäre schon gelöst.«

»Nicht ganz.«

»Du sagtest doch, du wüßtest, wie an sie ranzukommen sei. Heißt das nicht, daß du weißt, wer sie ist?«

»Eine tolle Basketballspielerin.«

»Was bitte?«

Ralf mußte über Peters Begriffsstutzigkeit lachen.

»Eine Basketballspielerin von internationaler Klasse«, bekräftigte er.

Peter seufzte und sagte: »Na, wenigstens keine Karatekämpferin.«

»Deine Aufgabe ist also ganz einfach«, erklärte Ralf.

»Inwiefern einfach?«

»Du gehst zum Fernamt, um ein Interview mit ihr zu machen.«

»Und ihr Name? Den weißt du anscheinend immer noch nicht?«

»Brauchst du den überhaupt? Genügt es nicht, nach dem ›großen As‹ zu fragen? Oder glaubst du, dort wimmelt es nur so von solchen Stars?«

»Das mit Sicherheit nicht.«

»Na also, dann stell dich nicht so an. Ich dachte immer, du seist Berlins gerissenster Reporter.«

Auch intelligente Zeitungsmenschen sind nicht hundertprozentig gegen plumpe Schmeicheleien gefeit.

»Den Namen bringe ich dir innerhalb eines Stündchens auf Bütten!« versprach Peter Mann, fügte jedoch hinzu:

»Interessieren würde mich freilich, warum du das nicht selbst in die Hand nimmst. Die Sache ist doch wirklich nicht allzu schwierig.«

»Soll ich dir das verraten?«

»Ich hätte nichts dagegen.«

»Ich sehe in dir meinen Kundschafter. Du guckst sie dir an, beschnupperst sie und sagst mir dann Bescheid, ob ich einen Fehler mache oder nicht, wenn ich ihre Bekanntschaft anstrebe.«

»Aha, das berühmte Hintertürchen, das du dir offenhalten möchtest.«

»Ja«, gab Ralf ehrlich zu.

»Bist ein edler Freund.«

»Mit deiner Interviewmasche hast du doch Möglichkeiten, über die ich nicht verfüge.«

»Daß ich mich dabei nicht korrekt verhalte, ist dir wohl klar?«

»Junge«, erwiderte daraufhin Ralf zynisch, »soll ich dich an so manches erinnern, wozu dein Presseausweis schon herhalten mußte?«

»Bist ein edler Freund, wiederhole ich.«

»Noch ein Bierchen?«

»Nein, danke.«

»Oder soll ich mich nicht doch noch einmal bei meiner Assistentin für dich verwenden?«

»Nein, habe ich gesagt.«

»Das verstehe ich nicht.«

»Bis wann erwartest du von mir die Erledigung deines Auftrags beim Fernamt?«

»Möglichst bald, bitte.«

»Und wenn nun folgendes geschieht . . .«

»Was?«

»Daß *ich* mich in dieses Mädchen verliebe.«

»Ausgeschlossen!«

Dieser Ausruf kam so spontan und überzeugt aus Ralfs Mund, daß Peter sich unwillkürlich in seiner Mannesehre angegriffen fühlen mußte, und prompt entgegnete er: »Das klingt ja gerade so, als ob du mich für einen totalen Eunuchen hieltest! Oder für so etwas Ähnliches!«

»Du *kannst* dich in die nicht verlieben, Peter!«

»Warum nicht?«

»Die Gegensätze zwischen euch beiden sind schon rein äußerlich zu groß.«

»Woher willst du das wissen? Welche Gegensätze?«

»Vergiß nicht, sie ist eine Basketballspielerin.«

»Na und?«

»Das bedeutet, daß sie überdurchschnittlich groß ist.«

Peter stutzte, schlug sich mit der flachen Hand gegen die Stirn und sagte: »Richtig! Damit kommt sie für mich in der Tat nicht in Frage! – Sei froh«, fügte er grinsend hinzu, »sonst hätte ich mich dir vielleicht wirklich einmal vor die Nase gesetzt.«

Die Sekretärin kam ins Zimmer.

»Herr Petermann«, sagte sie, an Ralf gewandt, »die Betriebsrätin wird in fünf Minuten zu der vereinbarten Besprechung kommen. Ich soll Sie daran erinnern.«

Ralf dankte.

Für Peter war dies das Signal zum Aufbruch. Er stand auf, um sich zu verabschieden.

»Du hörst von mir«, sagte er.

»Bald?« setzte ihn Ralf unter Druck.

»Was bleibt mir schon anderes übrig«, antwortete Peter mit einem Seufzer.

IV

Ein tiefer, eine halbe Minute lang anhaltender Summton durchdrang das weite Gebäude des Fernamts. Er wurde in allen Räumen gehört, und alle, die ihn vernahmen, atmeten auf, schauten sich an und lächelten erfreut.

Schichtwechsel.

Acht endlos sich hinziehende Stunden waren wieder einmal vorüber. Nun konnte man nach Hause gehen, etwas essen, sich auf die Couch legen, die Zeitung lesen, abends vielleicht ins Kino gehen oder ins Theater, Schaufenster gucken – wenn man eine Frau oder ein Mädchen war – oder in einer Kneipe an der Ecke ein Bier trinken – wenn man dem sogenannten starken Geschlecht angehörte. Oder man konnte sich mit dem erwählten Partner (oder der Partnerin) ins Bett begeben zum schönsten aller Zeitvertreibe auf Erden.

Der überwiegende Teil der Belegschaft des Fernamtes waren Mädchen. Die meisten von ihnen hatten Freunde, von denen der eine oder andere schon an der nächsten Ecke auf seine Herzallerliebste wartete.

Auch Inge Westhold und Petra Martens hatte Dienstschluß. Sie räumten ihren Arbeitsplatz, um ihren Kolleginnen, von denen sie abgelöst wurden, Kopfhörer und Brustmikrofon zu überlassen.

»Gott sei Dank«, seufzte Inge aus tiefstem Herzen und fuhr sich mit den Fingern durch die schwarzen Locken. Sie reckte sich, brachte, was ihre Frisur anbelangte, mit der Hand allein nicht das Richtige zustande, holte deshalb den Kamm aus ihrer Handtasche und hatte nun keine Schwierigkeiten mehr, den gewünschten Erfolg zu erzielen. Dann waren Lippenstift, Puder und Rouge an der Reihe. Prüfende Blicke in den Taschenspiegel begleiteten die einzelnen Handgriffe. Zufrieden nickte Inge schließlich ihrem Spiegelbild zu.

Petra, nicht nur Kollegin, sondern auch Freundin, hatte inzwischen nichts anderes gemacht. Allerdings nahm sie sich noch etwas mehr Zeit, mit einer zusammenklappbaren Bürste ihr tizianrotes Haar zu bearbeiten und eine freche Strähne gekonnt in die Stirn zu drehen.

»Was hast du heute abend vor?« fragte Inge sie.

»Weiß ich noch nicht.«

»Triffst du dich denn nicht mit Eberhard?«

»Wahrscheinlich schon.« Petra zog leicht geringschätzig die Mundwinkel nach unten. »Er rennt mir ja die Bude ein. Und was muß ich mir dann stundenlang wieder anhören? Fußball, Fußball, Fußball! Schafft Hertha BSC die

Bundesliga oder nicht? Ich hör' schon gar nicht mehr richtig hin.«

»Sag ihm, wenn's mal runtergeht, schaffen sie auch den Aufstieg wieder.«

»Ja?«

»Sicher.«

»Du mußt es ja wissen, als die Supersportlerin, die du bist.«

»Dich interessieren solche Dinge wohl überhaupt nicht?«

»Nicht die Bohne.«

»Dann«, sagte Inge lachend, »würde dein Eberhard wirklich besser zu mir passen.« Als Petra spontan erklärte: »Ich trete ihn dir gerne ab«, fügte sie jedoch hinzu: »Nein, nein, besten Dank, ich habe keine Zeit für Männer, das weißt du doch.«

»Ja, ja, dein Training . . .«

»Und mein Abendstudium.«

»Was ist denn heute dran?«

»Beides. Von sieben bis halb neun Training, anschließend die Bücher.«

»Nee, das wäre kein Leben für mich. Dann schon lieber mein Eberhardchen.«

Die beiden waren in ihre hellen Staubmäntel geschlüpft und glitten im Strom der anderen die breiten Treppen hinunter. Vor dem großen Tor verabschiedeten sie sich voneinander. Inge Westholdt ging nach rechts, während sich Petra Martens nach links wandte und ihre Schritte beschleunigte, mit dem Resultat, daß sie an der nächsten Ecke einem ihr entgegenkommenden Mann direkt in die Arme lief, weil der sie nämlich auffing, als sie gegen ihn prallte.

»Pardon!« sagte er.

»Passen Sie doch auf!« schimpfte sie wütend, obwohl sie an der Karambolage so ziemlich die Alleinschuld trug.

Er löste seine Arme nur zögernd von ihr.

»Haben Sie sich weh getan?« fragt er, rasch ihr Aussehen taxierend.

Hübsch – aber frech, lautete sein inneres Urteil.

»Ja«, log sie.

Er beeindruckte sie äußerlich zwar nicht, aber Petra Martens fand, daß es jeder Mann wert war, ein bißchen ausgelotet zu werden. Mit ihrem Eberhard in ihren Augen Schritt zu halten fiel da keinem sonderlich schwer.

»Mein Knie«, fuhr sie fort zu lügen.

»Ihr Knie?«

»Tut weh.«

»Das tut mir sehr leid.«

Er hätte zwar wetten können, beim Zusammenprall mit keinem Knie auch nur im entferntesten in Berührung gekommen zu sein, aber vielleicht hatte sie sich beim Zusammenprall etwas verknackst.

»Wohin kann ich Sie bringen?« fragte er sie. »Mein Wagen steht nicht weit von hier im Parkverbot.«

»Im Parkverbot?« fragte sie ungläubig.

»Wo denn sonst? Gerade deshalb ist es aber ganz gut, diesem Zustand eher als geplant ein Ende zu bereiten.«

»Wollen Sie mich nach Hause transportieren? Wäre das nicht Ihre Pflicht?«

Hübsch – aber frech, dachte er noch einmal und grinste.

»Noch lieber wäre es mir allerdings«, sagte er, »vorher zusammmen mit Ihnen noch auf eine Tasse Kaffee, zu der ich Sie einlade, einzukehren.«

»Warum nicht?«

»Kommen Sie.«

Sorgsam schob er seine Hand unter ihren Ellbogen, um sie zu stützen, und – gekonnt humpelnd – setzte sie sich in Bewegung.

Im Auto fragte sie ihn: »Wollten Sie hier in der Nähe etwas erledigen?«

»Ja, aber das läuft mir nicht weg.« Er sah sie von der Seite vergnügt an. »Das hat nämlich keine Beine.«

»Was hat keine Beine?«

»Das Fernamt«, erwiderte er witzelnd. »Deshalb wartet es auch noch länger auf mich.«

»Zum Fernamt wollten Sie?« fragte sie sichtlich interessiert.

»Haben Sie mit dem etwas zu tun?«

»Ja, ich arbeite dort.«

»Sie sind Postbeamtin?«

»Angestellte. Kam gerade von der Schicht. Hatte es deshalb so eilig.«

»Sie wollen doch nicht plötzlich behaupten, daß Sie unseren Zusammenprall verursacht haben, und nicht ich?«

»Ich denke nicht daran!« rief sie laut im Wagen, das Geräusch des Motors übertönend.

Sie fuhren im Verkehrsstrom dahin, erreichten die Schuhmannstraße und überquerten diese.

Petra hatte keine Hemmungen, den Mann auf dem Sitz neben ihr, dessen Hände lässig auf dem Steuerrad lagen, offen zu mustern.

Schön ist er nicht, dachte sie, aber sehr sympathisch. Der gute Eindruck kann allerdings flötengehen, sollte sich herausstellen, daß er Fußballfan ist.

»Übrigens«, sagte er, »ich heiße Peter Mann.«

»Petra Martens«, stellte sie sich ihm vor.

Darauf konnte von ihm natürlich nur die Antwort kommen: »Petra und Peter, ist das nicht ... wie soll ich sagen ... verpflichtend?«

»Sie meinen, für uns beide?«

»Ja – Sie nicht?«

»Mein Herr, Preußen wurde nach dem Zweiten Weltkrieg von den Siegermächten ausgelöscht.«

»Was soll das heißen?«

»Daß es auch die Preußen, die so schnell schießen, nicht mehr geben sollte.«

»Daran kann man wieder einmal sehen«, erwiderte Peter Mann lachend, »welchen Illusionen sich Siegermächte zuweilen hingeben.«

Er bog ab, zur Charlottenburger Chaussee und durchquerte den Tiergarten. Ungeachtet der Verbotsschilder fuhr er über die Wege, hinüber zum kleinen Stern, die Sternallee entlang zum Rosengarten und von dort zu den idyllisch gelegenen Rousseau-Inseln, wo er anhielt.

»Mir scheint, eine Tasse Kaffee suchen wir hier vergebens«, meinte Petra.

»Zu der kommen Sie schon noch.«

»Und warum sind Sie hierhergefahren?«

»Nur so.«

»Nur so?«

»Mir war danach.«

»Aha.«

»Kennen Sie das nicht, daß man ›nur so‹ etwas tut. Ein gutes Zeichen, sage ich Ihnen.«

»Und wie soll das nun hier weitergehen – nur so?«

»Wir bleiben ein bißchen im Auto sitzen – Sie können ja nicht gut mit Ihrem Knie laufen –, und Sie sagen mir, ob Sie verheiratet sind.«

»Nein, bin ich nicht.«

»Hätte mich auch gewundert, in Ihrem Alter.«

»In meinem Alter könnte ich schon zweimal geschieden sein.«

»Sie sind doch noch keine zwanzig.«

»Vierundzwanzig!« rief sie und konnte sich nicht gleich entscheiden, ob sie über seine Schätzung erfreut sein sollte oder deprimiert. Erfreut, weil er sie für so jung gehalten hatte? Oder deprimiert, weil sie schon so steinalt war? Das Gefühl der Freude obsiegte schließlich. Auf diesem Sektor sind ja auch die intelligentesten Mädchen nicht gegen plumpe Schmeicheleien gefeit.

»Haben Sie einen Freund?« setzte Peter Mann sein Verhör fort. »Hoffentlich nicht.«

»Doch, habe ich.«

»Verdammt!« stieß er so ehrlich hervor, daß sie lachen mußte. Er zögerte nicht, fortzufahren: »Darf ich Ihnen in der nächsten Zeit Gelegenheit geben, mich mit ihm zu vergleichen?«

»Wozu?«

»Erstens gefallen Sie mir, und zweitens bin ich der geborene Krankenpfleger.«

»Krankenpfleger?«

»Ich muß mich doch um Ihr Knie kümmern.«

»Das«, antwortete sie lachend, »ist schon fast wieder ganz heil.«

»Trotzdem ist Vorsicht geboten«, erwiderte er in gespieltem Ernst. »Knochensachen darf man nicht auf die leichte Schulter nehmen.«

»Sind Sie vielleicht ein richtiger Mediziner?«

Arzt wäre nicht schlecht, dachte sie dabei. Die verdienen doch Geld wie Heu, mehr als alle anderen, von Zahnärzten einmal abgesehen.

»Nein, bin ich leider nicht«, enttäuschte er sie.

»Was dann?«

»Journalist.«

Auch nicht schlecht, tröstete sie sich. Er muß nur etwas können, dann bezahlt man ihn auch ordentlich.

Interessant war dieser Beruf auf alle Fälle.

»Sie kommen viel herum«, sagte sie.

»Ja, oft bis zum Überdruß.«

»Sie sehen die ganze Welt.«

»Glauben Sie mir, zu Hause ist's eigentlich immer wieder am schönsten.«

»Waren Sie auch schon in Südamerika?«

»Ja, warum?«

»Meine Freundin im Betrieb kam erst vor kurzem von einer Paraguay-Reise zurück. Sie erzählte so interessant.«

Eine kleine Angestellte bei der Post, die Südamerika bereiste, war etwas Ungewöhnliches. Peter Mann wurde hellhörig, die Nase des Reporters begann zu schnuppern.

»Südamerika ist riesig«, sagte er. »Paraguay selbst kenne ich noch nicht. War Ihre Freundin in Urlaub dort?«

»Wo denken Sie hin, so viel verdienen wir leider nicht, um uns das leisten zu können. Die hat andere Möglichkeiten.«

»Welche?«

»Sie ist eine tolle Sportlerin. Inge Westholdt. Vielleicht haben Sie schon von ihr gehört.«

»Die Basketballspielerin?«

»Ja.«

Na also, dachte er, das läuft ja bestens. Wozu noch ein Interview? Inge Westholdt heißt sie. Ralf wird sich freuen.

»Wir sitzen nebeneinander«, berichtete Petra.

»Wo? Am Klappenschrank?«

Sie war überrascht.

»Woher wissen Sie das? Ich sagte Ihnen doch noch gar nicht, worin meine Tätigkeit besteht.«

»Das ist nicht nötig«, gab er grinsend zurück. »So was sagt mir meine Nase, ohne die ich meinen Beruf verfehlt hätte.«

»Das glaube ich nicht«, zweifelte sie. »Sicherlich haben Sie schon von Inge gelesen, was sie beruflich macht und so . . . Oder interessieren Sie sich nicht für Sport?«

»Doch.«

»Was interessiert Sie denn am meisten?«

»Fußball natürlich.«

»Fußball?«

»Die Herthaner machen mich noch fix und fertig. Wenn sie nicht aufsteigen, ziehe ich nach München, dort gibt es zwei Bundesligaaspiranten. Einer wird's mit Sicherheit schaffen. In einer Stadt ohne Bundesligaverein kann ich nicht leben.«

»Großer Gott!«

»Ich übertreibe nicht.«

Er lachte.

»Mir scheint, Sie zieht's nicht nach München.«

»Vielleicht doch, aber dann aus anderen Gründen.«

Er lachte noch mehr, und sie auch. Komisch, dachte sie dabei, so widerlich sind diese Fußballnarren eigentlich gar nicht. Ich muß meinem Eberhard ein bißchen Abbitte leisten. Trotzdem wäre es mir lieber, wenn er mir heute abend erspart bliebe.

»Fräulein Martens«, begann Peter nach einer Weile.

»Ja?«

»Darf ich Petra zu Ihnen sagen?«

»Ich muß schon wieder an die Siegermächte denken«, antwortete sie.

»Schieße ich Ihnen erneut zu schnell?«

»Zu langsam bestimmt nicht.«

»Darf ich Petra sagen?« ließ er nicht locker.

Mit einem Seufzer den Anschein erweckend, als ergebe sie sich in ihr Schicksal, erwiderte sie: »Wenn's unbedingt sein muß, meinetwegen.«

»Danke, Petra.«

»Bitte, Peter.«

Er nickte begeistert, ergiff mit seiner Rechten ihre Linke, führte sie an seine Lippen und ließ einen Handkuß vom Stapel, der jeden Wiener Hofrat vor Neid hätte erblassen lassen.

Telefonistinnen werden mit Handküssen nicht gerade verwöhnt, deshalb ging Petra Peters forsches Draufgängertum durch und durch. Sie erschauerte.

»Geben Sie nicht so viel Gas«, ermahnte sie ihn, zur Schnoddrigkeit ihrer Heimatstadt Zuflucht nehmend.

»Ich?«

»Ja, ich muß sie warnen.«

»Vor wem?«

»Vor meinem Freund. Er ist sehr eifersüchtig.«

»Ich fürchte niemand und werde gegen ihn kämpfen. Ist er stark?«

»Ja, er boxt in einem Amateurverein.«

»Dann ziehe ich meinen soeben gefaßten Entschluß zurück und schlage Ihnen etwas anderes vor.«

»Was?«

»Daß Sie ihn an Ihre Freundin abtreten, damit bei Ihnen die Bahn für mich frei wird.«

»O je, das ist unmöglich. Inge hat mit Männern nichts im Sinn. Gerade erst heute haben wir wieder darüber gesprochen.«

»Mit Männern nichts im Sinn? Ist sie so häßlich?«

»Im Gegenteil, alle fangen Feuer bei ihr, aber sie hat keine Zeit für sie.«

»Auch nicht für einen einzigen?«

»Sie wird von zwei Dingen aufgefressen: vom Training, noch mehr aber von ihrem Abendstudium.«

»Abendstudium?«

»Sie hat bereits das Abitur nachgeholt und ist nun dabei, ein Hochschulstudium abzuschließen.«

Respekt, dachte Peter, dazu gehört allerhand. Daß sie intelligent ist, wußte ich ja schon, Ralf sagte es bereits. Aber auch noch willensstark, zielstrebig und fleißig, das ist neu, außerdem, daß sie hübsch ist, sehr hübsch sogar, sonst könnte sie sich nicht, wie Petra sagte, jeden um den Finger wickeln, wenn sie das nur wollte. Was sollte ich noch wissen von ihr: wo sie wohnt, wie groß sie ist? Basketballspielerinnen können bis zu zwei Meter lang sein, und das ginge wohl über Ralfs Geschmack hinaus, wenn er auch große Frauen bevorzugt.

»Fallen ihr den untertags nicht manchmal die Augen zu, Petra?«

»Das haben wir uns auch schon oft gefragt, aber nein, die kann sich unheimlich zusammenreißen.«

»Wie ein Mann?«

»Ja.«

»Hat sie denn auch die Statur eines Mannes?«

»Die?!« Petra hob das Gesicht und blickte flehend himmelwärts. »Beileibe nicht. Die hat die beste Figur, die ein Mädchen haben kann. Nicht die Spur von einem Mann! Wir beneiden sie alle.«

»Aber sie muß doch zu groß sein für ein Mädchen.«

»Groß ist sie, ja – aber nicht zu groß. Ich würde gerne mit ihr tauschen.«

»Sagen Sie das nicht, Petra, mir gefallen Sie so, wie Sie sind. Ich schätze Sie auf einsachtundsechzig.«

»Gut!« rief sie. »Ich bin einsachtundsechzig!«

Sie war zwar nur einssechsundsechzig, aber die lächerlichen zwei Zentimeter machten die Lüge verzeihlich.

»Und Ihre Freundin?« fragte Peter.

»Einssechsundsiebzig.«

Dann war sie ja immer noch fast einen Kopf kleiner als der himmellange Ralf und paßte sehr gut zu ihm.

»Lebt sie denn allein?«

»Ich sagte Ihnen doch, daß sie absolut solo ist.«

»Sie könnte ja bei ihren Eltern wohnen.«

»Nein, die sind schon tot. Sie kommt aus Braunschweig. Wissen Sie keine kleine Wohnung für sie? Sie sucht seit einem halben Jahr verzweifelt.«

»Und wo wohnt sie in der Zwischenzeit?«

»In einer Pension in der Hildegardstraße.«

»Das geht aber ins Geld.«

»Sicher, deshalb will sie auch baldmöglichst raus. Wir halten alle für sie Ausschau. Sie ist ein prima Mädchen. Aber Sie wissen ja, wie das ist heutzutage.«

»In der Hildegardstraße, sagten Sie?«

»Ja, kennen Sie die?«

»Ja«, log er. »Aber eine Pension kenne ich dort nicht.«

»Doch«, sagte sie eifrig. »Pension Moormann, Hildegardstraße 20 am Hindenburgpark. Ich war schon ein paarmal dort.«

»Die kann aber nicht groß sein.«

Neun von zehn Pensionen sind nicht groß. Und richtig, Petra sagte: »Nein, sie besteht nur aus sechs oder acht Zimmern, glaube ich, mehr nicht.«

Eine letzte Frage brannte Peter noch auf den Lippen, für die er nun das Terrain vorbereitete, indem er sagte: »Ein junges Mädchen, so allein, ohne Eltern, hat's nicht einfach. Oder hat hat sie sich schon daran gewöhnt?«

»Das weiß ich nicht. Sie spricht nicht darüber.«

»Normalerweise sucht ein solches Mädchen manchmal Trost bei ihrer Freundin.«

»Inge nicht.«

»Dann nehme ich an, daß sie die Ältere von euch beiden ist und in Ihnen ihre Schutzbefohlene sieht, die sie nicht belasten will.«

»Letzteres mag zwar zutreffen, aber die Ältere ist sie nicht.«

»Die Jüngere?«

»Ja.« Petra unterdrückte ein Lächeln.

»Um wieviel?«

Nun lachte sie laut heraus. »Drei Tage.«

Endlich war also auch die letzte Frage geklärt, nämlich die des Alters der Besitzerin der schönsten Stimme des Fernamts: vierundzwanzig. Ralf Petermann würde mit den Ergebnissen der Bemühungen seines Freundes zufrieden sein können.

Immer noch wartete Petra Martens auf die ihr versprochene Tasse Kaffee. Nun drehte der Reporter den Zündschlüssel und ließ den Motor anspringen.

»Wissen Sie was, Petra«, sagte er dabei, »am besten, wir bleiben den Rest des heutigen Tages zusammen, auch zum Abendessen. Was halten Sie davon?«

»Nichts.«

»Warum?«

»Erstens bin ich nicht entsprechend angezogen, ich kam, wie Sie gesehen haben, von der Arbeit . . .«

»Das macht doch nichts. Ihr Kleid ist sehr hübsch.«

»Zweitens habe ich auch, meine ich, den Friseur nötig.«

»Das bestimmt nicht.«

»Doch, doch, ihr Männer habt da immer ein wenig andere Ansichten, aber wir Frauen fühlen uns regelrecht krank, wenn wir nicht das Letzte aus uns herausgeholt sehen.«

Peter Mann lachte laut. »Das Letzte aus uns herausgeholt sehen ist gut, wie Sie das sagen«, meinte er prustend.

Sie fuhren aus dem Tiergarten hinaus, reihten sich wieder in den Großstadtverkehr ein. Peter, der sich ganz auf den Verkehr konzentrieren mußte, bat Petra, ihm zu sagen, wenn sie ein Café entdecken würde.

Bald war es soweit. Peter wurde von Petra auf den Parkplatz eines Etablissements gelotst, das für seine Gäste sogar einen hübschen Vorgarten bereithielt, wo man bei schönem Wetter sitzen konnte.

Kaffee und Kuchen waren hervorragend. Letzteres erfuhr Peter allerdings nur von Petra, da er selbst nichts aß, sondern sich mit Kaffee begnügte. Petra lobte jedoch die zwei Obsttörtchen, die sie sich einverleibte, in den höchsten Tönen.

»Mögen Sie nichts Süßes?« fragte sie ihn.

»Hin und wieder schon.«

»Und warum heute nicht?«

Er berichtete von seiner derzeitigen beruflichen Aufgabe, die ihn in der vergangenen Nacht mehr oder weniger gezwungen hatte, sich wohl oder übel mit Alkohol den Magen zu verderben.

»Liegt etwa heute wieder das gleiche Programm vor Ihnen?« fragte Petra.

»Wohl oder übel.«

»Dann kann Ihre Einladung zum Abendessen ja gar nicht ernst gemeint gewesen sein.«

»Warum nicht?«

»Der Beruf geht schließlich vor.«

»Wer verbietet mir denn, Sie auf meine Reise durch die Nachtlokale mitzunehmen?«

»Auf Spesen?«

»Auf Spesen oder eigene Kosten oder auf Kosten der Person, die mich begleitet – das muß von Fall zu Fall entschieden werden. In Ihrem Fall ginge es auf meine Kosten.«

»Wen hatten Sie denn gestern an Ihrer Seite?«

»Niemand. Ich war aber, ehe ich loszog, auf der Suche nach jemand.«

»Nach einer Dame?«

»Nein, ich fragte meinen Freund, doch der wollte nicht.«

»Morgen«, sagte Petra mit lüsternen Augen, »können Sie auf mich zählen.«

»Warum nicht gleich heute?«

»Ohne Friseur – ausgeschlossen!«

»Also gut«, fügte er sich in sein Schicksal, »dann morgen.«

Sie verabredeten das Nötige, wann, wie und wo er sie abholen sollte. Sie wohne in der Bayreuther Straße 15, erklärte ihm Petra.

Dann müsse sie aber jetzt auf der Stelle aufbrechen, fügte sie hinzu.

»Warum so eilig?« fragte er.

»Weil ich zum Friseur muß.«

»Heute noch?«

»Wann denn sonst? Morgen habe ich wieder Dienst. Vielleicht könnte ich mich zwei Stunden von einer Kollegin vertreten lassen, aber es ist nicht sicher, daß ich auf Anhieb eine finde. Also besser heute. Bei meinem Figaro geht das. Das ist ein Italiener, dem es nichts ausmacht, einen, wenn's sein muß, auch noch abends dranzunehmen.«

»Zahlen!« rief Peter nach der Bedienung.

V

Kurz darauf läutete das Telefon bei Ralf Petermann. Als dieser abhob, drang ihm aus dem Hörer wie ein Fanfarenstoß die Stimme seines Freundes ins Ohr: »Ralf!«

»Ja?«

»Du tust mir leid!«

»Warum?«

»Das ist ja ein entsetzliches Weib!«

»Wer?«

»Frag nicht so dumm! Deine Telefonistin!«

»Wieso ist sie entsetzlich?«

»Erstens ist sie eine ellenlange Latte, größer als du.«

»So?«

»Deine Annahme trifft also zu, und zwar schlimmer, als du dachtest.«

»Dann vergiß sie.«

»Zweitens hat sie Muskeln wie ein Mann und wiegt stolze achtzig Kilo. Aber alles, wie gesagt, Muskeln, kein Gramm Fett.«

»Danke.«

»Drittens schielt sie.«

»Vergiß sie, sagte ich.«

»*Ich* muß sie nicht vergessen, *du!*«

»Das ist hiermit geschehen.«

»Viertens hat sie nicht mehr weit bis zur Rente.«

Eine Pause entstand, dann erst fand Ralf die Sprache wieder.

»Peter, du Strolch, willst du, daß ich dir bei der nächsten Gelegenheit die Zähne einschlage?«

»Nicht unbedingt. Warum hegst du diesen Wunsch?«

»Weil du lügst, daß sich die Balken biegen.«

»Wieso kommst du zu dieser Anschuldigung?«

»Eine Basketballspielerin von internationaler Klasse steht nicht kurz vor der Rente, du Hammel!«

»Meinst du?«

»Und die schielt auch nicht!«

»Warum nicht?«

»Weil die sonst den Korb nicht träfe, du Stinktier!«

»Strolch, Hammel, Stinktier – was hast du sonst noch auf Lager? Habe ich das vielleicht verdient mit meinem Einsatz für dich?«

»Ich will wissen, was mit dem Mädchen los ist! Hast du mit ihr gesprochen?«

»Gesprochen – nein.«

»Was dann?«

Peter berichtete ihm von seinem zufälligen Zusammentreffen mit Petra Martens. Er erzählte alles.

Daraus zog Ralf die Erkenntnis: »Du hast mich also wirklich auf den Arm genommen. Sie ist kein Mannweib, wiegt keine achzig Kilo, und sie schielt auch nicht.«

»Du wirst hoffentlich noch einen Spaß verstehen, mein Junge?«

»Sie ist im Gegenteil ein Prachtstück von einem Mädchen, eine Augenweide.«

»Superintelligent ist sie, wie du angenommen hast, auch noch.«

»Das stand für mich felsenfest.«

»Sie hat das Abitur nachgeholt und fährt nun in diesem Stil fort, indem sie nach Feierabend zur Universität geht.«

»Bravo!«

»Nur eines konnte ich noch nicht klären . . .«

»Und das wäre?«

»Ob sie raucht oder nicht.«

Ralf lachte am Apparat.

»Aber ich werde«, fügte Peter hinzu, »Petra beim nächstenmal bestimmt danach fragen.«

»Weißt du«, antwortete Ralf, »was mir auffällt?«

»Nein.«

»Du sprichst so oft und so positiv von dieser Petra. Hat sich da vielleicht was getan?«

»N . . . nein.«

»Schwöre!«

»Ich denke nicht daran!« Peter hustete. »Was geht dich das an, du Affe?«

»Also doch. Ich gratuliere.«

»Kümmere du dich gefälligst um deine Basketballspielerin.«

»Mach' ich ja. Wo wohnt sie?«

»Pension Moormann, Hildegardstraße 20.«

»Danke.«

»Ihr Name ist Inge Westholdt.«

»Buchstabiere bitte.«

»I-n-g-e - - W-e-s-t-h-o-l-d-t.«

»Inge Westholdt, gut. Nochmals vielen Dank. Laß dich bald wieder bei mir sehen, zu einem Bierchen.«

»Nee, nee, mein Junge, so billig sollst du mir dann nicht davonkommen. Zu einem Sektfrühstück wolltest du sagen, nicht wahr? Das ist das mindeste, was ich mir verdient habe.«

»Einverstanden.«

Beide lachten und legten, jeder an seinem Ende, auf.

Zunächst ging Ralf in seinem Zimmer ein paarmal auf und ab und dachte nach. Bin ich nicht doch verrückt, fragte er sich. Ich laufe einer Unbekannten, von der ich nur die Stimme kenne, nach. Ausgerechnet ich tue das, ich Ralf Petermann, dem die elegantesten Frauen Berlins aus der Hand fressen. Ich mache mir überhaupt nichts aus ihnen und bin hinter einer kleinen Telefonistin her. Wie heißt sie? Inge Westholdt. Wahrscheinlich hat sie ein Taftkleid noch niemals zu Gesicht bekommen und kennt einen großen Ball nur vom Bildschirm. Kein Zweifel, ich *bin* verrückt! Wo ist das Telefonbuch?

Ralf blätterte in dem dicken, schweren Wälzer, schlug den Buchstaben M auf und suchte.

M ... Mo ... Moor ... Moormann, Pension.

Stimmte die Adresse?

Ja: Hildegardstraße 20.

Die Telefonnummer lautete: 32 45 71 44

Ralf schrieb sie sich auf einen Zettel, klappte das Buch zu und hob den Hörer ab, zögerte dann doch noch einmal und legte wieder auf.

Angenommen, sie verbittet sich diese dauernden Belästigungen, was dann? fragte er sich. Wenn sie mir mit dem Anwalt droht? Es gibt da einen Paragraphen, der besagt, daß sich das zur Körperverletzung auswachsen kann. Kaum zu glauben, aber das behauptete jedenfalls kürzlich einer im Club. Wer? Ach ja, der alte Apotheker, ein Schwätzer, als der er sich schon oft entpuppt hatte.

Ralf hob erneut ab und wählte die Nummer auf seinem Zettel. Vielleicht ist sie gar nicht da, dachte er; er hoffte es sogar ein wenig. Dann hätte sich das Problem von selbst gelöst, zumindest vorübergehend, meinte er.

Jede Ziffer, die er wählte, verursachte im Hörer das bekannte Scharren und Knacken. Dann läutete es drüben ... einmal ... zweimal.

Eine fremde Frauenstimme meldete sich: »Pension Moormann.«

Ralf räusperte sich und antwortete: »Wer ist bitte am Apparat?«

Frau Moormann war persönlich am Apparat.

»Guten Tag, Frau Moormann«, erklärte daraufhin Ralf. »Hier ist Bergdorf. Könnte ich bitte Fräulein Westholdt sprechen. – Oder ist sie nicht zu Hause?« fügte er hoffnungsvoll hinzu.

»Ich muß erst nachsehen«, lautete die Antwort der Pensionsinhaberin. »Gesehen habe ich sie noch nicht. Wie war Ihr Name?«

»Bergdorf.«

»Wie der ›Berg‹ und das ›Dorf‹?«

»Richtig«, sagte Ralf und nickte nur Bekräftigung in die Muschel. »Ich bin Postrat. Es handelt sich um eine dienstliche Angelegenheit.«

»Einen Augenblick, bitte.«

Drüben wurde der Hörer hingelegt, eilige Schritte entfernten sich.

Ralf, sagte der Modeschöpfer in Gedanken zu sich selbst, du bist ein Ganove. Was du treibst, ist alles andere als koscher. Dich sollte man . . .

Er kam nicht dazu, den Gedanken zu Ende zu denken. Schritte näherten sich.

»Westholdt.«

Also doch! Seine bange Hoffnung hatte sich nicht erfüllt.

»Guten Tag«, sagte er.

Schon bei diesen Worten stutzte Inge, erwiderte aber dennoch: »Guten Tag.«

Diese Stimme, kannte sie die nicht?

»Fräulein Westholdt«, fuhr Ralf nun fort, »ich muß Ihnen etwas erklären . . .«

Natürlich kenne ich sie, sagte sich Inge.

»Unter falscher Flagge zu segeln ist nicht schön, das weiß ich, Fräulein Westholdt . . .«

Nein, das ist es nicht, dachte sie.

»Aber ich mußte mich dieses unfairen Mittels bedienen, um Sie an den Apparat zu locken . . .«

»Unfairen Mittels« und »locken« hörte sie und nickte zweimal.

»Sie hätten sich sonst vielleicht verleugnen lassen . . .«

Ganz bestimmt, mein Herr, dachte sie.

Ralf zweifelte, ob sie überhaupt noch am Apparat war.

»Fräulein«, sagte er, »hören Sie mich denn . . . Warum sagen Sie nichts?«

»Sie sind also«, fragte sie, »kein Postrat?«

»Nein, ich . . .«

»Sondern Sie sind der Modeschöpfer, der mich nicht in Ruhe läßt.«

»Ich . . .«

»Sie heißen auch nicht Bergdorf?«

»Nein, mein Name ist Petermann.«

»Warum verfolgen Sie mich?«

»Ich verfolge Sie doch nicht!«

»Was denn sonst? Sie machen mich ausfindig – ich möchte wissen, wie –, Sie rufen hier an, Sie täuschen die Pensionsinhaberin, Sie locken mich, wie Sie selbst sagen, an den Apparat – wie soll ich denn das anders nennen als eine Verfolgung?«

»Fräulein Westholdt, darf ich Ihnen das Ganze erklären bei einem Glas Wein, zu dem ich Sie gerne einladen möchte?«

»Nein, danke.«

»Warum nicht?«

»Ich trinke keinen Alkohol.«

»Ah ja, die großer Sportlerin!« rutschte es ihm ungewollt leicht spöttisch heraus.

»Das wissen Sie auch schon!« rief sie.

»Was?«

»Daß ich Sport treibe.«

»Natürlich weiß ich das, Sie haben es mir ja selbst gesagt.«

Sie erinnerte sich, daß das stimmte. Verlegen schwieg sie.

»Fräulein Westholdt«, meinte er, die Pause überbrückend, »wie wär's denn mit einem Abendessen? Darf ich Sie dazu auch nicht einladen?«

»Ihre Hartnäckigkeit macht mich sprachlos.«

Das fand er lustig, er lachte.

»Gott sei Dank nicht«, sagte er.

»Wie meinen Sie das?«

»Sie reden ja Gott sei Dank noch, ich müßte mir sonst meine Hartnäckigkeit in der Tat sofort abgewöhnen.«

»Ich rede aber gleich gar nicht mehr mit Ihnen.«

»Warum machen Sie es mir so schwer? Ich will Sie doch

nur kennenlernen, glauben Sie mir.«

»Gerade das ist es, was ich von einem Mann wie Ihnen nicht verstehe. Sie haben doch den ganzen Tag mit eleganten, begehrenswerten Frauen zu tun. Glauben Sie mir, ich kann mit denen nicht konkurrieren.«

»Das bestreite ich.«

»Sie wissen doch gar nicht, wie ich aussehe.«

»Doch, das weiß ich. Sie sind das weitaus hübscheste Mädchen des ganzen Fernamts.«

»Wer sagt das?«

»Ihre beste Freundin.«

»Petra Martens?«

»Ja, und Sie wissen, daß keine Frau, auch die beste Freundin nicht, so etwas von einer anderen sagt, wenn auch nur der geringste Zweifel daran erlaubt ist. Frauen, auch beste Freundinnen, behaupten voneinander viel lieber das Gegenteil.«

»Der werde ich den Kopf waschen!«

»Wofür?«

»Weil sie sich offenbar vor Ihren Karren hat spannen lassen, statt Ihnen jede Auskunft zu verweigern.«

»Sie sehen das falsch, Fräulein Westholdt. Die hat nämlich gar nicht mit mir gesprochen.«

»Mit wem dann?«

»Mit meinem Freund. Doch auch mit dem hat sie es nur unbewußt getan. Sie hat bis zur Stunde keine Ahnung davon, welche Würmer ihr aus der Nase gezogen worden sind.«

»Dann scheint Ihr Freund auch ein reichlich heimtückischer Mensch zu sein, sagen Sie ihm das bitte.«

»Er ist die ehrlichste Haut, die es auf Erden gibt.«

»Mit Sicherheit nicht.«

»Doch, Sie werden ihn kennenlernen und sich davon überzeugen können.«

»Daran zweifle ich sehr.«

»Woran?«

»Daß ich den kennenlernen werde.«

»Es wird absolut unvermeidlich sein, daß Sie meinen besten Freund kennenlernen.«

»Und warum?«

»Weil Sie *mich* kennenlernen werden, und als Folge davon auch meinen Freund.«

»Ich zweifle noch mehr daran, *Sie* kennenzulernen.«

»Fräulein West . . .«

»Ich muß jetzt aufhören. Das Telefon wird gebraucht hier.«

»Fräulein Westholdt, ich . . .«

Ein Knacken in der Leitung. Sie hatte aufgelegt.

Ralf wollte es nicht glauben und rief noch ein paarmal »Hallo!« in die Muschel. Dann aber sah er das Sinnlose seines Tuns ein, nahm den Hörer vom Ohr, hielt ihn sich vor Augen, blickte ihn eine Weile zornig an und begann, auf ihn zu fluchen. Auch damit gewann er natürlich nichts, und so warf er schließlich den Hörer auf die Gabel. Einige Minuten blieb er noch sitzen, um zu überlegen. Dann begab er sich mit seinen Autoschlüsseln zur Garage.

Inge Westholdt am anderen Ende der Leitung hatte – genaugenommen – nicht gelogen, als sie gesagt hatte, daß der Apparat gebraucht werde. Das stimmte tatsächlich; nur verhielt es sich so, daß sie selbst es war, die den Apparat brauchte. Sie brannte nämlich darauf, ihre Freundin Petra anzurufen, um mit ihr ein Hühnchen zu rupfen. Die sollte in Zukunft nicht mehr so naiv sein, sich auf die plumpste Art und Weise ausfragen zu lassen.

Als die Verbindung hergestellt war, begann Inge überfallartig: »Petra, du bist ein Schaf!«

»Inge, sind Sie's?« kam die Antwort.

Am Apparat war Petras Mutter.

»Frau Martens, entschuldigen Sie«, sagte Inge. »Ich hatte nicht mit Ihnen gerechnet.«

»Macht ja nichts.«

»Kann ich Petra sprechen?«

»Die ist nicht da. Sie können sie aber beim Friseur erreichen. Sie kennen ihn ja, Inge. Ihr habt schließlich beide denselben.«

Inge wunderte sich.

»Die hat mir gar nicht gesagt, daß sie heute noch zum Friseur will.«

»Das muß ein plötzlicher Entschluß von ihr gewesen sein. Sie rief mich an und sagte es mir; sie kam erst gar nicht nach Hause.«

»Danke, Frau Martens.«

»Bitte. Haben Sie die Nummer des Friseurs bei der Hand? Ich kann sie Ihnen geben.«

»Nicht nötig, danke. So dringend ist das nicht. Ich sehe Petra ja morgen wieder.«

»Wie geht's Ihnen sonst?«

»Danke. Und Ihnen?«

Es war ein Fehler, Frau Martens danach zu fragen.

»Leider nicht besonders«, sagte sie. »Sie wissen, die Galle . . .«

Wenn Frau Martens von ihrer Galle anfing, herrschte Alarmstufe eins. Der Galle folgten die Nieren, der Magen, das Herz, die Bandscheiben, die Nerven. Dabei war das einzige, was ihr fehlte, ein Mann im Bett. Der ihre hatte sie verlassen und lebte mit einer wesentlich jüngeren Frau zusammen. Das alte Lied. Mit den 44 Jahren, die Thea Martens zählte, war ihr die Männerlosigkeit zu früh gekommen. Die Aussicht, nun dazusitzen und nur noch auf ihr Klimakterium zu warten, rief bei ihr Leiden ins Leben, die sie in Wirklichkeit nicht hatte, sondern die nur in ihrer Einbildung auftraten.

»Frau Martens«, unterbrach Inge sie, »es tut mir leid, unser Gespräch beenden zu müssen. Frau Moormann gibt mir ein Zeichen. Sie sagte mir vorher schon, daß sie ihren Arzt braucht.«

»Ihren Arzt? Das duldet keinen Aufschub. Kommen Sie doch wieder einmal vorbei, Inge.«

»Mache ich gern, Frau Martens. Auf Wiederhören.«

Froh, dem Schlimmsten entronnen zu sein, begab sich Inge auf ihr Zimmer, wurde jedoch keine zehn Minuten später von Frau Moormann wieder ans Telefon gerufen. Sie wollte aber nicht. Ihres Tips sicher, sagte sie zur Pensionsinhaberin: »Frau Moormann, sagen Sie dem Herrn, daß ich nicht zu sprechen bin.«

»Das ist kein Herr.«

»Nicht? Wer dann?«

»Eine Dame. Ich glaube, Ihre Freundin.«

Richtig, Petra meldete sich. Sie sagte Inge, daß ihre Mutter sie beim Friseur angerufen habe.

»Warum wolltest du mich sprechen?« fragte sie.

»Das hätte auch Zeit bis morgen gehabt.«

»Los, fang schon an, ich sitze unter der Haube und habe Zeit. Du kennst das ja.«

»Seit wann verheimlichst du mir, daß du zum Friseur gehst?«

»Wieso verheimliche ich dir das?«

»Du hast heute kein Sterbenswörtchen davon verlauten lassen.«

Petra lachte.

»Ach ja, das mußt du mir verzeihen. Ich wußte es bis vor einer Stunde selbst noch nicht. Aber dann habe ich einen Mann kennengelernt und wurde von ihm ganz toll für morgen abend eingeladen. Siehst du nun ein, daß ich dir nicht eher Bescheid geben konnte?«

»Ja. Darum geht's aber auch gar nicht in der Hauptsache.«

»Worum dann?«

»Ich habe bei dir angerufen, um dir mitzuteilen, daß du ein Schaf bist.«

»Sehr liebenswürdig, danke. Und warum?«

»Du mußt in allerjüngster Zeit mit jemandem über mich gesprochen haben.«

»Über dich?«

Petra war erschrocken. Solche Anschuldigungen sind immer unangenehm und regen zu rascher Gewissenserforschung an. Für alle Fälle fügte sie ganz spontan erst einmal hinzu: »Ich wüßte nicht, mit wem.«

»Mit einem Mann.«

Petras Erinnerung wurde wach. Trotzdem hielt sie es für das beste, sozusagen hinhaltenden Widerstand zu leisten.

»Ich kann mich nicht entsinnen«, sagte sie.

»Du mußt ihm beschrieben haben, wie ich aussehe.«

»Ich weiß wirklich nicht . . .«

»Dabei hast du gewaltig übertrieben.«

»Inwiefern?«

»Wenn das stimmt, was du geflunkert hast, müßte ich mich wie eine Schönheitskönigin fühlen.«

»So? Dann weiß ich aber absolut nicht, warum du dich aufregst.«

»Ich rege mich nicht auf. Ich finde nur, daß . . . wie soll ich sagen . . . daß solche Überraschungen zu nichts Gutem führen.«

»Ach was, ich wäre froh, wenn so über mich gesprochen würde, und hätte nicht das geringste dagegen, mich wie eine Schönheitskönigin zu fühlen.«

»Petra«, setzte Inge an, »ich . . .«

Aber dann ließ sie es sein und verstummte. Das hatte ja doch keinen Zweck. Petra wollte offensichtlich nicht darüber sprechen. Außerdem war das Ganze auch wirklich nicht so wichtig. Laß mich Frieden mit ihr schließen, dachte Inge und sagte: »Würdest du bitte für mich auch einen Termin bei Giovanni vereinbaren? Du weißt ja, wann ich frei habe. Ich brauche eine Dauerwelle.«

»Gut. Die Preise sind übrigens schon wieder gestiegen.«

»Das kann ich mir denken. Freust du dich auf morgen abend?«

»Riesig.«

»So toll ist dein neuer Verehrer?«

»Toll eigentlich nicht, wenn du sein Aussehen meinst. Aber sehr, sehr sympathisch.«

»Wo habt ihr euch kennengelernt?«

»Auf der Straße, nicht weit vom Fernamt. Ich hatte mich kaum von dir getrennt.«

»Petra, Petra«, tadelte Inge, »du machst Straßenbekanntschaften?!«

»Ich habe ihn um ein Haar umgerannt und machte ihn dafür verantwortlich.«

»Das kannst du ja«, amüsierte sich Inge. »Was ist er denn?«

»Du meinst von Beruf?«

»Ja.«

»Er ist Journalist.«

»Vielleicht habe ich schon etwas von ihm gelesen. Wie heißt er?«

»Peter Mann.«

»Petermann?«

Das war wie ein kleiner Schrei aus Inges Mund gekommen.

»Ja«, sagte Petra. »Kennst du den?«

»Nein«, antwortete Inge rasch.

Wie Schuppen fiel es Inge von den Augen. Der Kerl hatte demnach keinen Freund vorgeschickt, sondern war selbst derjenige gewesen, welcher Petra ausgehorcht hatte. Also auch das eine Lüge! Er hatte in allem nur gelogen, gelogen und gelogen. Der »Journalist« stimmte nicht. Der »Modeschöpfer« sicher auch nicht. Sein richtiger Beruf dürfte vielleicht im Fahndungsbuch der Polizei zu finden sein, dachte Inge. Und der Zusammenprall mit Petra, den diese naiverweise auf ihr Konto schrieb, war auch von ihm eingefädelt worden, um mit ihr ins Gespräch über sie, Inge, zu kommen.

Aber was will er von mir? fragte sich Inge. Was verspricht er sich? Einem Typ wie ihm geht's doch um etwas Bestimmtes. Wenn ich reich wäre, ja, dann wüßte ich, worum. Doch diesbezüglich verschwendet er seine Mühe quasi an eine Kirchenmaus.

»Inge!« rief Petra in die Muschel. »Bist du noch da?«

»Ja.«

»Ich dachte, wir seien unterbrochen worden.«

»Vergiß nicht meinen Termin bei Giovanni.«

»Nein. Du, wir müssen Schluß machen, Inge. Es geht weiter bei mir, die Haube kommt runter.«

»Ist gut, Petra. Bis morgen.«

»Bis morgen, Inge.«

»Noch eins, Petra . . .«

»Ja?«

»Sei vorsichtig mit dem.«

»Mit einem Preußen?«

»Wieso Preußen?«

»Weil er so schnell schießt«, lachte Petra. »So etwas Ähnliches wolltest du doch wahrscheinlich sagen. Aber keine Sorge, ich werde ihn schon rechtzeitig bremsen.«

Petra Martens war ein intelligentes Mädchen, aber keines, das sich gerne den Kopf zerbrach. Analysen, langes Nachdenken, das Zerlegen von Problemen war nicht ihre Stärke. Sie blieb lieber an der Oberfläche.

Wieso wußte Inge, daß sie mit Peter Mann über ihre Freundin gesprochen hatte? Diese Frage stand im Raum. Sie wäre einer Durchleuchtung wert gewesen.

Kannte Inge den Zeitungsmenschen? Nein, hatte sie gesagt, und Petra hatte sie noch nie bei einer Lüge ertappt. Woher aber wußte Inge dann von diesem Gespräch?

Am naheliegendsten wäre es, dachte Petra nach dem Telefonat mit Inge, den Reporter danach zu fragen.

Ach was, entschied sie sich, soll ich mir vielleicht den Schnabel verbrennen? Möglicherweise bringe ich ihn in Verlegenheit und verderbe es mir mit ihm. So, wie ich meine Aufgabe sehe, besteht sie darin, ihn für mich zu erwärmen, damit er andere vergißt. Inge hin, Inge her. Vielleicht sehe ich überhaupt nur Gespenster. Wahrscheinlich sogar. Oder sogar sicher.

Nachdem sie gedanklich an diesem Punkt angelangt war, beschloß sie, das Problem aus ihrem Gedächtnis zu streichen, und sprach mit niemendem mehr darüber, nicht einmal mit sich selbst.

Inge Westholdt jedoch war nach dem Telefonat mit Petra voller Verachtung und Zorn gegen einen Unbekannten namens Petermann, von dem sie noch nicht einmal wußte, ob er mit Sicherheit auch so hieß. Als einziges war seine

Identifikation mit Mode nicht ganz von der Hand zu weisen. Das konnte Inge aufgrund der telefonischen Verbindung annehmen, die sie zwischen dem Modesalon »chic« und dem Hotel Intercontinental in Hamburg hergestellt hatte. Trotzdem hieß das aber noch lange nicht, daß dieser Mensch auch der Chef der Firma war. Es war viel wahrscheinlicher, daß einen untergeordneten Posten in der Buchhaltung oder etwas Ähnliches innehatte. Wenn er mich noch einmal belästigt, dachte Inge, wende ich mich an die Firma und lege ihm das Handwerk.

Sie blickte auf die Uhr.

Ich müßte zum Training, sagte sie sich, hatte aber dazu heute keine Lust mehr. Der Abend, so wie sie ihn geplant hatte, war ihr verdorben worden. Auch der Gedanke ans Studium konnte sie nicht mehr begeistern. Sie faßte deshalb den Entschluß, ins Kino zu gehen, um sich zu zerstreuen, rief bei ihrem Sportverein an, schützte eine Unpäßlichkeit vor, holte ihren Staubmantel aus dem Schrank und verließ das Haus.

Auf der Straße wurde sie von einem Mann erspäht, der in einem geparkten weinroten Kabriolett eleganter Bauart saß und sich unschlüssig gewesen war, ob er die Pension betreten sollte, um sich ausgerechnet ihr, Inge Westholdt, zu nähern. Es war Ralf Petermann, hartnäckig wie kein zweiter. Widerstände waren für ihn dazu da, gebrochen zu werden. Er fügte sich nicht drein, im Gegenteil, Widerstände reizten ihn zu unbeugsamem Ehrgeiz. Diese Eigenschaft hatte ihn auch im Beruf so erfolgreich gemacht.

Bei Inges Auftauchen sah er sich der Entscheidung, ob er in der Pension vorstellig werden sollte oder nicht, enthoben. Er pfiff durch die Zähne. Größe, Figur, das ganze Aussehen der jungen Dame gaben ihm Gewißheit.

»Das muß sie sein!« sagte er zu sich selbst. »Ein Supermädchen!«

Inge auf dem Bürgersteig sah nicht, daß ihr auf dem Fahrdamm langsam ein weinrotes Kabriolett folgte. Auch den Mann, der sich an der Kinokasse hinter ihr in die kleine

Schlange einreihte, beachtete sie nicht. Als er sich neben ihr auf den Klappsitz niederließ, schenkte sie ihm immer noch keine Beachtung. Erst als es dunkel wurde, schielte sie zur Seite.

Sein Gesicht lag im Schatten, halb im ungewissen Schimmer, den die Leinwand zurückwarf. Er hatte ein scharfes Profil, gut geschnitten, hart und doch anziehend. Der Kopf war überdacht von dichtem blondem Haar.

Der Mann schien ihren Blick zu spüren; er drehte ihr sein Gesicht zu. Brüsk schaute sie wieder zur Leinwand. Sie legte die Hände in den Schoß, vermied es, den Ellbogen auf die Armlehne ihres Sitzes zu legen, um mit dem Mann neben ihr ja nicht in Berührung zu kommen.

Der Film war ein Schmachtfetzen. Inge hatte sich vorher nicht vergewissert, war aufs Geratewohl in dieses Kino gegangen, hatte sich lediglich darauf verlassen, daß der Film eine französische Produktion war und deshalb einiges erwarten ließ. Sie hatte sich gründlich getäuscht. Auch Inge mußte nun die Erfahrung machen, daß die Franzosen, nicht anders wie die Deutschen oder Amerikaner oder alle anderen, auf einen guten Film hundert schlechte drehen.

So war also der Leinwandheld nach langer Not und Gefahr endlich gerettet worden und trat nun seiner heimlichen Geliebten gegenüber. Die große Happy-End-Szene begann. Anschwellende Musik untermalte diesen Augenblick, da der Held das scheue Mädchen umarmte. Ihre zentimeterlangen Wimpern senkten sich. Großaufnahme: Ein Kuß mit zitternden Lippen und Schnurrbarthaaren, die im Wege standen. Musik – noch immer küßten sie sich. Im Hintergrund erschien eine Landschaft ...

»Großer Gott!« stieß da plötzlich der blonde Mann neben Inge so laut hervor, daß sie es hören konnte.

Inge sah zu ihm hinüber. Auch er blickte sie an. Anscheinend erwartete er eine Antwort. Sie schwieg jedoch.

»Gefällt Ihnen das?« fragte er sie geradeheraus.

»Ja«, antwortete sie, um ihn zu provozieren. Der Mann sah zwar gut aus, aber das gab ihm noch lange nicht das Recht, anzunehmen, daß sie sich ohne weiteres von ihm anmachen ließ.

»Das glaube ich Ihnen nicht«, entgegnete er.

»Meinetwegen«, erwiderte sie und blickte wieder zur Leinwand.

»Was gefällt Ihnen?« ließ er nicht locker. »Daß der nicht die Wimpern abfallen?«

Das verlangte, daß ihm mit gleicher Münze heimgezahlt wurde.

»Sein Schnurrbart«, sagte sie.

»Sein Schnurrbart?«

Ralf zeigte Wirkung, indem er mit Daumen und Zeigefinger seine Oberlippe bestrich, die blank war.

»Mir gefallen nur Männer mit Schnurrbart«, setzte Inge noch einen drauf.

»Das glaube ich Ihnen nicht«, sagte er noch einmal, sich gegen eine Erkenntnis wehrend, die ihn in diesem Augenblick schmerzen mußte.

Auch sie wiederholte sich.

»Meinetwegen.«

Absolute Gleichgültigkeit und Geringschätzung ihm gegenüber hätten nicht deutlicher zum Ausdruck gebracht werden können. Ralf Petermann hatte damit eine ganz neue Erfahrung gemacht. Ein weibliches Wesen schmolz vor seiner Erscheinung nicht einfach dahin.

Die Musik verebbte. Dann wurde es dunkel und gleich darauf hell und heller, da die Decken- und Wandbeleuchtung des Saales aufglomm. Die Vorstellung war zu Ende. Die Besucher brachen auf.

»Darf ich Ihnen helfen?« sagte Ralf zu Inge, als sie sich anschickte, in ihren Mantel zu schlüpfen, den sie zusammengefaltet auf ihren Knien liegen gehabt hatte.

»Danke.«

Irgendwie, sagte sie sich schon die ganze Zeit, kommt mir seine Stimme bekannt vor – aber nur ein bißchen. Sie wußte auch, weshalb. Die Stimme erinnerte sie entfernt an eine andere, eine Stimme am Telefon. Das konnte aber reiner

Zufall sein. Sie gab also nichts auf die geringe Ähnlichkeit, die ihr hier auffiel. Nur der Zufall konnte da, wie gesagt, seine Hand im Spiel haben.

Den kleinen Stau nützend, der sich durch das übliche Gedränge der Leute am Ausgang des Saales ergab, sagte Ralf zu Inge:

»Haben Sie schon gegessen?«

»Nein«, machte sie ihm Hoffnung.

»Prima«, freute er sich. »Ich auch nicht. Darf ich Sie einladen?«

»Nein«, zerstörte sie seine Hoffnung.

»Warum nicht?«

»Weil ich gerade eine Abmagerungskur mache.«

»Das glaube ich Ihnen nicht.«

»Warum glauben Sie das schon wieder nicht?«

Nun ging Ralf aufs Ganze.

»Weil ich Sie kenne. Sie sind schon immer so schlank gewesen wie heute.«

»Sie kennen mich?«

»Ja.«

»Und wer bin ich?«

»Inge Westholdt.«

Überrascht blickte sie ihn an.

»Sind wir uns schon einmal begegnet?«

»Nein, aber wer sich für Sport interessiert, hat Ihr Bild schon in der Zeitung gesehen.«

Draußen auf der Straße versuchte es Ralf noch einmal. Mit einem Lächeln, in das er alles hineinlegte, sagte er: »Ich würde mich sehr freuen, wenn Sie mit mir essen gehen würden.«

»Nein.«

»Darf ich Ihnen versichern, daß Sie – wie soll ich mich ausdrücken – nicht das geringste Risiko eingehen?«

Er gefiel ihr, aber sie wollte sich das selbst nicht eingestehen. Jeder Mann hätte es an diesem Abend bei ihr sehr schwer gehabt. Ich habe mich doch nicht, sagte sie sich, vor wenigen Stunden über einen aufgeregt, der mit falschen

Karten spielte, der weder ein Journalist noch ein Modeschöpfer war, um mich jetzt vom nächstbesten auflesen zu lassen.

Sie wollte deshalb dem Versuch ein Ende bereiten.

»Es ist nicht das Risiko, das ich scheue«, erklärte sie.

»Was dann?« fragte er.

»Das habe ich Ihnen bereits gesagt. Mich stört an Ihnen, daß Ihnen der Schnurrbart fehlt. Mir gefallen wirklich nur Männer mit Schnurrbart. Ich könnte Ihnen nicht einen ganzen Abend gegenübersitzen.«

Starr stand er da und blickte ihr nach, als sie ihn einfach stehenließ und wegging. Nicht einmal gegrüßt hatte sie ihn zum Abschied.

Inge ging nach Hause. Nach Hause? Welches Zuhause hatte sie denn? Ein unpersönliches Zimmer in einer Pension. Nichts darin gehörte ihr. Ihre eigenen Sachen warteten immer noch in Braunschweig darauf, nach Berlin abgerufen zu werden. Doch dazu mußte sie erst eine Wohnung finden.

Nach einem kalten Imbiß legte sie sich früh zu Bett. Obwohl sie müde war, konnte sie aber lange nicht einschlafen. Was war nur los mit ihr? War eine Grippe im Anzug? Oder hatte sie sich eine andere Infektion zugezogen, eine seelische? Irgend etwas stimmte nicht mit ihr.

Unzufrieden mit sich selbst, nörgelte sie in Gedanken an ihrem Leben herum.

Morgen wieder acht Stunden am Klappenschrank . . .

Fräulein, bitte Hamburg . . .

Fräulein, wo bleibt Emden?

Fräulein, sofort Lübeck . . .

Fräulein, vergessen Sie nicht mein Gespräch mit der Handelskammer in Köln . . .

Fräulein . . . Fräulein . . . Fräulein . . .

Duisburg, aber schnell!

Essen!

Koblenz!

Bonn!

Ja, immer wieder Bonn: das Kanzleramt, die Ministerien,

die verschiedenen Botschaften!

Fräulein ... Fräulein ... Fräulein ...

Endlich kam der Schlaf und löschte Inges Gedanken aus. Doch es war kein ruhiger Schlaf. Kurze, unruhige Träume verfolgten sie.

Ein Möbelwagen, der von Braunschweig nach Berlin rollte ...

Petra Martens als Gewinnerin eines Preisausschreibens mehrerer zusammengeschlossener Presseorgane ...

Die Eröffnung einer Modewoche ...

Ein großer, schlanker Mann, dessen Gesicht im Schatten blieb. Er sagte: »Ist es nicht doch das Risiko, das Sie nur scheuen, Fräulein Westholdt? Kommen Sie, wir gehen.«

Müde und zerschlagen wachte Inge auf. Der Wecker hatte angefangen zu läuten. Es war halb sieben morgens.

Aufstehen! Um acht Uhr wartete der Klappenschrank.

VI

Ralf Petermann mußte für eine Woche nach Rom und Florenz. Diese Reise war unaufschiebbar, denn große italienische Modehäuser zeigten ihre neuen Kreationen. Die Tage im Ausland kamen Ralf wie eine Ewigkeit vor. Bei all den Vorführungen traumhaft schöner Kleider durch traumhaft schöne Mädchen war er nur halb bei der Sache. Seine Gedanken flogen nur allzu oft nach Berlin. Seine junge, attraktive Assistentin, die er zum erstenmal auf eine solche Reise mitgenommen hatte, gab sich zwar große Mühe, das zu verhindern, besonders an den Abenden, wenn sie in sündteuren Lokalen saßen, um – nach seinem Empfinden – die Zeit totzuschlangen.

Die Männer an den anderen Tischen pflegten keinen Blick mehr von der bella Tedesca zu lassen, nachdem sie sie einmal entdeckt hatten. In dieser Beziehung sind die Italiener, das kennt man ja von ihnen, Weltmeister.

Edith Kühnemann selbst hatte aber nur Augen für Ralf,

dessen Reaktion jedoch darin bestand, sie von sich auf andere ablenken zu wollen.

»Mein Kind«, sagte er einmal, »dieses Land hier ist wie geschaffen für Sie – oder Sie für dieses Land, ganz wie man will.«

Schon das »Kind« tat ihr außerordentlich weh.

»Die gehen mir alle auf die Nerven«, erklärte sie mit unterdrücktem Zorn.

»Wer?«

»Die!« sagte sie mit einer kreisenden Bewegung ihres Gesichts, von der sämtliche Männer ringsum erfaßt wurden, die schwarzgelockt waren oder einmal schwarze Locken besessen hatten. Auch einige Tattergreise mit spiegelnden Glatzen wurden nämlich nicht ausgenommen. Gerade diese hätten das auch keineswegs verdient gehabt, denn ihre Blicke, mit denen sie der kühlen, blonden Nordländerin einheizten, waren am feurigsten.

»Edith«, wunderte sich Ralf, »das verstehe ich nicht. Eine ihrer Vorgängerinnen in meinen Diensten ging mir schon am Brenner verloren. Eine zweite kündigte mir in der Maschine zwischen Mailand und Rom. Ihretwegen hätte damals die Crew beinahe den Flugplatz in Rom verfehlt.«

»Sie nehmen mich auf den Arm, Herr Petermann«, erwiderte Edith Kühnemann mißmutig.

»Keineswegs, ich nehme Sie durchaus ernst.«

»Ja?« Hoffnungsvoll leuchteten ihre Augen auf.

»Sicher, mein Kind.«

Das Leuchten erlosch.

Am letzten Abend wurde ihr das Ganze zu bunt, und sie befrachtete ihre Erinnerung mit einem Aufenthalt im Schlafgemach eines römischen Industriellensohnes, der versprach, ihr in jeder von ihr gewünschten europäischen Metropole einen Modesalon einzurichten – nur nicht in Berlin.

»Warum nicht in Berlin?« wollte sie wissen.

»Ich bin zwar nicht eifersüchtig«, antwortete er, »aber es ist doch klar, daß ich dort immer wieder Männer töten müßte, und wenn's nur ehemalige Schulfreunde von dir wären.«

Im Flugzeug, das sie und Ralf an die Spree zurückbrachte, fragte er sie: »Der Junge, mit dem Sie gestern abend noch tanzten, als ich schon schlafen ging, hat Sie doch hoffentlich nicht in Bedrängnis gebracht?«

Sie versprach sich etwas davon, wenn sie sich trotzig zeigte. Vielleicht wirkte das auf ihn.

»Doch, das hat er«, sagte sie.

»Sehr?«

»Sehr!«

»Und Sie gaben ihm nach?«

»Muß ich diese Frage beantworten?«

»Damit haben Sie sie schon beantwortet.«

Sie schwieg.

Er fuhr fort: »Edith, verzeihen Sie, mich geht das ja wirklich nichts an. Vergessen Sie es.«

»Warum fragen Sie dann?«

»Sie haben recht, ich hätte es nicht tun sollen. Entschuldigen Sie bitte.«

»Sie selbst«, ging Edith jetzt zum Angriff über, »wurden doch nicht müde, mich bei jeder Gelegenheit sozusagen zu schubsen.«

»Schubsen? Inwiefern?«

»Oder haben Sie mir die Italiener etwa nicht schmackhaft zu machen versucht?«

»Ich mache Ihnen ja auch keinen Vorwurf. Sie sollen das nicht falsch verstehen.« Er räusperte sich. »Es ist nur so . . .«

»Ja?«

». . . daß ich Ihnen, wenn Sie sich recht entsinnen, vor allem meinen Freund, um bei Ihrer Ausdrucksweise zu bleiben, schmackhaft zu machen versucht habe. Das müssen wir nun wohl streichen.«

»Ja.«

Steck dir doch diesen Idioten endlich an deinen Hut, dachte sie dabei voll innerer Wut.

»Schade, Edith.«

»Finde ich nicht.«

»Rechnen Sie denn in Berlin«, fragte Ralf vorsichtig, »mit Besuch aus Italien?«

Damit rechnete Edith zwar nach allem, was sie von Italienern wußte, keineswegs; darauf hätte sie auch gar keinen Wert gelegt; dennoch antwortete sie trotzig: »Ja.«

»Wenn das so ist«, meinte Ralf achselzuckend, »könen Sie ja vollauf zufrieden sein.«

Schon daß er das sagte, war schlimm genug. Er schlug aber noch dem Faß den Boden aus, indem er hinzufügte: »Dann gratuliere ich Ihnen also, mein Kind.«

Edith konnte nur mit größter Mühe einen Tränensturz unterdrücken. Nicht einmal das bemerkte Ralf. Es hatte also wirklich keinen Zweck für Edith Kühnemann, sich bezüglich ihres Chefs noch länger irgendwelchen Träumen hinzugeben.

Noch ehe Ralf Petermann nach Ankunft in seiner Heimatstadt in der Firma nach dem Rechten sah, suchte er für alles, was sich eine Woche lang in seinem Innern aufgestaut hatte, ein Ventil, indem er eine telefonische Verbindung mit dem Fernamt herstellte. Er hätte dem Druck in der Brust – wenn man so will: im Herzen – nicht mehr länger standhalten können.

Seine Geduld wurde aber noch einmal auf eine harte Probe gestellt. Das ging so:

Ralf wählte, das Fernamt meldete sich: Ralf legte, ohne ein Wort zu sagen, wieder auf.

Das wiederholte sich viermal hintereinander.

»Verdammt noch mal«, fluchte er vor dem fünften Mal laut, »hat die heute keinen Dienst?«

Auch die fünfte Stimme, die sich mit »Fernamt – bitte, Sie wünschen?« meldete, war nicht diejenige, auf die Ralf wartete. Er war eben auf den Zufall, bei der richtigen Stimme zu landen, angewiesen. Das konnte ihn, wenn er Pech hatte, hundert und mehr Versuche kosten. Das Schicksal meinte es aber halbwegs gnädig mit ihm. Der neunte Anlauf brachte ihn ans Ziel – dachte er.

»Fernamt – bitte, Sie wünschen?« flötete es wieder in Ralfs Hörer, und endlich brauchte er nicht mehr aufzulegen. Er hatte die ersehnte Stimme vernommen. Die schönste der Welt! Er hatte sie schon nach einer Silbe erkannt.

»Guten Tag, Fräulein Westholdt«, sagte er freudig.

Auch ihr erging es nicht anders, was das Erkennen anbelangte.

»Sie?!« stieß sie hervor.

»Wie geht's Ihnen?«

»Welche Verbindung wünschen Sie?«

»Ich war acht Tage verreist, deshalb haben Sie nichts von mir gehört. Ich hoffe, Sie haben diese Pause als unangenehm empfunden.«

»Nein, als angenehm.«

»Es war eine Geschäftsreise, die ich nicht verschieben konnte.«

»Welche Verbindung wünschen Sie? Ein drittesmal frage ich Sie das nicht mehr.«

Die bringt das fertig, erkannte er und sagte kurz entschlossen: »Geben Sie mir Posemuckel!«

»Welche Nummer?«

»4711.«

»Posemuckel, 4711«, wiederholte Inge Westholdt kühl und beherrscht. »Legen Sie auf, Sie werden wieder angerufen.«

Während Ralf Petermann wartete, zeichnete er auf ein Blatt Papier Männchen und Kreise und kam sich irgendwie lächerlich vor. Doch mit der Verbissenheit eines Mannes, der ein Ziel im Auge hat und nicht lockerläßt, mit dem Starrsinn und der Hartnäckigkeit der meisten Verliebten harrte er beim Apparat aus und wartete darauf, was aus diesem »Posemuckel, 4711« werden würde.

Es dauerte nicht lange, da meldete sich Inges Stimme wieder.

»Der Teilnehmer meldet sich nicht.«

Ralf war überrascht. Er hätte mit allem anderen eher

gerechnet. Es gab also einen solchen Teilnehmer, eine Person, der die Telefonnummer 4711 in Posemuckel gehörte. So ein Zufall! Es war dort wohl niemand zu Hause.

Da hätte ich ja Glück gehabt, dachte Ralf rasch, entschloß sich aber trotzdem, in die Haut des reuigen Sünders zu schlüpfen. Die Sache war zu durchsichtig.

»Fräulein Westholdt«, sagte er, »Sie müssen sich natürlich düpiert vorkommen.«

»Ja, aber das bin ich von Ihnen gewöhnt.«

»Und trotzdem haben Sie diese Nummer angewählt?«

»Dazu bin ich verpflichtet.«

»Das müßte ja alles nicht sein.«

»Ganz meiner Meinung.«

»Aber Sie zwingen mich zu solchen Manövern, um Ihre Stimme am Telefon festzuhalten.«

»Meine Stimme?«

»Ob Sie's glauben oder nicht, in die bin ich verliebt, seit ich sie zum erstenmal gehört habe.«

»Dazu sind Sie gewiß der Typ«, höhnte Inge. »Machen Sie sich doch nicht lächerlich.«

»Ich schwöre es Ihnen.«

»Ich nehme an, Sie haben ähnliches schon vielen Mädchen geschworen.«

»Keinem einzigen!«

»Auch nicht Petra?«

»Wem?«

»Petra, meiner Freundin.«

»Die kenne ich doch gar nicht.«

»Sie lügen!« wurde es Inge wieder einmal zu bunt. »Seit einer Woche ziehen Sie mit Petra durch die Nachtlokale von Berlin – jeden Abend durch zwei, drei andere –, und mir wollen Sie nun weismachen, daß Sie sie nicht kennen.«

»Was sagen Sie da? Seit wann soll das der Fall sein?«

»Seit einer Woche.«

»Aber ich habe Ihnen doch erzählt, daß ich die ganze letzte Woche verreist war.«

»Das haben Sie mir erzählt, ja«, höhnte Inge, und sie

dachte dabei: Was unterhalte ich mich mit dem noch lange? Mit diesem Ganoven! Ganz abgesehen davon, daß uns Privatgespräche im Dienst verboten sind!

»Sie glauben mir also nicht?« sagte Ralf, fast schon zur Resignation neigend.

»Nein, ich glaube Ihnen kein Wort.«

»Ich muß mich fragen, wie Ihre Freundin dazu kommt, einen solchen Unsinn zu erzählen?«

»Ganz richtig, wie käme sie dazu? Sie müßte ja verrückt sein.«

»Anscheinend ist sie das. Ich war letzte Woche in Florenz und Rom, nicht hier in Berlin. Wenn die, wie Sie behaupten, mit einem Mann durch die hiesigen Nachtlokale gebummelt ist, muß das mit einem anderen gewesen sein, nicht mit mir.«

»Doch, doch, mit Ihnen!«

»Nein, das ist ausgeschlossen. Hat sie Ihnen denn einen Namen genannt?«

»Ja, sicher.«

»Welchen?«

»Ihren.«

»Meinen?« Ralf schlug mit der Faust auf den Tisch. »Das ist völlig unmöglich!«

»Keineswegs«, antwortete Inge ironisch. »Soll ich den Namen vielleicht buchstabieren, damit Sie sehen, daß jeder Irrtum ausgeschlossen ist . . .«

Und sie begann: »P-e-t-e-r-m-a-n-n.«

Ralf atmete schwer. Ich werde noch verrückt, dachte er.

»Genügt Ihnen das?« fragte Inge.

»Fräulein Westholdt . . . ich . . .« Er mußte einen neuen Anlauf nehmen. »Ich weiß nicht, was ich dazu sagen soll. Das ist heller Wahnsinn, den ich mir einfach nicht erklären kann. Können wir uns denn nicht treffen, um . . .«

»Nein«, unterbrach sie ihn scharf, »geben Sie sich keine Mühe, ich will nicht! Mir genügt das, was mir Petra erzählt hat, die heute ins Geschäft sogar die Blumen mitbrachte, die Sie ihr gestern in der Orientbar geschenkt haben.«

»Wo?«

»In der Orientbar.«

»In der war ich in meinem ganzen Leben noch nicht!« rief er verzweifelt.

Aber sie blieb unerbittlich.

»Hören Sie endlich auf, Herr Petermann, mir reicht das jetzt, ich mache Schluß. Und noch eines: Wenn Ihre Belästigungen nicht sofort ein Ende nehmen, werde ich nicht länger zögern, Ihre Firma einzuschalten.«

»Meine Firma?« rief Ralf ins Telefon.

»Ja, das sage ich Ihnen. Dann soll Ihr Chef Sie zur Räson bringen. Ich tue das nicht gern, aber Sie lassen mir keine andere Wahl mehr.«

Mit einem Schlag hatte Ralfs Stimmung neuen Aufschwung bekommen.

»Tun Sie das«, sagte er heiter. »Mein Chef begrüßt solche Anlässe, mit mir wieder einmal richtig Schlitten fahren zu können.«

Inge antwortete nicht mehr. Sie hatte schon vor Ralfs Erklärung, die ihr hätte zu denken geben müssen, eingehängt.

Als nächstes suchte Ralf aus dem Telefonbuch die Nummer der Orientbar heraus.

»Jetzt will ich doch mal sehen, was hinter dieser Geschichte steckt«, brummte er vor sich hin.

Der Tag war noch nicht alt, deshalb hatte Ralf nicht auf Anhieb Glück. In der Orientbar wurde nicht abgehoben, dort hatte man noch nicht geöffnet. Das war erst am späten Nachmittag der Fall. Ralf hatte nämlich nicht versäumt, jede Stunde einen neuen Versuch in nicht erlahmender Zähigkeit zu starten.

»Orientbar«, meldete sich endlich eine Männerstimme.

Ralf wußte, daß er keine ganz leichte Aufgabe vor sich hatte.

»Kann ich«, begann er, »jemanden sprechen, der gestern abend bei Ihnen Dienst hatte?«

»Als was?« erwiderte die Stimme, die jetzt schon

deutlich abweisend klang.

»Am besten als Kellner.«

»Und weshalb wollen Sie den sprechen?«

»Es muß dringend etwas aufgeklärt werden.«

»Aufgeklärt?«

Diesen Ausdruck liebt man im Barmilieu nicht besonders. Er bedeutet nur allzuoft den Beginn von Auseinandersetzungen mit der Polizei oder auch mit betrogenen Ehefrauen, deren Schicksal sich sehr häufig in Nachtlokalen zu erfüllen pflegt. Die Stimme am Telefon war deshalb verständlicherweise noch um ein gutes Stück abweisender geworden.

Ralf sagte: »Ich möchte ermitteln ...«

»Ermitteln?« fiel man ihm ins Wort.

»... ermitteln, wie eine fatale Doppelgängerschaft, als deren Opfer ich mich fühlen muß, zustande kommen konnte.«

»Wie bitte?«

Ralf sah selbst ein, daß er sich ein bißchen kompliziert ausgedrückt hatte, und formulierte es noch einmal einfacher: »Ich soll gestern Gast bei Ihnen gewesen sein und war in Wirklichkeit ganz woanders.«

Ein kurzer Lacher ertönte.

»Das passiert häufig«, sagte die Stimme am anderen Ende.

»Was passiert häufig?«

»Daß einer am nächsten Tag nicht mehr weiß, wo er überall war.«

Was das heißen sollte, war klar.

»Weil er stockbesoffen war, wollen Sie damit sagen«, meinte denn auch Ralf.

Am anderen Ende der Leitung wurde abermals kurz gelacht.

»Ich *war* aber nicht besoffen!« stellte Ralf kategorisch fest. »Ich lag um elf im Bett! Und zwar in Rom!«

»Wo?«

»In Rom.«

»Rufen Sie von Rom aus an?«

»Nein, von hier aus Berlin.«

»Aber Sie sagten doch, sie hätten in Rom im Bett gelegen?«

»Gestern«, preßte Ralf mit mühsamer Beherrschung hervor.

»Was gilt nun: Rom oder Berlin?«

»Himmelherrgott!« platzte Ralf der Kragen. »Gestern war ich in Rom, heute bin ich in Berlin! Ist Ihnen neu, daß es so etwas wie Flugzeuge gibt?«

»Nein, natürlich nicht.«

»Na also!«

»Und was wollen Sie nun exakt von mir?«

»Das habe ich Ihnen doch bereits gesagt: Ich würde gerne mit einem Ihrer Kellner, die gestern abend Dienst hatten, sprechen. Wer sind Sie denn?«

»Der Geschäftsführer.«

»Dann muß es Ihnen doch ein leichtes sein, meiner Bitte nachzukommen.«

»Nicht gerne.«

»Warum nicht?«

»Haben Sie Schwierigkeiten mit Ihrer Frau?«

»Ich bin nicht verheiratet.«

»Oder mit sonst jemandem, dem Ihre Freizeitgestaltung nicht paßt?«

»Nein. – Aber, verdammt noch mal, was sollen diese Fragen? Wie kommen Sie mir denn vor? Ich gehe doch nur einer ganz einfachen Frage nach: Wer hat sich gestern in Ihrer Bar für mich ausgegeben? Zwingen Sie mich nicht, die Polizei einzuschalten.«

»Die Polizei?«

»Ganz recht.«

»Sie müssen das verstehen«, steckte der Geschäftsführer prompt ein wenig zurück. »Wir haben unsere Erfahrungen. Dazu gehört, daß jeder Gast unserer Diskretion in jeder Beziehung sicher sein darf.«

»Kann ich nun einen Kellner sprechen oder nicht?«

»Es kommen da drei in Frage. Genügt es Ihnen, wenn ich die selbst kurz befrage?«

»Auch das, ja.«

»Und Sie sagen, Sie seien gestern nicht unser Gast gewesen, obwohl es gewissermaßen den Anschein hat?«

»Ungefähr so, ja.«

»Wie ist Ihr Name?«

»Petermann.«

»Leicht zu merken. Wollen Sie warten oder noch einmal anrufen?«

»Wie lange dauert's voraussichtlich?«

»Das kommt darauf an. Zwei habe ich hier schon rumlaufen sehen, den dritten noch nicht. Er müßte aber auch bald hier sein.«

»Dann rufe ich in einer halben Stunde noch einmal an.«

In der Zwischenzeit sah Ralf die private Post durch, die sich für ihn während seiner Abwesenheit angesammelt hatte. Es war nichts Außergewöhnliches darunter. Auch der Brief eines Homosexuellen, der um Liebe bat, fiel nicht aus dem Rahmen. Solche Dinge passieren Modeschöpfern – nicht immer ohne eigenes Mitverschulden – des öfteren.

Ralf ließ eine Stunde verstreichen und rief dann bei der Orientbar an.

»Also, was ist?« fragte er den Geschäftsführer gleich zu Beginn des Gesprächs.

Dessen Antwort bestand zunächst in einem provozierenden Lachen. Dann sagte er: »Mein Herr, Sie wollen also gestern abend nicht bei uns gewesen sein?«

»Ich *will* das nicht nur nicht gewesen sein, sondern ich *war* es nicht!«

»Und Ihr Name ist Peter Mann?«

»Petermann, ja.«

»Wissen Sie, daß Sie unserem Oberkellner Ihren Ausweis vorgezeigt haben?«

»*Was* habe ich?«

»Ihren Ausweis vorgezeigt.«

»Weshalb?«

»Weil Ihnen das Geld ausging.«

»Weil mir das Geld ausging?« Ralf hieb mit der Faust auf ein nahes Fensterbrett. »Das wird ja immer schöner!«

Der Geschäftsführer hörte den Schlag.

»Regen Sie sich doch nicht auf«, sagte er zur Besänftigung. »Daß Sie das alles nicht mehr wissen, ist nicht verwunderlich.« Wieder lachte er. »Es ging ja ziemlich hoch her. Sie hatten einiges intus.«

Ralf war jetzt so weit, daß er mechanisch nachsprach: »Ich hatte einiges intus.«

»Wenn Sie aber darauf bestehen, nicht bei uns gewesen zu sein«, versicherte der Geschäftsführer, »erweisen wir Ihnen gern den Gefallen, auf Rückfragen jedem strikt zu erklären, daß wir Sie nie gesehen haben.«

»Daß Sie mich nie gesehen haben.«

»Herr Markwart läßt sich übrigens noch einmal ausdrücklich bedanken.«

»Wer ist Herr Markwart?«

»Unser Oberkellner«, erwiderte der Geschäftsführer lachend. »Sie haben ihn zu einer gemeinsamen Besteigung des Matterhorns in Tennisschuhen eingeladen.«

»Habe ich das?«

»Im Winter«, ergänzte der Geschäftsführer.

»Hören Sie«, sagte Ralf, nach etwas haschend, das ihn der so dringend benötigten Aufklärung des Kriminalfalles, an den er schon zu glauben begann, näherbringen konnte, »wenn mir das Geld ausgegangen ist, habe ich ja noch Schulden bei Ihnen. Ich werde vorbeikommen, um sie zu begleichen.«

»Daß Sie bei uns wieder vorbeikommen werden, haben Sie ohnehin versprochen – aber nicht, um Schulden zu begleichen. Die gibt es nämlich nicht mehr.«

»Wieso nicht?«

»Die Dame in Ihrer Begleitung hat das erledigt.«

»Die Dame in meiner Begleitung hat das erledigt«, wiederholte Ralf mechanisch.

Sowohl er als auch der Geschäftsführer, der noch einiges erledigen mußte, ehe die ersten Gäste erschienen, spürten, daß ihr Telefonat reif dazu war, beendet zu werden. Nur eine Frage hatte der Geschäftsführer noch, die er sich allerdings nicht verkneifen konnte.

»Waren Sie nun wirklich in Rom, mein Herr?«

»Ja, selbstverständlich.«

»Wann?«

»Gestern.«

Immer noch besoffen – oder schon wieder, dachte der Geschäftsführer und erzählte es kurz darauf dem Oberkellner. Beiden kamen die Tränen vor lauter Lachen.

VII

Nicht nach Lachen war an diesem Tag einem Mann zumute, der schwer zu büßen hatte für seine Ausschweifungen am Abend und in der Nacht zuvor. Der Schädel wollte ihm fast zerspringen. In dem schönen Zimmer, das er als Junggeselle und sogenannter »Zimmerherr« einer höheren Beamtenwitwe, die Vermieten eigentlich gar nicht nötig hatte, lag er bis in den hellen Tag hinein nahezu regungslos auf seiner Bettcouch und starrte zur Decke empor. Die geringste Bewegung verursachte ihm Schwindelgefühle und Schmerzen. Der Herd saß, wie gesagt, im Kopf.

»Nie wieder!« schwor er laut in die Stille seines Zimmers hinein.

Es war gegen Mittag. Kurz darauf klopfte jemand an die Tür.

»Ja«, sagte der Mann zu leise, um draußen gehört zu werden.

Da Klopfen wiederholte sich.

Etwas lauter, krächzender rief er: »Ja!«

Frau Wohlrabe, die Wohnungsinhaberin, kam auf leisen Sohlen ins Zimmer geschlichen. Daß leise Sohlen angebracht waren, wußte sie aus Erfahrung.

»Herr Mann«, sagte sie, »ich sehe schon, ich muß heute wieder dafür sorgen, daß Sie etwas in den Magen kriegen. Was möchten Sie essen?«

»Guten Morgen«, antwortete er. »Nichts.«

»Guten Tag«, gab sie ihrem Tadel Ausdruck. »Ich bringe Ihnen eine Bouillon mit Ei.«

»Danke, nein.«

»Oder einen Hering?«

Das änderte seine ablehnende Haltung.

»Ja, bitte, Frau Wohlrabe.«

Sie blieb noch ein bißchen und schaute sich kopfschüttelnd um.

»Aussehen tut's hier!« seufzte sie.

Obwohl die Verwüstung, die sich vor ihr ausbreitete – durcheinandergeworfene Kleidungsstücke, volle Aschenbecher usw. –, erst jüngsten Datums war, sagte ihr Untermieter: »Frau Wohlrabe, Sie wissen doch, wie lange mich meine Zugehfrau bereits im Stich läßt.«

»Oft genug habe ich Ihnen schon gesagt, daß das überhaupt lächerlich ist mit der. Was brauchen Sie eine Zugehfrau? Als wenn das nicht ich erledigen könnte.«

»Und oft genug habe ich Ihnen schon geantwortet: Nein! Ich möchte das nicht, Frau Wohlrabe.«

»Ich weiß, Sie finden das unter meiner Würde. Sie sind nicht ganz bei Trost.«

Bertha Wohlrabe war eine richtige Berlinerin, mit dem Herzen auf dem rechten Fleck. Ihren Untermieter mochte sie durchaus. Sie hatte ihm das Zimmer vermietet, weil sie gern ein bißchen Leben um sich hatte. Daß er ihr sympathisch war, enthob sie vor ihrem eigenen Gewissen freilich nicht der Pflicht, mit ihm in einem ständigen Kleinkrieg zu leben. Sein Lebenswandel war es, mit dem sie sich nicht einverstanden erklären konnte.

»Wo waren Sie denn wieder die ganze Nacht?« fragte sie ihn.

Er seufzte.

»Berufliche Pflichten, Frau Wohlrabe.«

»Indem Sie sich zu Tode trinken?«

»Ich gebe zu, vielleicht ein Glas zuviel getrunken zu haben.«

»Ein Glas!« rief die Witwe, vor Entrüstung bebend.

»Aber der Anlaß«, fuhr er fort, »rechtfertigt das Ganze.«

»So? Welcher Anlaß?«

»Ich lernte einen Oberkellner kennen, dessen zwei Söhne in der Jugendmannschaft von Hertha BSC spielen.«

»Nicht auszudenken«, erklärte die Witwe schlagfertig, »was passiert wäre, wenn er drei fußballspielende Söhne gehabt hätte.«

Sie wandte sich zur Tür.

»Ich bringe Ihnen jetzt Ihren Hering.«

»Zwei, bitte.«

»Gut, drei.«

Das Telefon im Zimmer läutete. Mann hatte von Berufs wegen einen eigenen Anschluß.

Frau Wohlrabe war, die Hand auf der Türklinke, stehengeblieben. Das schrille Klingeln ging ihrem Untermieter durch und durch. Er hielt sich die Ohren zu.

»Nehmen Sie ab«, bat er die Witwe. »Sagen Sie, ich sei nicht da.«

Das wäre aber nach Meinung von Frau Wohlrabe falsch gewesen.

»Bei Mann«, meldete sie sich und lauschte drei, vier Sekunden.

»Wer ist am Apparat?« fragte sie schließlich und lauschte wieder.

»Einen Moment«, sagte sie dann, »ich muß nachsehen, ob er vielleicht noch in der Küche zu finden ist. Es kann aber durchaus sein, daß er das Haus schon verlassen hat.«

Sie legte die Hand auf die Sprechmuschel und sagte zu ihrem Untermieter: »Eine Frau oder Fräulein Martens ist dran. Wollen Sie sie sprechen?«

»Ja!« rief er, sich auf seinem Lager jäh aufrichtend und ihr den Hörer fast aus der Hand reißend. »Petra, du?«

Bertha Wohlrabe beobachtete mit Erstaunen das jähe Erwachen der Lebensgeister ihres Schutzbefohlenen. Wenn sie nun eine übertrieben diskrete Dame gewesen wäre, hätte sie sich aus dem Raum entfernt; sie wußte jedoch, daß die Diskretion einer Vermieterin ihre Grenzen hat, deshalb machte es ihr gar nichts aus, im Zimmer zu bleiben. Sie konnte dabei leider nur hören, was Peter Mann, den Hörer ans Ohr gepreßt, jeweils sagte:

»Wie's mir geht? Jetzt schon besser, da ich deine Stimme vernehme. Und dir?« (Fange ich auch schon an mit diesem Stimmenwahnsinn, dachte er dabei.)

»-----------«

»Wir hätten nicht so viel durcheinander trinken dürfen.«

»-----------------«

»Das bestreite ich ja gar nicht, natürlich war ich derjenige, welcher . . .«

»-------«

»Was? Eine ganze Flasche?«

»-------«

»Whisky?«

»---«

»Großer Gott, dann wundert mich nichts mehr!«

»--«

»Ich habe aber noch mitgekriegt, daß du den Rest bezahlt hast. Wann sehe ich dich, um dir das Geld zurückzugeben?«

»--------«

»Heute nicht mehr? Warum nicht?«

»------------------«

»Du willst dich ausruhen, na gut, das sehe ich ein. Dann morgen. Ich für meine Person kann mich leider nicht erholen, der Chef sitzt mir im Nacken. Die Serie findet von Tag zu Tag größeren Anklang bei unseren Lesern, deshalb darf keine Lücke entstehen. Mir hängt das Ganze schon langsam zum Hals heraus. Aber morgen? Begleitest du mich dann wieder?«

»-------«

»Prima! Wir sind doch jetzt schon fast ein Gespann, das zusammengehört. Leid tut mir nur, daß du tagsüber immer an deinem Klappenschrank sitzen mußt.«

»------------------------«

»Hast du schon gegessen?«

»----------«

»Mir bringt meine Wirtin Heringe. Phantastisch. Sie steht neben mir und läßt sich kein Wort entgehen, damit sie mich richtig umsorgen kann. Ich bin ihr sehr dankbar.«

»------------«

»Auch in deinem Namen, ja, ich werd's ihr sagen.«

»-----------------«

Die Tür klappte leise. Frau Wohlrabe hatte nun doch das Feld geräumt.

»Jetzt ist sie weg, Petra«, sagte Peter Mann. »Laß dir nur noch rasch sagen, daß ich unheimlich auf dich stehe. Es ist Wahnsinn! Noch vor zehn Minuten hatte ich Kopfschmerzen zum Verrücktwerden. Und jetzt? Jetzt sind sie wie weggeblasen. Soll mir einer sagen, daß das kein Wunder ist! Es spricht Bände!«

»---------------------------«

»Du auch, toll! Mach's gut! Bis morgen. Ich melde mich.«

Arbeit lenkt ab.

Ralf Petermann entsann sich dieses alten Spruchs und handelte danach. Er stürzte sich in die Arbeit. Tagelang war er früh der erste, der die Räumlichkeiten seiner Firma unsicher machte, und abends der letzte, der sie verließ. Seine Sekretärin hatte den Auftrag, ihn nach außen hin völlig abzuschirmen. Auch Telefonanrufe mußte sie ihm nach Möglichkeit vom Hals halten, nur die wichtigsten durfte sie zu ihm durchstellen.

An einem Montagmorgen fragte sie: »Herr Petermann, was gilt für diese Woche? Totale Abschirmung, wie bisher, oder Aufhebung des Beschlusses?«

»Mehr denn je!« rief er. »Heute jedenfalls noch!«

Und schon eilte er ins Atelier, wo er für die Sekretärin den halben Vormittag verschwunden blieb.

Was ihn so umtrieb, war eine Inspiration, deren er sich in einigen schlaflosen Stunden der vergangenen Nacht hatte erfreuen dürfen.

So stand er nun vor einer Schneiderpuppe und probierte

an ihr ein neues Abendkleidmodell aus. Inmitten eines Gewirrs von Stoffen, von Tüll, Taft, Seide, Brokat, Organdy, Georgette und Spitzen entwarf er mit kühner Phantasie, ohne Vorlage, aus dem Kopf ein Modell, einen Traum aus Taft und Tüll, verziert mit weißen Spitzenrosen.

Der Ort des Geschehens war von Ralfs Mitarbeiterinnen umlagert, die dem schöpferischen Akt voller Bewunderung beiwohnten. Sie waren ganz Auge und Ohr.

»Ein gutes Kleid«, sagte Ralf, »muß Atem haben. Es muß selbst leben, nicht erst etwa dadurch, daß es angezogen wird, versteht ihr? Es muß Eleganz, Einmaligkeit, Zauber ausströmen, muß eine Sinfonie von in Formen umgesetzter Liebe sein. Dann erst ist es ein Kleid und kein Fetzen. So gesehen, lebt die Menschheit leider in einer Welt von Fetzen. Unsereiner steuert dagegen an, aber wir sind zu wenige. Auch der exquisite Geschmack müßte bei den Frauen weiter verbreitet sein.«

Er wandte sich nach hinten.

»Bitte Seide, Brokat und Weißfuchsstreifen . . .«

Beflissene Hände reichten ihm die kostbaren Materialien, und wieder stand er vor der Puppe, mit gerunzelter Stirn und verschleierten Augen, als blicke er nach innen, und dann glitten seine Hände über die Figur und drapierten die Stoffe in kühnen Falten um den Körper.

Vom Rascheln der Textilien abgesehen, war es mucksmäuschenstill im Raum. Man wagte kaum zu atmen, geschweige denn zu sprechen, wenn der Chef ein neues Kleid schuf – ja: schuf! Jede andere Bezeichnung wäre dem, was vorging, nicht gerecht geworden.

Plötzlich zerrissen schrille Mißtöne die geheiligte Stille. Das Telefon im Büro nebenan hatte angefangen zu läuten und hörte nicht mehr auf, was nur darauf zurückzuführen sein konnte, daß die Sekretärin nicht an ihrem Platz war. Auch Chefsekretärinnen, selbst wenn sie Engel sind, können eben manchmal ein menschliches Rühren nicht unterdrücken.

Das Telefon lärmte zum fünften oder sechsten Mal. Mit

gequältem Gesichtsausdruck fragte Ralf alle, die ihn umstanden: »Geht denn keiner ran?«

Nur Edith Kühnemann, die sich mit Kündigungsabsichten trug, stürzte daraufhin nicht zur Tür. Den Wettlauf gewann merkwürdigerweise die älteste der Schneiderinnen. Als sie zurückkam, sagte sie: »Ein Herr Mann ist am Apparat.«

Gestört in seinem schöpferischen Akt, tadelte Ralf Petermann sie: »Wußten Sie nicht, daß ich nicht zu sprechen bin?«

»Doch, aber der Herr sagte . . .«

Sie verstummte.

»Was sagte der Herr?« fragte Petermann unvorsichtigerweise.

»Daß Sie . . . daß Sie sich nicht so anstellen sollen.«

»Meine Damen«, erklärte der Modeschöpfer und zwang sich zu einem geringschätzigen Lächeln, um zu retten, was zu retten war, »die Sprache der Banausen. Ich kenne den. Er arbeitet für ein Revolverblatt.«

Am Telefon begann er unfreundlich: »Was ist?«

»Servus, altes Haus!« tönte es ihm entgegen. »Wie geht's?«

»Was willst du?« antwortete Ralf.

»Du mich auch!«

»Was?«

»Du mich auch, sagte ich und habe damit das ausgesprochen, was du dir gedacht hast.«

Ralf seufzte.

»Peter«, sagte er halb amüsiert, halb melancholisch, »mit dir ist's ein Kreuz. Wenn du anrufst, kommst du ungelegen, und wenn du gelegen kämst, rufst du nicht an.«

»Ich verstehe. Und wann wäre ich gelegen gekommen?«

»Die ganze vergangene Woche.«

»Du bist gut, ich hab's wiederholt versucht und mußte jedesmal von deiner Sekretärin hören, daß du nicht da bist. War nichts zu machen.«

Stimmt ja, was er sagt, dachte Ralf.

»Überrumpeln«, fuhr Peter fort, »läßt die sich nicht; anders als die heute.«

Ralf gab zu, ihm sei es ähnlich ergangen, auch er habe ihn, Peter, vergeblich in der Redaktion zu erreichen versucht.

»Und was wolltest du?« fragte ihn der Zeitungsmensch. »Mir deine Verlobung mit der Besitzerin der schönsten Stimme Berlins, nein, der Welt mitzuteilen?«

»Schön wär's«, erwiderte Ralf seufzend. »Aber mit der erlebe ich eine Pleite nach der anderen.«

»Tatsächlich?«

»Es ist verheerend, glaub mir.«

»Eine ganz neue Erfahrung für dich, wie?« sagte Peter, nicht ganz ohne Schadenfreude.

»Kannst du mir nicht ein bißchen beistehen?«

»Wie denn?«

»Weiß ich auch nicht, deshalb frage ich dich ja.«

»Im Moment jedenfalls überhaupt nicht, weil ich auf dem Sprung bin.«

»Wohin?«

»Nach Paris. Die Redaktion schickt mich. Unser Korrespondent dort muß für einen erkrankten Kollegen in Madrid einspringen – er kann Spanisch – und ich für den in Paris. Das war auch der Grund meines Anrufs. Ich wollte dir das mitteilen.«

»Seit wann sprichst du so gut Französisch?«

»Schon immer.«

»Wußte ich gar nicht.«

»Siehst du.«

»Wann geht's los?«

»Morgen oder übermorgen.«

»Für wie lange?«

»Das steht noch nicht fest; jedenfalls bis der in Madrid wieder auf dem Damm ist.«

»Soso. Und wer betreut in der Zwischenzeit deine . . . wie hieß sie?«

»Petra.«

»Richtig, ja, wer nimmt sich ihrer an?«

»Du nicht!« rief Peter spontan.

»Warum nicht, Junge? Ich könnte mich doch wirklich ein bißchen um sie kümmern. Würde sich das nicht geradezu anbieten?«

»Untersteh dich! Eher nehme ich sie mit nach Paris.«

»Mensch!« wunderte sich Ralf. »So viel bedeutet sie dir?«

»Mehr als dir die deine!«

Ralf sagte dazu nichts mehr. Das hätte er nicht gedacht. Erst als Peter »Also, dann tschüs!« sagte, fiel ihm dessen laufende Serie in Berlin ein, so daß er ihn noch fragte: »Und wer nimmt sich an deiner Stelle den Rest der hiesigen Nachtlokale vor? Oder hattest du sie schon alle durch?«

»Keineswegs. Hier springt einer von der Sportredaktion ein. So ist das nun mal bei der Presse. Was glaubst du, wie oft das passiert!«

»Komm gesund wieder, Alter.«

»Mach' ich. Das gleiche gilt auch für dich hier in Berlin: Bleib gesund.«

»Tschüs!«

»Tschüs!«

Ralf legte den Hörer auf und zündete sich eine Zigarette an. Nachdenklich begann er zu rauchen. Die kleine Hoffnung, die er mit seinem Freund verbunden hatte, war also vorläufig zerstoben. Unterstützung von dieser Seite konnte er im Moment keine erwarten. Er sah sich auf sich allein gestellt.

Aber war das ein Fehler?

Mann, sagte er zu sich selbst, sich innerlich aufraffend, ich brauche doch keinen anderen, um mit einem Mädchen zu Rande zu kommen. Wer bin ich denn? Ich werde mir die unter den Nagel reißen, ob sie will oder nicht.

Sich eine Dame unter den Nagel reißen ist zwar keine schöne Ausdrucksweise, aber ein Mann, der ein Gespräch mit sich selbst führt, drückt sich so und nicht anders aus. Das darf sogar vom alten Knigge höchstpersönlich mit Sicherheit angenommen werden.

Ralf rauchte noch eine zweite Zigarette und dachte nach.

Daß man im Atelier auf ihn wartete, kümmerte ihn nicht. Die Sekretärin kam inzwischen zurück und bemerkte an seinem versunkenen Gesichtsausdruck, daß es nicht ratsam war, ihn aus seiner Grübelei aufzuschrecken. Sie sagte deshalb kein Wort zu ihm und hütete sich, auf ihrer Schreibmaschine herumzuklopfen.

Eine Idee wurde in Ralfs Kopf geboren, eine höchst verrückte Idee ...

Das verdammte Telefon ließ ihn zusammenfahren. Die Sekretärin blickte ihn fragend an, ehe sie abhob. Er schüttelte verneinend den Kopf und setzte sich ab ins Atelier. Er öffnete die Tür, sah die begonnene Arbeit an der Puppe, winkte jedoch ab, als sich seine in kleinen Gruppen herumstehenden und plaudernden Mitarbeiterinnen wieder um ihn scharen wollten.

»Schluß für heute! Ich bin nicht mehr in der richtigen Stimmung. Es klafft da in meiner Vorstellung für das Kleid eine Lücke, die ich noch nicht schließen kann. Wir machen ein andermal weiter.«

Das Atelier leerte sich. Zurück blieb nur Ralf. Sinnend stand er vor der Puppe und starrte auf die Seide und den Tüll. Das weiche Fell des Weißfuchses lag auf einem Hocker daneben.

Und plötzlich fing Ralf wieder an zu arbeiten. Er machte einen Schritt zurück, einen nach links, zwei nach rechts, klemmte das Kinn zwischen Daumen und Zeigefinger, bei allem die Puppe nicht aus den Augen lassend.

Dann kniete er vor der Puppe und wühlte in den Stoffen, suchte und schob beiseite, probierte, steckte mit Nadeln Behelfsnähte, trat abermals zurück und besah das Ganze, wie ein Maler seine Farben betrachtet, verwarf einige Nähte, löste sie wieder, steckte sich eine ganze Reihe überflüssig werdender Nadeln zwischen die Lippen und schuf mit seinen schlanken Fingern neue Falten und Formen, neue Linien und Farbkompositionen. Mit einem Zentimeterband um den Hals und dunkelblauer Kreide in der Linken saß er dann vor der Puppe und drapierte, maß ab, strichelte mit der

Kreide Ansätze und Passen, Falten und Kräuselnähte und vergaß die Welt um sich herum, vergaß Ort und Zeit.

Ein Kleid entstand – nein, eine Robe wie noch nie!

Es war eine Form gewordene Liebeserklärung an die Schönheit eines Mädchens.

Ein Wirklichkeit gewordener Traum.

Das Modell »Inge«.

VIII

Postrat Dr. Franz Senger staunte nicht schlecht, als ihm seine Vorzimmerdame eine Visitenkarte auf den Schreibtisch legte, da solche Requisiten im Amtsverkehr eigentlich nicht üblich sind.

Der Postrat las Namen und Beruf auf der Karte:

RALF PETERMANN
Modeschöpfer

»Modeschöpfer?« fragte er die Vorzimmerdame, die sich bis dahin jedes Wortes enthalten hatte.

Sie zuckte auch jetzt nur stumm die Achseln.

»Was haben wir mit Modeschöpfern zu tun, Frau Maler?«

Irgend etwas Undefinierbares lag in ihren Augen, das aber jetzt deutlich wurde, als sie erwiderte: »Er sieht sehr gut aus, Herr Postrat.«

Mit der Frage des Postrates hatte diese Antwort allerdings nichts zu tun.

»Was will er, Frau Maler?«

»Er sprach von einer Aktion seiner Firma, die irgendwie auf eine Spende hinausläuft. Ganz habe ich ihn nicht verstanden. Er will es Ihnen selbst vortragen.«

»Auf eine Spende hinausläuft?« wiederholte mißtrauisch der Postrat, ein Beamter alter Schule, ein heute also ziemlich selten gewordenes Exemplar.

»Ja.«

»An die Post?«

»An eine Person der Post.«

»Sie hatten nicht den Verdacht, daß es auf Bestechung hinausläuft?«

»Nein, das nicht, Herr Postrat. Er sieht sehr gut aus . . .«

Ein nervöses Zucken im Gesicht des Postrats verriet, daß ihm diese Nachricht langsam auf die Nerven ging.

». . . absolut seriös, meine ich«, ergänzte deshalb Frau Maler rasch.

Dr. Senger räusperte sich.

»Merken Sie sich, Frau Maler, je seriöser sie aussehen, desto . . .«

Den Rest schenkte er sich. Er winkte nur noch vielsagend mit der Hand. »Schicken Sie ihn herein.«

Und dann kämpfte Ralf Petermann von Anfang an auf verlorenem Posten. Erstens sah er wirklich viel zu gut aus – ein schweres Handikap für ihn in den Augen eines Leidtragenden, der von seiner Frau geschieden war, weil sie ihn, ehe er dahintergekommen war, vier Jahre lang mit einem »sehr gut aussehenden Mann« betrogen hatte. Zweitens war Ralf auch noch entschieden zu gut angezogen. Zu Dr. Sengers »Überzeugungen« gehörte es nämlich, seine Klamotten von der Stange zu kaufen. Alle, die das nicht taten, waren in seinen Augen »Fatzkes«.

»Herr Postrat«, begann Ralf Petermann, der das Abseits nicht ahnte, in dem er sich schon befand, frohgemut, »meine Firma hat Grund, sich für einen gewissen Service, den sie von seiten Ihres Amtes erfährt, endlich erkenntlich zu zeigen. Das war bisher nicht üblich, ich weiß das, aber warum soll da nicht auch einmal der Anfang gemacht werden?«

Dr. Senger ergriff mit zwei Fingern Ralfs Visitenkarte, die auf dem Schreibtisch lag, hob sie etwas hoch, las den Namen und richtete den Blick wieder auf das Gesicht des Besuchers.

»Herr Petermann«, sagte er und ließ den Blick zurückwandern zur Karte, »Sie sind . . .« – Pause – ». . . Modeschöpfer.«

Ralf Petermann nickte.

»Und Sie haben«, fuhr Dr. Senger fort, »laut Ihrer Aussage, eine . . .« – Pause – ». . . Firma.«

Petermann nickte noch einmal.

»Welchen besonderen Service erfahren Sie von der Post?«

Petermann lächelte.

»Wir telefonieren sehr viel.«

»Und?«

»Und«, fuhr Petermann, mit einer ersten Irritation kämpfend, fort, »wir bekommen Lieferungen und versenden Lieferungen.«

»Was ist daran Besonderes, Herr . . .» – Dr. Senger mußte wieder die Karte zu Hilfe nehmen – ». . . Petermann?«

»Besonderes ist daran nichts, Herr Postrat. Mir geht's auch gar nicht um den Paketverkehr, sondern ums Telefon. Ihr Fernamt ist diesbezüglich einfach nicht zu überbieten.«

»Man wird noch manches verbessern können, aber es freut mich, von Ihnen zu hören, daß Sie zufrieden sind. Besten Dank.«

Dr. Senger blickte zur Tür. Das war deutlich.

Noch leistete Petermann jedoch Widerstand.

»Herr Postrat«, sagte er, »wir sind sogar mehr als zufrieden, deshalb möchten wir eine Ihrer Damen sozusagen auszeichnen und diese Aktion fortan jedes Jahr wiederholen. Die erste Dame haben wir selbst ausgesucht. Die Auszeichnung soll in einer meiner Firma gemäßen Form erfolgen.«

Petermann sagte wohlweislich immer »wir«.

Dr. Senger griff wieder das ihm wesentlich Erscheinende heraus, indem er meinte: »In einer Ihrer Firma gemäßen Form, sagten Sie?«

»Ja.«

»Soll das heißen, daß Sie an eine Art ›Kleiderspende‹ denken?«

Petermann konnte darauf nur hervorstoßen: »Wie sagten Sie? Kleiderspende?«

»Ja.«

Da ließ Petermann den »Postrat« beiseite.

»Wissen Sie, wovon Sie eigentlich reden, Herr Senger?«

»Durchaus, Herr Petermann.«

»Anscheinend nicht. Hier steht nämlich eine Kreation zur

Debatte, Herr Senger. Eine Robe! Eine Modeschöpfung von internationalem Rang.«

»Was immer hier zur Debatte steht, Herr Petermann, es lohnt die Aufregung nicht, der Sie plötzlich zum Opfer zu fallen drohen.«

»Doch, doch! Sie haben hier ein Urteil ausgesprochen, das einer Diffamierung gleichkommt!«

»Welches Urteil?«

»Über meine Branche.«

»Echauffieren Sie sich nicht, Herr Petermann. Ich gebe zu, daß ich von Mode nichts verstehe, daß also einem solchen Urteil, falls ich mir wirklich eines erlaubt haben sollte, keinerlei Gewicht beizumessen ist.«

Ralf Petermann begriff, daß er hier nichts mehr verloren hatte. Es bestand nur die Gefahr einer Explosion, die ihn wegen Beleidigung oder gar Körperverletzung mit dem Gesetz in Konflikt hätte bringen können. Auf der Stelle erhob er sich, marschierte zur Tür, drehte sich dort noch einmal um und rief dem Postrat, der, einem Fels in der Brandung gleichend, ruhig und fest an seinem Schreibtisch sitzen geblieben war, wutentbrannt zu: »Es war mir *kein* Vergnügen!«

Bis er den Ausgang des Gebäudes erreichte, mußte er drei Türen passieren. Alle drei warf er schmetternd hinter sich zu, so daß es wie von Schüssen durch die hohen Flure hallte. Den Mitarbeitern in den Büros waren solche Geräusche längst bekannt. Da war wieder einer beim Senger, dachte man allgemein. Dr. Senger selbst sagte zu seiner Vorzimmerdame, nachdem Ralf Petermann seinen überstürzten Rückzug angetreten hatte: »Öffnen Sie drei Minuten das Fenster, Frau Maler.«

Diese Anordnung wurde durch Ralf Petermanns Herrenparfüm ausgelöst, dessen Duft noch im Raum schwebte. Sengers Zimmer lag zur Straße hin. Als sich die unsichtbaren Schwaden von Autoabgasen durch das offene Fenster hereinwälzten und der Postrat deren »Duft« wahrnahm, nickte er zufrieden über die »frische Luft«, von der er sich nun wieder umgeben wähnte.

Frau Maler blickte auf die Uhr und schloß das Fenster. Die drei Minuten waren vorüber.

»Sie hatten recht«, bemerkte der Postrat, »dem schwebte in der Tat das vor, was Sie vermuteten, Frau Maler.«

Die Sekretärin enthielt sich einer Stellungnahme und schwieg. Der Chef sagte ihr nichts Neues, denn sie hatte – wie sich's gehört – an der Tür gelauscht. Ein Modeschöpfer war noch nie zu ihnen gekommen; ein solcher Besuch war viel zu ungewöhnlich und aufregend, als daß er nicht eine entsprechende Reaktion hervorgerufen hätte. Innerlich bezog sie selbstredend Petermanns Position und nicht die ihres Chefs, der ein alter Sack in ihren Augen war, nicht mehr kompetent für Themen wie »gutes Aussehen«, »Eleganz« und »Herrenparfüm«.

»Wissen Sie«, fuhr der Postrat fort, »wovon der sprach?«

Seine Stimme wurde von Wort zu Wort lauter, als er hinzusetzte: »Von einer Kreation! Einer Robe! Einer Schöpfung von internationalem Rang!«

Er lachte geringschätzig.

»Und damit glaubte er, die Post vor seinen Karren spannen zu können, Frau Maler.«

Die Vorzimmerdame blickte verdutzt.

»Oder zweifeln etwa auch Sie daran, Frau Maler?«

»Woran, Herr Postrat?«

»Daß es dem nur um Reklame für seine Firma gegangen ist. Stellen Sie sich vor, wie die Presse auf so was reagiert hätte. Sicher auch das Fernsehen. Modeschöpfer Soundso, begeistert vom Service der Post, bekleidet kostenlos unsere Mädchen . . . und so weiter und so fort. Der wäre dann in aller Munde gewesen und hätte sich vor Zulauf gar nicht mehr retten können. Ich hoffe, daß Ihnen das klar ist, Frau Maler.«

Aus dieser Perspektive hatte die Maler das Ganze noch gar nicht gesehen.

»Sie haben recht, Herr Postrat.«

»Aber nicht mit mir, Frau Maler!«

Sie ärgerte sich über sich selbst.

»Ich hätte mich von dem übertölpeln lassen, das gebe ich zu.«

»Aber, Frau Maler, ich bitte Sie, die Masche von dem lag doch von Anfang an klar auf der Hand.«

»Mir wäre sie zu raffiniert gewesen, ich hätte sie nicht durchschaut.«

»Ich bitte Sie!« sagte der Postrat noch einmal, Mitleid für sie erkennen lassend.

Und dann faßte er das ganze Geschehen in einem einzigen Wort zusammen, das es verdiente: »Lächerlich!«

Beim Mittagessen in der Kantine erzählte Dr. Senger seinem Stellvertreter, was sich heute schon in seinem Büro abgespielt hatte.

»Nein«, unterbrach ihn dieser mehrmals mit seiner Lieblingsfloskel, »das darf doch nicht wahr sein!«

Zum Schluß fragte er: »War der nicht ganz richtig?«

»Sicher«, antwortete Dr. Senger überzeugt. »Ein Mensch, der solche Schnapsideen hat, kann nicht gesund sein!«

Schnapsidee – ja, das traf ins Schwarze, ganz gleich, wie man zu dem alten Knacker stand. Kein Zweifel, das, was Ralf Petermann in die Tat hatte umsetzen wollen, war eine klassische Schnapsidee gewesen, nichts anderes. Und daß er krank war, stimmte ebenfalls, wenn auch nicht im medizinischem Sinn. Der Bazillus der Liebe hatte ihn befallen, und das schon in einem größeren Ausmaß, als er es selbst erkennen konnte.

IX

Peter Mann und Petra Martens saßen abends in einer Gartenwirtschaft am Wannsee und schauten hinaus auf den stillen See. An einer beleuchteten Landungsbrücke lag der kleine Rundfahrtdampfer und warb mit seiner Festbeleuchtung um neue Passagiere.

»Noch einmal ein geschenkter Abend«, sagte Petra leise.

»Gegen jede weitere Verzögerung deiner Abreise hätte ich nichts einzuwenden.«

»Nein«, schüttelte er den Kopf, »mach dir keine Hoffnung, zwei Tage sind genug. Unser Büro in Paris ist unbesetzt. Morgen geht's bestimmt los. Der Chef wartet nur noch auf ein Stichwort aus Straßburg.«

»Auf welches?«

»Das weiß ich auch nicht. Dem Vernehmen nach soll ich dort sozusagen im Vorbeigehen auf der Hinreise Verbindung mit einem Elsässer Kreis aufnehmen, der seine Leute in Paris hat.«

»Das klingt ja ganz geheimnisvoll.«

»Ist es aber nicht«, erwiderte Peter lachend und stupste sie mit dem Zeigefinger auf die Nase. »Steckt nur Wirtschaftliches dahinter, Bilaterales . . .«

Sie unterbrach ihn: »Was heißt das?«

»Bilaterales?«

»Ja.«

»Zweiseitiges. In diesem Falle also: Straßburgerisches/ Pariserisches.«

Sie blickte ihn etwas ratlos an. Der Dampfer tutete aufmunternd.

»Komm«, rief Peter, sprang auf und zog sie hoch, »laß uns eine Rundfahrt um den See machen. Geh schon vor, ich zahle nur noch schnell.«

An Bord befanden sich nur wenige Passagiere, als der Dampfer ablegte und hinaus auf den im Mondlicht wie eine Silberscheibe glänzenden Wannsee fuhr.

Petra und Peter saßen ganz vorne am Bug und blickten hinab auf den Kiel, der schäumend das silberne Wasser durchschnitt. Gischt spritzte auf, und vereinzelte Tropfen sprangen bis in Petras Gesicht. Die leisen Schreie, die das bei ihr hervorrief, gaben Peter Veranlassung, die Tropfen immer wieder von ihren Wangen zu küssen. Verirrte sich gar einer auf ihren Lippen, genoß er das natürlich in höchsten Maßen.

Aneinandergelehnt saßen sie da und freuten sich ihres

Lebens. Besonders Petra wünschte sich, daß der Abend nie zu Ende gehen möge.

»Schön«, sagte sie, den Kopf an seine Schulter kuschelnd.

»Schön«, pflichtete er bei.

»Bist du glücklich, Peter?«

Er nickte.

»Du auch?«

»Und wie!«

»Siehst du, so ist das Leben, wir zwei fühlen uns wie im siebten Himmel, und nicht weit von hier sitzt einer zwischen seinen vier Wänden und bläst Trübsal.«

Petra löste sich von Peters Schulter und blickte ihn von der Seite an.

»Wer?«

»Mein bester Freund.«

»Was hat er?«

»Was wird er schon haben? Liebeskummer!«

»Ach nein, soweit war's ja noch gar nicht.«

»Wie, soweit war's noch gar nicht? Was heißt das? Ich verstehe dich nicht.«

Die Glut der Zigarette, die Peter rauchte, näherte sich seinen Fingern. Er schleuderte die Kippe über die Reling und blickte dem durch die Luft segelnden feurigen Punkt nach, der jäh erlosch, als er im Wasser verschwand. Dann sagte er, sich erneut Petra zuwendend: »Der beißt zum erstenmal bei einer auf Granit.«

»Will sie nichts von ihm wissen?«

»Anscheinend. Er kommt überhaupt nicht an sie ran. Laufpaß geben und so erübrigt sich also für die von vornherein.«

»Ein standhaftes Mädchen.« Sie blickte ihn schelmisch an. »Standhafter als ich.«

Rasch zog er sie an sich, küßte sie, ließ sie wieder los.

»Du kennst sie.«

»Ich?!« rief Petra überrascht.

»Ja.«

»Sag, wer!«

»Deine Freundin Inge Westholdt.«
»Inge?!« rief Petra noch überraschter.
»Ja.«
»Davon hat sie mir ja noch gar nichts erzählt!«
Peter schüttelte den Kopf.
»Es gab auch keinen Grund dazu. Ich sagte dir doch, daß die ganze Affäre nur auf seiner Seite angesiedelt ist.«
In Petras Gehirn vollzog sich ein kleiner Erinnerungsprozeß. Sie war ein hübsches und charmantes, jedoch auch sehr oberflächliches Mädchen. Jenes Telefongespräch beim Friseur mit Inge hatte sie eigentlich längst vergessen, nun aber erinnerte sie sich.
»Mir geht ein Licht auf!« sagte sie plötzlich.
»Was meinst du?«
»Die Geschichte mit den beiden steht doch in irgendeinem Zusammenhang mit unserer Bekanntschaft?«
Ein Geständnis war fällig. Peter konnte sich dem nicht mehr länger entziehen. Er nickte.
»Du hast recht«, begann er. »Das war so . . .«
Er verschwieg ihr nichts, erzählte ihr auch die Dinge, die ihn nicht im besten Licht erscheinen ließen: das Spiel mit falschen Karten zum Beispiel, das begann, als er mit Petra an jener Straßenecke, um die sie herumgestürmt war, zusammenprallte.
»Da befand ich mich auf dem Weg zu euch ins Fernamt«, sagte er, »um ein Interview mit dem Basketballstar Inge Westholdt zu machen – alles nur im Auftrag meines Freundes.«
»Dann bot sich dir aber die Gelegenheit, mich auszuhorchen, und das Interview erübrigte sich dadurch.«
Das kam ziemlich bitter aus Petras Mund, so daß er sie rasch wieder in die Arme nahm und sagte: »Du wirst doch nicht auf falsche Gedanken kommen, Liebes. Glaub mir, ich lernte dich kennen, und von der ersten Minute an wußte ich, daß dabei etwas passiert war, mit dem ich nicht gerechnet hatte. Von nun an standest nur noch du für mich im Vordergrund, alles andere sank herab zur Bedeutungslosigkeit.«

»Stimmt das auch?«

»Ich schwöre es dir, Liebling.«

Ganz schien er sie aber noch nicht überzeugt zu haben. Melancholie, die man von ihr nicht gewohnt war, kam zum Ausdruck, als sie sagte: »Ach, was hast du denn schon an mir, Peter, wer bin ich denn? Eine kleine Telefonistin. Es fehlt mir an allem: an Schönheit, an Geld, an Bildung. Meine Nase ist zu groß, ich wohne bei meiner Mutter, habe keine Mitgift zu erwarten, in der Schule reichte es nur zur mittleren Reife. Meine Beine . . .«

Das ging ihm zu weit.

»Deine Beine«, unterbrach er sie, »machen mich verrückt. Hör bloß auf, mir die vermiesen zu wollen. Sie machen mich wahnsinnig.«

»Aber meine Nase . . .«

»Die ist ganz entzückend. Warum sonst würde ich sie so oft küssen, kannst du mir das sagen?«

Sie kam zum Kern der Sache.

»In Paris«, sagte sie, »wirst du schnell eine Hübschere kennenlernen . . .«

»Quatsch!«

». . . und eine, die es besser mit Männern versteht als ich.«

»Petra, du . . .«

»Dafür sind die Französinnen bekannt.«

»Du spinnst, Petra. Was ist denn plötzlich in dich gefahren?«

Sie lächelte traurig. »Ich erkenne mich selbst«, sagte sie überraschend weise. »Ich bin ein kleines, unbedeutendes Mädchen. Du bist ein Reporter, der schon einen gewissen Namen hat und dem eine noch größere Karriere winkt. Ein Mann wie du amüsiert sich mit einem Mädchen meinesgleichen, geht mit ihm in die Bar und ins Bett, heiratet es aber nicht. Doch . . .«

»Du hörst jetzt sofort auf, so zu reden, Petra!«

»Doch eines versichere ich dir, Peter . . .«

»Was?«

»Ich werde mich nie an dich hängen. Wenn du mich satt

hast, werde ich dir nicht im Wege sein. Ein Wink von dir – und ich gehe.«

Und als er sie daraufhin nur mit großen Augen anblickte, schweigend, den Kopf schüttelnd, fügte sie leise hinzu: »Auch kleine Telefonistinnen haben ihren Stolz.«

»Weißt du, wer das anscheinend schon vor mir hat erfahren müssen?« lautete seine Antwort, die sich ihm in diesem Augenblick aufdrängte.

»Wer?«

»Mein Freund Ralf.«

»Kann schon sein.«

»Und beide Fälle zeigen«, fuhr Peter in wachsender Erregung fort, »daß ihr kleinen Telefonistinnen offenbar verrückt seid. Jedenfalls trifft das für dich zu, wenn du den Stuß glaubst, den du mir soeben erzählt hast.«

Er packte sie mit beiden Händen an den Schultern, rüttelte sie und blickte ihr tief in die Augen.

»Ich werde dich nämlich sehr wohl heiraten, Petra Martens.«

Alle Melancholie, aller Weltschmerz waren verflogen.

»Wann?« schoß es aus ihr heraus.

»Sobald ich aus Paris zurück bin. Daraus sollst du dann ersehen können, daß ich mit keiner Französin ins Bett gestiegen bin.«

Schon saß ihr der Schalk wieder im Nacken.

»Ach«, sagte sie, »wenn's nichts Ernsteres wäre – Hauptsache du führst mich zum Altar.«

Der Mond kroch hinter eine Wolke, kam aber bald erneut zum Vorschein und streute über das Wasser, das vorübergehend schwarz erschienen war, wieder seinen silbernen Schimmer. Die Maschine des kleinen Dampfers stotterte ein bißchen, als wolle sie Atem holen, was ihr bei ihrem Alter auch zugestanden hätte. Das Ende der Rundfahrt ließ nun für Peter viel zu lange auf sich warten, hatte ihm doch Petra ein heute nacht noch einzulösendes Versprechen ins Ohr geflüstert, einen Vorgriff auf die Hochzeitsnacht, gegen den alles Einschlägige, was er bisher von ihr hatte erfahren dürfen, verblassen sollte.

X

Das Spiel zwischen Ralf Petermann und Inge Westholdt, das nun schon gar nicht mehr neu war, lief wieder: Ralf hatte Inge an der Strippe. Diesmal waren zweiundzwanzig Versuche notwendig gewesen, bis er es geschafft hatte.

»Haben Sie keine Angst, ich möchte nur eine kurze Frage an Sie richten«, begann er.

Sie sagte kein Wort.

»Wo bleibt denn Ihre Beschwerde über mich bei meiner Firma, Fräulein Westholdt?«

In Inge kochte es.

»Ich mache das nicht gern, das sagte ich Ihnen bereits.«

»Sie versprechen wohl oft etwas, das Sie nicht einhalten?«

»Sind Sie verrückt? Ich kann Sie um Ihre Stellung bringen – was sagen Sie dann?«

»Sie sind also sicher, daß ich auf Ihre Beschwerde hin entlassen würde?«

»Wenn Ihr Chef ein normaler Mensch ist, auf jeden Fall.«

»Sie täuschen sich in meinem Chef von A bis Z.« Ralfs Erwiderung war, in einem weiteren Sinne betrachtet, nicht einmal eine Lüge, jedenfalls keine glatte.

»Dann ist er genauso indiskutabel wie Sie«, erklärte Inge wütend.

»Und verrückt bin ich auch, sagten Sie?«

»Mit Sicherheit.«

»Ich kann das nicht einmal mehr bestreiten. Jawohl, ich bin verrückt nach Ihnen, ich denke Tag und Nacht nur noch an Sie, so sehr bin ich in Sie verliebt, seit ich Sie gehört und gesehen habe.«

»Gesehen?«

Das war etwas völlig Neues für Inge.

»Ja, auch gesehen, Fräulein Westholdt. Ich saß sogar zwei

Stunden neben Ihnen.«

»Wo?«

»Im Kino. Erinnern Sie sich an den Mann ohne Schnurrbart? In der Zwischenzeit sprießt mir schon einer.«

Ob Inge wollte oder nicht, diesmal mußte sie lachen. Das löste zum erstenmal ein bißchen Böses zwischen ihnen. Das hieß aber noch lange nicht, daß Inge daran gedacht hätte, alle oder auch nur einen beträchtlichen Teil ihrer Vorbehalte gegen Ralf Petermann abzubauen.

Es huschte ihr nur der Gedanke durch den Kopf: Dieser gutaussehende Mann war das.

Aber dem ersten Gedanken folgte der zweite auf dem Fuß: Daß Petra in den verschossen ist, wundert mich überhaupt nicht.

Dieser Gedanke hatte wiederum zur Folge, daß Inge ganz automatisch den Abbruch des Gesprächs herbeiführte. Ein einziger Handgriff von den tausend, die sie während des Tages an ihrem Klappenschrank vollführte, genügte.

Ralf wollte es wieder einmal nicht glauben.

»Hallo!« rief er fünf- oder sechsmal in die Muschel.

Es half alles nichts, die Leitung blieb tot. Als er dies endlich begriff, fühlte er sich müde und elend.

Er war urlaubsreif, spielte mit dem Gedanken, für eine bestimmte Zeit alles hinzuwerfen.

Warum eigentlich nicht? fragte er sich. Die Direktrice hat den Laden schon zweimal recht gut geleitet.

Nach wenigen Minuten stand sein Entschluß fest: Ich fahre weg. Wohin, sage ich – für den äußersten Notfall – nur meiner Sekretärin. Die sollen mich alle mal kreuzweise . . .

Seine Wahl fiel auf Soltau, dieses schöne und damals auch noch verträumte Städtchen am Rande der Lüneburger Heide. Schon einen Tag später hatte er dort ein ruhiges Zimmer in einem kleinen Hotel gefunden, das auf seine Gäste Wert legen mußte und sie deshalb verwöhnte, ohne dies in Aufdringlichkeit ausarten zu lassen. Ralf hätte sich also durchaus wohl fühlen können, und er erhoffte sich, daß er sich erholen und sein seelisches

Gleichgewicht wiederfinden würde.

Leider irrte er sich. Das Essen, an dem nicht das geringste auszusetzen war, schmeckte ihm nicht. Das Bier war ihm einmal zu kalt, einmal zu warm. Der Wein, obwohl naturrein, verursachte ihm Sodbrennen. Die Spaziergänge durch die Heide hingen ihm rasch zum Hals heraus.

Woran lag's?

Ganz einfach: Seinem Organismus fehlte der wichtigste Bestandteil, das Herz. Es war in Berlin zurückgeblieben.

Petra Martens hatte Post aus Paris bekommen, eine Karte mit einem Gemälde aus dem Louvre: zwei sich küssende Menschen in einer Traumlandschaft.

Peter hatte dazu geschrieben:

»Mein Mäuschen!

Daß Du nicht in Paris bist, bedeutet für mich eine Katastrophe, die ich durchstehen muß. Das Alleinsein verleidet mir die ganze Freude an dieser einmalig schönen Stadt. Ich hätte Dich doch von Deinem Fernamt loseisen und hierher mitnehmen sollen. Meine beruflichen Aufgaben lassen mir nicht viel Zeit, ich will mich aber nicht darüber beklagen, da sie mich ein wenig ablenken von der Sehnsucht nach Dir. Liebling, ich kann den Wannsee nicht vergessen, und schon gar nicht die Stunden danach. Mädchen, ich muß aufhören, daran zu denken, sonst wird die Sehnsucht in mir übermächtig. Findest Du, daß ich übertreibe? Entschuldige bitte. Ich liebe Dich eben gewaltig und stelle mir vor, wie wir beide uns küssen, ganz so wie die zwei Glücklichen auf dem Louvre-Gemälde. Es stammt von einem berühmten französischen Impressionisten. Nach meiner Rückkehr werde ich Dir mehr über Malerei erzählen. Das wünschst Du Dir doch immer.

Also dann, vergiß nicht Deinen Verlobten und baldigen Dir versprochenen Ehegatten.«

Petra küßte nach dem Lesen Peters Schriftzüge und nahm die Karte am nächsten Tag mit zum Fernamt, um die

Kolleginnen – vor allem jedoch Inge – an ihrem Glück teilhaben zu lassen.

Sie hatte keine Hemmungen, ihnen Peters Liebesschwüre vorzulesen. Besonders diskret war das zwar nicht, aber diese ungenierte Offenheit war Petras Art. Die Kolleginnen kicherten, machten Zwischenbemerkungen, mokierten sich. »Ich kann den Wannsee nicht vergessen, und schon gar nicht die Stunden danach.« Die Belustigung war groß. »Stimmt das?« rief eine Kollegin. »Und wie das stimmt!« verkündete Petra stolz. Das Gelächter gewann homerischen Charakter.

Nur Inge verhielt sich still. Arme Petra, dachte sie. Wie kann man einem Mann nur so auf den Leim kriechen! Eigentlich müßte ich dir die Augen öffnen über diesen Kerl. Einen übleren Schürzenjäger hat doch die Welt noch nicht gesehen.

Aber vielleicht willst du gar nicht, daß man dir die Augen öffnet. Du wärst nicht die erste, der es lieber ist, sich in einer schönen Illusion zu wiegen, als der häßlichen Wahrheit ins Gesicht zu sehen. Zuletzt beschimpfst du mich vielleicht noch.

Inge war sich nicht schlüssig, was sie tun sollte. Einerseits fühlte sie die Verpflichtung, die Freundin nicht in ihr Unglück rennen zu lassen, andererseits wollte sie aber auch nicht Gefahr laufen, sich möglicherweise den Schnabel zu verbrennen und dafür etwas, das gar nicht erwünscht war, nämlich alles andere als Dank zu ernten.

Inge entschloß sich, die Sache vorläufig in der Schwebe zu lassen. Sie wollte noch einmal alles in Ruhe überdenken.

Doch da geschah früher als erwartet etwas, das ihr keine Wahl mehr ließ.

Am Abend dieses Tages fand sie nämlich, als sie müde von der Arbeit heimkam und ihr Zimmer in der Pension Moormann betrat, Post, die an sie adressiert war: ein Brief aus Oberstdorf im Allgäu und eine Ansichtskarte aus der Lüneburger Heide.

Der Brief kam von einer verwitweten Tante, die in den Bergen eine mittlere Pension mit einem kleinen, abgeschiedenen See besaß. Jedes Jahr schrieb diese Tante einmal, seit Inges Eltern gestorben waren, und lud sie ein, ihrer Pension mitsamt dem schönen Allgäu einen Besuch abzustatten.

»Ich kenne die Tante doch kaum«, murmelte Inge, den Brief, nachdem sie ihn gelesen hatte, aus der Hand legend und zur Ansichtskarte greifend.

Als Braunschweigerin war ihr die Lüneburger Heide nichts Fremdes. Kurz die Vorderseite der Karte betrachtend, fragte sie sich, von wem sie wohl sein könnte. Bestimmt von einer ehemaligen Schulfreundin, die ein nahe gelegenes Urlaubsziel angesteuert hatte.

Sie drehte die Karte um. Ihre Augen wurden weit, nachdem der Blick auf die Unterschrift gefallen war. In geradezu unverschämt steilen und markanten Buchstaben stand da »Petermann«.

Der kurze Text lautete: »Sehr geehrtes Fräulein Westholdt, ein paar Tage lang hatten Sie mich so weit, daß ich versucht habe, Sie mir aus dem Kopf zu schlagen. Ich dachte, eine Reise in die Lüneburger Heide würde mir dabei helfen. Irrtum! Gewaltiger Irrtum!!! Jetzt weiß ich erst recht, daß es für mich keine andere Frau mehr geben kann als Sie.«

Inge vergewisserte sich anhand des Poststempels, daß die Karte aus Soltau kam. Wilde Entschlossenheit packte sie. Nun wollte sie keine Minute mehr verlieren. Sie ging hinaus in den Flur, rief Petra an und fragte: »Was machst du gerade?«

»Wieso?«

»Kannst du heute noch zu mir kommen?«

»Ach du liebe Zeit, muß das sein? Ich bin schon halb ausgezogen.«

»Es ist wichtig.«

»Außerdem habe ich mir einen Brief nach Paris vorgenommen. Weißt du«, sagte Petra lachend, »ich will mich dort ständig in frischester Erinnerung halten.«

»Den Brief kannst du dir schenken.«

»Was?«

Inge wollte nun nicht mehr lange um die Sache herumreden.

»Oder du schickst ihn besser nicht nach Paris«, sagte sie, »sondern nach Soltau.«

»Wohin?«

»Nach Soltau.«

Verständlich, daß sich Petra fragte, ob ihre Freundin plötzlich übergeschnappt war. Sie hoffte, daß es nicht der Fall wäre. Eine nicht ganz so gravierende Möglichkeit war, daß Inge zu tief ins Glas geguckt hatte.

»Sag mal, hast du einen gezwitschert?« fragte Petra deshalb.

»Nein.«

»Was dann?«

»Gar nichts.«

»Aber warum redest du dann so verworrenes Zeug? Ich frage dich, was hat Soltau mit Paris zu tun?«

»Sehr viel – für dich jedenfalls.«

»Inge«, erklärte Petra jetzt schon ziemlich verärgert, »so geht das nicht. Ich habe nicht umsonst gesagt, daß ich schon halb ausgezogen bin.«

»Petra!«

»Ja?«

»Ich kann's dir nicht ersparen, du mußt mir noch eine Minute lang zuhören.«

»Aber bitte, drück dich wenigstens verständlich aus.«

»Beantworte mir rasch zwei Fragen, Petra: Ist der Mann, der dir aus Paris geschrieben hat, derselbe, mit dem du in letzter Zeit hier in Berlin schon zu tun hattest?«

»Ja, klar!«

»Und er heißt Petermann?«

»Sicher, Peter Mann!«

»Ich wollte mich nur noch einmal vergewissern, Petra. Ich dachte, vielleicht wäre alles nur ein Irrtum, und ich würde jemandem unrecht tun. Aber nein, es steht nun leider hundertprozentig fest, daß du einem Betrüger aufgesessen bist.«

»Einem was?«

»Einem, der es nicht ehrlich mit dir meint. Wie nennt man einen solchen Mann? Einen Betrüger. Er betrügt dich, Petra.«

»Mich?« Mehr vermochte Petra in diesem Augenblick nicht zu antworten.

»Ja.«

»Mit wem?«

Ehe Inge antworten konnte, kam Petra ein gräßlicher Verdacht, der unter Freundinnen nicht einmal so unüblich ist.

»Etwa mit dir?« stieß sie hervor.

»Fast.«

»Was heißt fast? Inge, dann kratz' ich dir die Augen aus!«

»Es besteht kein Anlaß, er hat's zwar wochenlang darauf angelegt, aber ich habe nicht gewollt, Petra.«

In Petras Kopf jagten sich die Gedanken und verhedderten sich hoffnungslos. Alles mögliche fiel ihr ein und geriet ihr durcheinander. War ihr nicht selbst schon einiges komisch vorgekommen? Noch aber klammerte sich Petra an einen Strohhalm. Hatte Peter nicht von einem Freund gesprochen, der hinter Inge her war? Siehst du, dachte sie, ich hätte doch schon längst mit ihr darüber sprechen sollen, sie danach fragen sollen. Aber was tat ich statt dessen? Ich sagte mir: Laß sie selbst davon anfangen. Sie braucht wohl noch Zeit, sich dazu durchzuringen. Diskretion schreibt sie ja groß – im Gegensatz zu mir.

»Petra, bist du noch da?« fragte Inge.

»Ja.«

»Hat's dir die Sprache verschlagen?«

»Wäre das ein Wunder? Aber vielleicht ist das Ganze eine Verwechslung deinerseits, Inge. Der meine hat mir jedenfalls erzählt, daß es sein Freund auf dich abgesehen hat.«

»Wer? Sein Freund?«

»Ja.«

In Inge mischten sich Empörung und Hohn.

»Sagte er das wirklich? Sein Freund?«

»Ja, sein bester sogar.«

»Und wie heißt der?«

»Das weiß ich nicht. So eingehend haben wir nicht von ihm gesprochen. Sein Name ist nie gefallen.«

»Ich kann ihn dir sagen.«

»Und wie lautet er?«

»Petermann.«

»Peter Mann?! So heißt er doch selbst!«

»Dein Freund. Ja eben!«

Petras Stimme begann am Telefon zu zittern.

»Du willst also sagen, daß hinter beiden ein und derselbe Mann steckt.«

»Genau.«

»Hast du Beweise?«

»Sogar einen schwarz auf weiß. Ich habe ihn hier in Händen. Es ist eine Ansichtskarte, die er mir geschrieben hat. Ich lese dir den Text vor. Hör zu: ›Sehr geehrtes Fräulein Westholdt, ein paar Tage lang hatten Sie mich so weit, daß ich versucht habe, Sie mir aus dem Kopf zu schlagen. Ich dachte, eine Reise in die Lüneburger Heide würde mir dabei helfen. Irrtum! Gewaltiger Irrtum!!! Jetzt weiß ich erst recht, daß es für mich keine andere Frau mehr geben kann als Sie.‹ Punkt. Unterschrift: ›Petermann.‹ Genügt dir das?«

Tonlos antwortete Petra: »Das muß es wohl.«

»Und der Gipfel von allem ist, Petra, daß er zwischen Paris und Soltau hin und her pendelt.«

Als Petra »Soltau« hörte, stieß sie unwillkürlich hervor: »Was willst du denn schon wieder mit deinem Soltau?«

»Aus Soltau kam die Karte.«

»Wie soll denn das möglich sein? Mir schrieb er aus Paris. Ich weiß es ganz genau, denn ich habe die Briefmarke für einen Neffen von mir abgelöst. Also, sag mir, wie das gegangen sein soll.«

»Wie alt ist die Karte?«

»Moment mal . . .«

Inge hörte, wie Petra den Hörer hinlegte und sich entfernte, um die Karte, die noch in ihrer Handtasche steckte, herbeizuholen. Rasch kam sie wieder und sagte:

»Sie ist fünf Tage alt!«

»Und die meine zwei Tage«, erklärte Inge. »Also Zeit genug, um von Paris nach Soltau zu wechseln.«

»Aber wozu nach Soltau? frage ich mich, Inge.« Ein Rest in Petra wehrte sich immer noch gegen die bittere Erkenntnis. »Überlege dir doch, *Soltau*! Dieses *Nest*! Hast du dafür eine Erklärung?«

»Die einfachste der Welt.«

»Welche wäre das?«

»In jedem Nest gibt's auch Mädchen.«

Den Nagel auf den Kopf treffen nennt man das. Auch Petra empfand es so, mußte es so empfinden, als Inge schonungslos hinzufügte: »Sicher hat er dort auch eine sitzen.«

Nun war der Tränenstrom nicht mehr aufzuhalten. Petra schluchzte ins Telefon, daß sie am liebsten Gift nähme, sagte aber, nachdem Inge ihr erklärt hatte, daß das kein Mann der Welt wert wäre, schon wieder: »Das weiß ich auch.«

Sie putzte sich die Nase, Inge wartete.

»Was mache ich jetzt mit der Fußballkarte?« fragte Petra dann.

»Mit welcher Fußballkarte?«

»Für das nächste Hertha-Spiel im Olympiastadion.«

»Ich werd' verrückt!« rief Inge maßlos verblüfft. »Du gehst zum Fußball!«

»Da kannst du mal sehen«, sagte Petra, »wie weit mich der gebracht hat. Ich hätte ihm doch gern wieder geschrieben, wie's war.«

»Wieder, sagst du?«

»Zweimal hab' ich's schon getan.«

»Arme Petra!« meinte Inge daraufhin nur.

Zum Schluß hätten dem guten Peter Mann im weit entfernten Paris die Ohren ganz schön klingen müssen, so wurde über ihn vom Leder gezogen. Aber nicht nur an ihm, sondern ausnahmslos an allen Männern wurde kein guter Faden gelassen.

»Diese Schweine!« fällte Petra ein Pauschalurteil und fand bei Inge keinen Widerspruch.

»Wie verfährst du nun mit ihm, Petra?«

»Der hört von mir keine Silbe mehr, der ist für mich gestorben.«

»Und wenn er zurückkommt und bei dir aufkreuzt?«

»Dann gibt's einen Auftritt, daß er sehr rasch und für immer das Weite sucht. Am liebsten hätte ich dich dabei.«

Danach stand Inge der Sinn aber gar nicht. Nicht, daß sie konfliktscheu gewesen wäre, doch wenn dabei die Fetzen flogen – und damit mußte man bei der temperamentvollen Petra unbedingt rechnen –, zog sie es vor, dem Ort des Geschehens nach Möglichkeit fernzubleiben.

Nach dem Telefongespräch mit Petra fiel Inges Blick auf den Brief aus Oberstdorf, der noch auf dem Tisch lag. Er löste eine Gedankenkette aus:

Ich habe doch noch Urlaub vom letzten Jahr . . . Wenn ich den nicht bald nehme, verfällt er . . . In den Alpen war ich noch nie . . . Die Tante meint es ernst . . . Ich fahre!

Zwei Tage später bestieg Inge Westholdt den D-Zug nach München, wo sie sich sputen mußte, um den Anschlußzug nach Oberstdorf nicht zu verpassen.

Ihre Tante, an die sich Inge kaum mehr hatte erinnern können, entpuppte sich als eine resolute, jedoch reizende Hotelpensionsbesitzerin, der ihre Nichte vom ersten Augenblick an sympathisch war. Inge war das Kind ihrer verstorbenen Schwester, die aus Bayern nach Braunschweig geheiratet hatte.

»Wahnsinn!« hatten die Oberstdorfer damals einstimmig gesagt.

Die Ähnlichkeit zwischen Mutter und Tochter war so groß, daß die Tante, wie sie immer wieder verkündete, sich an Inge nicht satt sehen konnte. Und jetzt müßte das arme Kind sogar in Berlin leben, meinte sie, ob man es da überhaupt aushalten könne.

Inge bejahte die Frage lachend.

Dies deutete darauf hin, erkannte die lebenserfahrene Tante, daß das Kind in Berlin einen Schatz haben müsse.

Und obwohl das von Inge aus tiefster Überzeugung bestritten wurde, schien die Tante einen wahren Kern gestreift zu haben, denn die Nächte ihrer Inge waren unruhig. Inge wurde von Träumen heimgesucht, in deren Mittelpunkt immer derselbe Mann stand.

Da Inge über den Ursprung eines Traums schon einiges gelesen hatte, konnte sie sich selbst nicht mehr verstehen. Obwohl sie sich selbst ständig zur Verachtung jenes Mannes aufrief, von dem sie nur wußte, daß er kein besseres Gefühl verdiente, sah sie sich statt dessen einer Sehnsucht in ihrem Innern ausgesetzt, zu welcher der Keim an einem verfehlten Abend im Kino gelegt worden war.

Sie fing an, sich zu fragen, wie sie über ihn denken würde, wenn sie nicht zufällig über sein Verhältnis mit ihrer Freundin Petra Bescheid gewußt hätte.

Ganz gewiß besser, wurde ihr klar.

Und was dann? fragte sie sich.

Dann wäre ich nicht weniger auf ihn hereingefallen als die gute Petra.

XI

Nach Berlin kehrte Ralf Petermann mit dem endgültigen, keinerlei Unklarheiten mehr aufweisenden Entwurf des Abendkleidmodells »Inge« zurück. Er gab ihn noch am Tag seiner Ankunft ins Atelier und ordnete an, alles andere zurückzustellen und der Anfertigung dieser Kreation unbedingt den Vorrang zu geben. Und was dann kam, war zu erwarten. Ralf begann, das Fernamt anzuwählen. Er tat dies wenigstens dreißigmal und hatte Inges Stimme immer noch nicht vernommen. Endlich fragte er das nächstbeste Mädchen, das sich meldete, ob das Fräulein Westholdt vielleicht im Amt sei.

Nein, das sei sie nicht. Wieso er das wissen wolle?

Weil er ihr etwas Wichtiges zu bestellen habe.

Die Kollegin sei in Urlaub, ließ das Mädchen verlauten.

Und wo?

In Oberstdorf. Die genaue Adresse könne man wahrscheinlich in ihrer Pension erfahren.

Ralf dankte dem Mädchen, rief in der Hildegardstraße an und wurde nicht enttäuscht. Frau Moormann hatte keine Bedenken, ihm Inges Urlaubsanschrift mitzuteilen.

Der Tag, an dem der Zeitungsmensch Peter Mann seinen Fuß wieder auf Berliner Boden setzte, neigte sich schon dem Ende zu. Peter war von Paris die halbe Nacht und den ganzen Tag durchgefahren. Müde, unrasiert, mit leerem Magen stürzte er zum nächsten Telefon, um Petra Martens anzurufen. Den gleichen Versuch hatte er in letzter Zeit schon von Paris aus etliche Male unternommen – immer vergebens. Sein Gespräch war nicht ein einziges Mal angenommen worden. Von einem Tag auf den anderen hatte Petra die Verbindung mit ihm abgebrochen. Nachdem urplötzlich ihre Briefe ausgeblieben waren, hatte sie es auch abgelehnt, am Telefon mit ihm zu sprechen, als seine Anrufe einsetzten, um herauszubekommen, was denn, verdammt noch mal, los sei.

Auch jetzt schien er wieder kein Glück zu haben. Petras Mutter meldete sich am Apparat. Um zu verhindern, daß das Ganze wieder ein rasches Ende nahm, sagte er: »Frau Martens, ich bin's, legen Sie nicht auf, denn ich verspreche Ihnen, daß ich in zwanzig Minuten bei Ihnen sein und Ihre Tür einrennen werde, wenn Sie mich jetzt nicht anhören.«

Das klang so entschlossen, daß Frau Martens erschrocken fragte: »Sind Sie denn in Berlin?«

»Ja, soeben eingetroffen. Wo ist Petra?«

»Die ist nicht da.«

»Frau Martens, ich verspreche Ihnen noch einmal das gleiche, wenn Sie sie mir nicht sofort an den Apparat holen.«

»Ich schwöre Ihnen, sie ist wirklich nicht da.«

»Und wo ist sie?«

»Beim ... beim Tanzen.«

»Wo?« schrie Peter.

»Beim Tanzen«, wiederholte Frau Martens.

»Mit wem?«

»Mit Eberhard Grüner. Warum fragen Sie? Sie kennen ihn ja doch nicht.«

»Nein, persönlich nicht«, grollte Peter und hatte das Bedürfnis, das Telefonhäuschen, in dem er stand, zu zertrümmern. »Aber vom Hörensagen her war er doch, wenn ich mich so ausdrücken darf, mein Vorgänger bei Ihrer Tochter.«

Frau Martens schwieg.

»Und nun«, fuhr Peter sarkastisch fort, »scheint er wieder in seine alten Rechte eingetreten zu sein.«

Frau Martens sagte auch jetzt noch kein Wort.

»Geht das immer so schnell bei Ihrer Tochter?«

Nun mußte sich Frau Martens zur Verteidigung Petras aufgerufen fühlen; das war schließlich ihre mütterliche Pflicht.

»Sie haben«, sagte sie, »eigentlich am wenigsten Veranlassung, solche Fragen zu stellen.«

»Soll das heißen, daß ich meine Freundinnen im selben Tempo wechsle?«

»Nein, das soll es nicht heißen, denn das brauchen Sie ja gar nicht.«

»Was brauche ich gar nicht?«

»Einen einzelnen Wechsel durchführen wie Petra, da Sie sich ja stets einen ganzen Harem halten.«

»Was tue ich? Sind Sie verrückt?« entgleiste Peter.

»Ich nicht, aber Sie!« schwoll nun auch der alten Dame der Kamm. »Sonst würden Sie uns endlich in Ruhe lassen. Was versprechen Sie sich von Ihren Belästigungen? Meine Tochter ist ein für allemal fertig mit Ihnen.«

«Aber warum, zum Teufel? Wer hat ihr – oder Ihnen – den Floh ins Ohr gesetzt, daß ich einen Harem unterhalte? Das war nie der Fall!«

»Herr Mann, geben Sie sich keine Mühe, Petra wurde mit einem unwiderlegbaren Beweisstück konfrontiert.«

»Mit welchem Beweisstück?«

»Mit Ihrer Ansichtskarte.«

»Mit was? Ich weiß von keiner Ansichtskarte!«

»Die Sie aus Soltau geschrieben haben.«

»Aus Soltau? Dort bin ich noch nie im Leben gewesen! Sagen Sie mir bloß, welcher Wahnsinn das alles ist!«

»Ganz recht, Wahnsinn, das ist das zutreffende Wort. Ich möchte wissen, was Sie sich bei alldem gedacht haben. Kurz zuvor hatten Sie doch meiner Tochter noch die Ehe versprochen. Schämen Sie sich! Zu meiner Zeit gab's so was nicht, das sage ich Ihnen.«

»Frau Martens«, antwortete Peter schwer atmend, »Frau Martens, lassen Sie mich im Moment nur eines sagen: Ich will nach wie vor keine andere heiraten als Petra, das schwöre ich Ihnen.«

»Von Ihren Schwüren halten wir überhaupt nichts mehr, Herr Mann. Meine Tochter denkt nicht mehr daran, sich von Ihnen heiraten zu lassen.«

»Weil sie den Wahnsinn glaubt, den Sie mir erzählt haben, Frau Martens. Aber davon stimmt kein Wort. Es wird sich alles aufklären. Ich weiß auch nicht, wie das Ganze zustande kam. Morgen spreche ich mit Petra.«

»Wo?«

»Im Fernamt.«

»Das wird keinen Zweck haben. Meine Tochter will Sie nicht mehr sehen, das weiß man auch an ihrer Arbeitsstelle. Für den Fall, daß Sie trotzdem versuchen sollten, zu ihr vorzudringen, hat sie – übrigens auf mein Anraten hin – zwei kräftige Fernmeldetechniker gebeten, Sie daran zu hindern.«

Peter war einige Sekunden lang sprachlos.

»Wie soll ich das verstehen: zwei kräftige Fernmeldetechniker?« fragte er dann.

Frau Martens schwieg wieder einmal.

»Auf Ihr Anraten hin?« fuhr Peter fort zu fragen.

»Sie wäre auch von selbst auf diese Idee gekommen, Herr Mann.«

»Aber Sie sind ihr zuvorgekommen?«

»Das kann und will ich nicht leugnen.«

»Wissen Sie, was Sie sind?«

»Ich warne Sie davor, mich zu beleidigen.«

»Die klassische Schwiegermutter.«

»Nicht die Ihre.«

»Noch nicht – aber bald. Und wissen Sie, was Sie deshalb für mich außerdem noch sind?«

»Ich warne Sie noch einmal.«

»Der saure Apfel, in den ich beißen muß.«

XII

Noch am selben Abend fuhr der schwer gebeutelte Heimkehrer aus Paris zu Ralf Petermann in die Wohnung.

»Schon zurück?« empfing ihn Ralf überrascht. »Wie war's bei den Franzosen?«

»Gib mir einen Schnaps.«

Ralf füllte zwei Gläser. Nachdem sie sie in einem Zug geleert hatten, wiederholte er – allerdings etwas abgewandelt – seine Frage: »Also, wie war's bei den Französinnen?«

»Fang du mir nicht auch so an!«

»Wieso? Wer noch?«

Die beiden hatten im Stehen getrunken. Nun warf sich Peter in einen Sessel und begann in groben Zügen zu berichten. Einen Harem habe man ihm zugetraut! Unter seinem Namen sei verfängliche Post auf den Weg gebracht worden! Im Fernamt wolle man ihn verprügeln!

»Was will man?« fiel Ralf ein.

»Mich verprügeln! Petra hat extra zwei Kerle engagiert, wenn ich mich dort blicken lasse.«

»Das ist doch Wahnsinn!«

»Sage ich auch, alles ist Wahnsinn, und ich weiß nicht, wie es dazu gekommen ist.«

Peters Bericht wies eine Lücke auf; es fehlte darin der Name »Soltau«. Peter erwähnte ihn nicht, aus reinem Zufall nicht, er hielt ihn nicht für wichtig genug. Wäre das nicht geschehen und hätte Peter den Namen des Heidestädtchens erwähnt, hätte sich jetzt schon vieles anders entwickelt. So aber harrten die großen Rätsel noch ihrer Auflösung.

»Findest du nicht«, sagte Ralf, »daß sich deine Petra in der Wahl ihrer Mittel ein bißchen vergriffen hat?«

»Natürlich, aber das liegt in ihrem Temperament.«

»Und was willst du nun tun?«

»Deshalb kam ich ja zu dir. Du mußt mir helfen.«

»Ich?«

»Sag bloß nicht nein. Bisher war immer ich an der Reihe, dir beizustehen, jetzt geht's einmal umgekehrt.«

»Und was soll ich tun?«

»Du fährst morgen mit mir zum Fernamt, dort warte ich draußen, du gehst rein, sprichst mit Petra und holst mich nach. Klar?«

»So klar ist das noch lange nicht«, sträubte sich Ralf ein bißchen. »Was mache ich, wenn die beiden Kerle keinen Unterschied zwischen dir und mir machen?«

»Du kannst dich doch ausweisen. Außerdem sieht Petra ja sofort, daß du der Falsche bist, wenn sie sich auf dich stürzen wollen.«

»Ein schöner Trost«, seufzte Ralf und fügte kopfschüttelnd hinzu: »Perspektiven sind das!«

»Vergiß nicht, du siehst dadurch auch wieder deine Angebetete«, versuchte ihm Peter das Unternehmen schmackhaft zu machen.

»Meinst du Inge Westholdt?«

»Ja. Oder interessiert sie dich nicht mehr?«

»Doch, aber sehen werde ich sie nicht.«

»Wieso nicht?«

»Weil sie in Urlaub ist.«

»So? Dann erkundige dich, wo, damit du ihr hinterherfahren kannst.«

Vielleicht mußt du mir das nicht zweimal sagen, dachte sich Ralf, während er antwortete: »Ich weiß, wo.«

»Wo denn?«

»In Oberstdorf.«

»Oberstdorf kenne ich. Bin schon einmal dagewesen. Wunderschön, die ganze Gegend dort.«

In der Tür erschien Ralfs Haushälterin und fragte ihn, ob er noch etwas brauche. Er verneinte und schickte sie ins Bett. Das war ein Stichwort auch für Peter. Er erhob sich gähnend.

»Ich werde ebenfalls verschwinden«, sagte er, »um möglichst rasch ins Bett zu kommen. Bin hundemüde, das kannst du dir ja vorstellen. Bin die ganze Strecke in einem Stück durchgefahren.«

»Wie machen wir das morgen?« fragte Ralf. »Holst du mich ab oder . . .«

»Ich komme zu dir, so gegen halb zehn. Vor und nach zehn lösen nämlich die Mädchen im Fernamt sich zur Frühstückspause ab. Dann kannst du Petra am leichtesten erwischen.«

Und so geschah es.

Petra Martens stand gerade in einer Ecke des Korridors, der zum Ausgang führte, und aß einen Apfel, als eine Kollegin auf sie zukam und ihr mitteilte: »Ein Herr sucht dich.«

Petras erster Gedanke war ihr Verflossener, denn ihre Mutter hatte ihr natürlich von Peters Anruf berichtet.

»Ich habe euch doch gesagt«, antwortete sie deshalb, »daß ich den nicht sehen will.«

»Es ist nicht der, den du meinst.«

»Sondern?«

»Ich weiß nicht, wie er heißt, aber es ist auf jeden Fall ein anderer.«

»Woher willst du das wissen?«

Die Kollegin verdrehte die Augen.

»Weil er aussieht wie ein junger Gott.«

Wie ein junger Gott sah Petras Ehemaliger nicht aus, das wußten alle, denn sie hatte daraus kein Geheimnis gemacht, wenn sie von ihm erzählt hatte.

»Dann zeig ihn mir«, sagte Petra zur Kollegin.

Ralf wartete am Eingang zur Vermittlung. Als ihn Petra,

die von ihrer Kollegin zu ihm geführt wurde, erblickte, mußte sie dieser innerlich zustimmen. Bei dem konnte einem wirklich das Wasser im Mund zusammenlaufen, sagte sie sich. Petra liebte solche Redensarten, die lustig wirkten, wenn sie auch meistens nicht so ganz paßten.

»Guten Tag«, sagte sie zu Ralf. »Ich bin Petra Martens.«

Er verneigte sich.

»Mein Name ist Petermann.«

Natürlich war Petra überrascht.

»Wie bitte?«

»Petermann.«

»Peter Mann?«

»Ja.«

Beides sprach sich ja, von einer winzigen lautmalerischen Nuance abgesehen, gleich aus.

»Ich bin mir nicht sicher«, sagte Petra mit zweifelndem Gesichtsausdruck, »ob Sie mich nicht auf den Arm nehmen wollen.«

»Keineswegs! Wie kommen Sie darauf?«

»Ich kenne zufällig einen Mann mit dem gleichen Namen.«

»Petermann?«

»Ja, Peter Mann.«

Ralf zeigte sich plötzlich aufgeregt.

»Den suche ich«, stieß er hervor.

»Warum?«

»Der vergiftet mir seit einiger Zeit das Leben. Es tut mir leid, Ihnen das sagen zu müssen. Hoffentlich ist es kein Mensch, den Sie schätzen, Fräulein Martens.«

»Nein, keineswegs, im Gegenteil.«

»Wo finde ich ihn?«

Rachsüchtig antwortete Petra: »Bei der Presse. Er ist Reporter.«

»Reporter? Peterm . . .«

Das Wort erstarb ihm im Munde. Ein Vorhang zerriß in seinem Gehirn. Plötzlich sah er klar, und er konnte es nicht fassen, daß er das nicht von Anfang an begriffen hatte. Aber das ist ja oft so im Leben. Gerade auf das Nächstliegende kommt man zuletzt.

Ralf blickte Petra an, lächelte, schüttelte den Kopf.

»Was waren wir zwei für Idioten!« sagte er.

»Ich?!« stieß Petra pikiert hervor.

Ralf lachte laut heraus.

»Nein, Sie nicht. – Ich und mein bester Freund. Er ist jener Reporter. Ich merke das jetzt erst, und das stempelt mich – aber auch ihn – zum Riesenidioten.«

»Ich verstehe Sie trotzdem nicht.«

»Sehen Sie, das ist so: Petermann ist mein Familienname. Mit Vornamen heiße ich Ralf; mit vollem Namen also Ralf Petermann. Mein Freund aber heißt mit vollem Namen Peter Mann, mit dem Vornamen Peter, mit dem Nach- oder Familiennamen Mann. Aus dieser scheinbaren Namensgleichheit hat sich jedenfalls ein Bündel von Verwicklungen ergeben, die uns böse zu schaffen machten.«

Petra blickte ihn mit großen Augen an.

»Ihnen auch?« fügte sie hinzu.

»Ich . . . ich ahne etwas«, sagte sie zögernd und wurde rot dabei.

»Was denn?«

»Darf ich Ihnen eine Frage stellen?«

»Bitte.«

»Wissen Sie vielleicht von einer Ansichtskarte, die in letzter Zeit meiner Kollegin Inge Westholdt geschickt wurde?«

»Ja«, erwiderte Ralf grinsend.

»Darf ich Sie auch noch fragen, woher die Karte kam.«

»Aus Soltau.«

»Meine letzte Frage: Wer hat sie geschrieben?«

»Ich«, erwiderte Ralf unter ständigem Grinsen.

Petra faßte sich ans Herz.

»Mein Gott«, sagte sie leise und wurde plötzlich ganz blaß.

»Das verzeiht er mir nie«, fügte sie nach einer Weile hoffnungslos hinzu.

Doch sie irrte sich. Die Verzeihung war schon unterwegs. Am Ende des Korridors, in Petras Rücken, entstand Bewegung. Ein Mann tauchte auf.

»Fragen Sie ihn doch selbst«, sagte Ralf zu Petra, über ihre Schulter zeigend.

Sie drehte sich um, sah den Mann, der mit jedem Schritt eiliger auf sie zukam. Da rief sie: »Peter!«

Der Ruf verhallte. Peter reagierte überraschenderweise gar nicht darauf, sondern schenkte Petra, als er herangekommen war, keinen Blick und unterhielt sich nur mit Ralf.

»Das dauerte mir zu lange draußen«, sagte er. »Wie stehen die Aktien hier?«

»Ich glaube, gut«, grinste Ralf.

»Hat die Dame eingesehen, daß nicht ich Prügel verdiene, sondern sie?«

»Frag sie doch.«

»Wann ist sie mit der Exekution einverstanden?«

»Dazu sind wir noch gar nicht gekommen.«

»Vollstreckungsort ist das Standesamt.«

»So?«

»Die Prügelstrafe wird umgewandelt in lebenslanges Ehejoch.«

»Peter!« jubelte Petra und warf sich ihm in die Arme.

Der Rest entging Ralf, da er sich schmunzelnd entfernte. Er konnte sich aber das, was in seinem Rücken geschah, lebhaft vorstellen. Es animierte ihn außerordentlich und ließ in ihm den Entschluß reifen, die Lösung seines ähnlich gelagerten eigenen Problems nicht mehr länger aufzuschieben. Er setzte sich auf dem Parkplatz des Fernamts in Peters Auto und wartete. Nach einer Ewigkeit, wie es ihm schien, hatte er endlich das Vergnügen, seines Freundes wieder ansichtig zu werden.

»Morgen abend kommst du zu uns«, sagte Peter strahlend. »Petra läßt dich bitten. Wir wollen ein bißchen feiern.«

»Das geht nicht, Peter.«

»Warum nicht?«

»Ich fahre weg.«
»Wohin?«
»Nach Oberstdorf.«

XIII

Etwas außerhalb von Oberstdorf, zum Nebelhorn hin, lag am Fuße einer kleinen Erhebung, umgeben von saftigen Wiesen und niedrigen Tannen, die Hotelpension »Alpenblick«. Sie war nicht allzu groß, und so kam es, daß ihre Gäste, von wenigen Ausnahmen abgesehen, zumeist eine große Familie bildeten. Sie nahmen Anteil am gegenseitigen Schicksal, tauschten Gesundheitsratschläge aus, ließen Familienfotos herumgehen.

Frau Lederer, die Besitzerin, war der gute Geist des Hauses. Sie kümmerte sich um alles und jeden und ließ niemanden den Ausfall ihres Mannes spüren, der schon vor Jahren in den Bergen tödlich abgestürzt war.

In der letzten Woche allerdings mußten sich von den 46 Gästen, die im Haus weilten, zum erstenmal 45 etwas zurückgesetzt fühlen, da es offensichtlich war, daß ein einzelner Gast von Frau Lederer bevorzugt wurde. Der Fall stieß jedoch auf keinerlei Mißbilligung, weil die junge Dame, um die es sich handelte (eine sehr, sehr hübsche Berlinerin), die Nichte der Besitzerin war. Außerdem hatte sie als Basketballspielerin von hohen Graden, die zur Ehre der Nation schon manchen Sieg an Deutschlands Fahne zu heften mitgeholfen hatte, auch noch Anspruch auf erhöhtes allgemeines Wohlwollen. Der jugendliche Teil unter den Gästen sicherte sich ihr Autogramm.

Das Telefon läutete. Frau Lederer nahm den Hörer ab. Am Apparat war die Leiterin eines in der Nähe liegenden vornehmen Mädchengymnasiums. Frau Lederer und sie kannten sich persönlich.

»Frau Lederer«, sagte sie nach der Begrüßung, »wir haben erfahren, daß zur Zeit Inge Westholdt bei Ihnen zu Gast ist.«

»Ja, meine Nichte«, erwiderte Frau Lederer stolz.

»Ich gratuliere Ihnen zu einer solchen Verwandtschaft.«

»Danke.«

»Dürfte ich eine große Bitte äußern?«

»Welche?«

»Die Mädchen unserer Oberklassen spielen in der Sportstunde begeistert Basketball. Sie bestürmen mich, sie lassen mir keine Ruhe mehr, ich soll ihnen Inge Westholdt herbeiholen, wenigstens für eine Stunde. Wären Sie bereit, sie darum zu bitten, Frau Lederer, und würden Sie dabei Ihren ganzen Einfluß geltend machen, den Sie sicher auf Ihre Nichte haben? Sie soll ja ein reizendes Mädchen sein.«

»Ist sie, ganz gewiß, Frau Doktor.«

»Oder halten Sie es für besser, wenn ich selbst mit ihr spreche?« fragte Frau Dr. Lotte Berthold.

»Das ist, glaube ich, nicht nötig. Ich zweifle nicht daran, daß sie ihren Mädchen die Freude machen wird.«

»Herrlich! Dann könnte ich ja gleich einen Termin mit ihr vereinbaren. Ist sie da?«

»Leider nein, sie ist zum Baden an unseren See gegangen. Ich sage ihr aber gleich Bescheid, wenn sie zurückkommt, und wir rufen Sie dann an.«

»Danke, Frau Lederer, vielen, vielen Dank.«

Die Pensionsbesitzerin hörte, als sie, stolz auf ihre Nichte, lächelnd auflegte, daß draußen ein Wagen auf den Parkplatz des Hauses fuhr. Und eine Minute später stand ihr der Mann, der soeben angekommen war, gegenüber. Mit einem Blick sah sie, daß es sich lohnte, ihn als neuen Gast zu gewinnen. Er war eine elegante Erscheinung.

»Ich würde gern ein Zimmer bei Ihnen haben«, begann Ralf Petermann.

»Ich freue mich darüber«, erwiderte sie. »Für wie lange?«

Die beiden waren einander vom ersten Augenblick an sympathisch.

»Das . . . das weiß ich noch nicht«, antwortete er zögernd.

Er blickte die Pensionsinhaberin an und faßte einen

kühnen Entschluß, der nicht ohne Risiko für ihn war. Vielleicht führte dieser Entschluß dazu, daß ihm hier quasi die Tür vor der Nase zugeschlagen wurde. Trotzdem blieb er dabei: »Ich möchte Ihnen etwas eingestehen. Die Dauer meines Aufenthalts hängt von einer jungen Dame ab, die derzeit bei Ihnen wohnt. Es kann sein, daß sie mich zwingt, sofort wieder abzureisen.«

»Wie könnte sie das?«

»Ganz einfach: Indem sie erklärt, selbst Ihr Haus zu verlassen, wenn ich es nicht tue.«

»Das kann ich mir aber nicht vorstellen«, sagte Frau Lederer spontan, von seiner Erscheinung ausgehend. Und sie dachte dabei: Wenn ich vierzig Jahre jünger wäre, würde ich mir das jedenfalls nicht im Traum einfallen lassen.

»Sollte Sie zu diesem Mittel greifen«, erklärte er, »bleibt mir keine andere Wahl, als ihr das Feld zu überlassen. Ich muß sogar damit rechnen, gnädige Frau, daß Sie mich, um von vornherein mögliche Komplikationen auszuschalten, erst gar nicht als Gast aufnehmen.«

Das war sein Risiko, aber die Hotelpensionsbesitzerin blieb bei ihrer Zusage: »Doch, doch, Sie bekommen ein Zimmer, das möglichst weit von dem der jungen Dame entfernt liegt. Darf ich fragen, wer die betreffende Dame ist?«

»Eine Landsmännin vor mir, Inge Westholdt.«

»Inge?!« rief Frau Lederer überrascht.

Das mußte ihn befürchten lassen, daß engere Beziehungen zwischen der alten Dame und dem Mädchen bestanden. Wieder schrieb er im Geiste das Zimmer ab.

»Sie ist meine Nichte«, fügte Frau Lederer erklärend hinzu.

»O weh!« seufzte Petermann leise.

»Womit haben Sie sich denn ihre Feindschaft zugezogen?«

»Mit gar nichts, gnädige Frau, das schwöre ich Ihnen. Aber wenn ich ihr das zu erklären versuche, bringe ich sozusagen kein Bein auf den Boden. Sie läßt einfach kein vernünftiges Gespräch zwischen ihr und mir zu. Es ist furchtbar mit ihr. Sie sehen ja schon daran, daß ich von Berlin hierherkommen mußte, um am Fuß der Alpen einen letzten Versuch zu starten.«

Das klang so komisch, daß die alte Dame unwillkürlich lachen mußte und im selben Ton antwortete: »Am Fuß der Alpen und im Schatten des Edelweißes ist schon manches gelungen, was anderswo nicht zu knackende Nüsse waren.«

»Gnädige Frau«, erklärte er begeistert, »darf ich Ihnen sagen, daß Sie mir ungeheuer sympathisch sind? Sie nähren meine Hoffnung. Mein Name ist übrigens Petermann, entschuldigen Sie, daß ich mich nicht schon längst vorgestellt habe.«

»Lederer«, erwiderte sie und nickte. »Angenehm, Herr Petermann.« Und mit der Erfahrung einer Frau, die tagaus, tagein mit Personalien zu tun hat, fügte sie hinzu: »Ist das Ihr vollständiger Name, heißen Sie Peter Mann oder Petermann, haben Sie also noch einen Vornamen?«

Das bewies, daß sie das Wesentliche erfaßt hatte.

»Ja«, antwortete er. »Ich heiße mit Vornamen Ralf. Ich bewundere Sie, gnädige Frau, Sie haben mit nachtwandlerischer Sicherheit die Wurzel allen Übels erfaßt, von der das Hauptmißverständnis zwischen Ihrer Nichte und mir ausging.«

»Würden Sie mir das bitte näher erklären?«

Petermann tat es. Frau Lederer ließ ihn reden, hörte ihm zu, manchmal lachend, manchmal kopfschüttelnd, immer aber aufmerksam, von Minute zu Minute spürte sie in ihrem Innern mehr und mehr etwas erwachen, das in jeder Frau schlummert, die ein gewisses Alter erreicht hat.

»Warum legen Sie so großen Wert auf eine Bereinigung der Atmosphäre zwischen meiner Nichte und Ihnen?« fragte sie ihren Gast rundheraus, als er ihr alles erzählt hatte.

Er blickte sie erstaunt an.

»Müssen Sie mich das noch fragen, gnädige Frau?«

»Eigentlich nicht.«

»Das ist ganz einfach: Weil ich sie liebe!«

Die Kupplerin, die in Frau Lederer erwacht war, sah sich bestätigt.

Als Inge vom Baden zurückkam, bat sie ihre Tante in ihre Privaträume. »Ich möchte mit dir Kaffee trinken«, erklärte die alte Dame. »Außerdem habe ich dir etwas zu sagen.«

»Was?« fragte Inge, ihrer Tante in die Küche folgend.

Frau Lederer berichtete hierauf vom Anruf der Direktorin des Mädchengymnasiums und schloß mit der Frage: »Möchtest du den Schülerinnen diese Freude machen?«

»Gern«, entgegnete Inge. »Es wäre mir nur unangenehm, in diesen widerlichen Starkult hineinzugeraten.«

»Dann werden wir also hernach anrufen und unsere Zusage geben. Bist ein prima Mädchen, Inge.«

»Deinen See«, sagte Inge, das Thema wechselnd, »finde ich phantastisch. Sind da auch Fische drin?«

»Ja, Forellen. Aber See ist übertrieben; ich würde es eher einen Teich nennen.«

Die Tante machte sich am Elektroherd zu schaffen und setzte Wasser auf. Inge übernahm es, den Kaffeetisch im Wohnzimmer zu decken. Durch die offene Tür zur Küche setzte Inge das Gespräch fort.

»In Berlin kann man sich gar nicht vorstellen, daß jemand einen See besitzt.«

»Einen Teich, Inge.«

»Und wenn du hundertmal ›Teich‹ sagst, für mich ist das ein See.«

»Möchtest du auch ein Stück Kuchen, Inge?«

»Gern. Das Baden hat mich schrecklich hungrig gemacht, Tante.«

»Aus Berlin haben wir übrigens einen neuen Gast bekommen.«

»So?«

Die Tante klapperte eine Weile in der Küche herum, dann brachte sie die Kaffekanne und den Kuchen ins Wohnzimmer.

Sie setzten sich und begannen mit dem Kaffeetrinken.

»Ein netter Mann«, sagte Frau Lederer mit vollem Mund, kaute, schluckte hinunter. »Sehr gut aussehend.«

»Dein Kaffe ist wieder prima, Tante.«

»Vielleicht kennst du ihn.«

»Wen?«

»Deinen Landsmann aus Berlin.«

»Aber Tante«, meinte Inge lachend, »wie stellst du dir Berlin eigentlich vor? Das ist kein Dorf.«

»Ich meinte ja nur, daß es vielleicht möglich wäre. Es gibt schließlich die unglaublichsten Zufälle.«

»Aber *den* nicht, Tante. Ganz ausgeschlossen.«

»Ich habe ihn zu dir an den Tisch gesetzt. Beim Abendessen werdet ihr also das Vergnügen haben. Ich hoffe, du bist damit einverstanden.«

»Natürlich, Tante. Du sagtest ja, er sei nett.«

»Sehr nett.«

»Und gut aussehend.«

»Sehr gut aussehend.«

»Dann kann ich mir ja nichts Besseres wünschen.«

»Vielleicht hast du einen anderen Geschmack als ich. Wenn ja, erlaube ich dir jetzt schon, aufzustehen und dich an einen anderen Tisch zu setzen.«

Inge schüttelte entrüstet den Kopf.

»Tante, entschuldige, du bist verrückt. So etwas würde ich doch nie tun.«

»Einmal ist das hier schon vorgekommen, nur waren da die Rollen umgekehrt. Brüskiert wurde in dieser Form damals eine Dame von einem Herrn.«

»Und?«

»Die Dame ist natürlich sofort abgereist.«

»Aber das war doch ein Verlust für dich?«

»Sicher, doch was hätte ich tun können? Ich mußte es in Kauf nehmen.«

»Ich hätte an deiner Stelle den Mann vor die Tür gesetzt.«

»Der wurde später einer meiner besten Gäste, er kam jedes Jahr wieder, nahm immer das teuerste Zimmer.« Die Tante blickte Inge achselzuckend an. »So ist das oft, mein Kind. Man kann es vorher nie sagen.«

»Auf alle Fälle«, versprach Inge frohgemut, »kannst du sicher sein, daß ich dir so etwas nicht antun werde, Tante.«

Die Gute ahnte nicht, in welcher selbstgestellten Falle sie damit saß.

Frau Lederer verdrückte noch ein zweites Stück Kuchen. In ihrem Alter kam es ja nicht mehr so sehr auf jedes Gramm an, das sie zu- oder abnahm. Inge hingegen begnügte sich mit einem Stück, wenn's ihr auch schwerfiel.

»Was ziehst du denn heute abend an?« fragte die Tante.

An sich herabsehend, erwiderte Inge: »Kann ich nicht so bleiben?«

Sie trug einen leichten braunen Rock und eine einfache grüne Bluse. Ihre nackten Beine steckten in flachen Sandalen. Von oben bis unten und wieder zurück sah sie einfach entzückend aus. Trotzdem schien das der Tante nicht genug zu sein, denn sie antwortete auf Inges Frage: »Ohne Strümpfe und andere Schuhe auf keinen Fall. Und warum willst du dein gelbes Seidenkleid, das du hier erst einmal angehabt hast, im Schrank hängen lassen? Das gefällt mir am besten.«

»Wozu der Aufwand?« wunderte sich Inge.

»Wenn einen Gott so geschaffen hat wie dich, mein liebes Kind, soll man nichts brachliegen lassen. Von allem mag dann immer das Höchstmaß zur Geltung kommen.«

Diese goldene Faustregel stammte nicht von Frau Lederer selbst; sie hatte sie vor vielen Jahren einmal in einem Liebesroman gelesen und im Gedächtnis behalten, um sie bei gewissen Gelegenheiten zum besten zu geben.

Inge mußte wohl oder übel einen Verdacht schöpfen, das war gar nicht mehr länger zu vermeiden. Sie sagte: »Tante, hat das etwas mit dem Tischherrn, den du mir für heute abend zugedacht hast, zu tun?«

Frau Lederer hob den Zeigefinger, nachdem sie die Kuchengabel aus der Hand gelegt hatte.

»Diese Worte, mein Kind, gelten immer. Aber wenn du mich speziell nach deinem Landsmann fragst, so finde ich, daß er an seine Tischdame mit Recht hohe Ansprüche stellen darf.«

»Tante, du machst mir ja direkt Angst, du verpaßt mir ja richtige Hemmungen.«

»Hemmungen?« Die alte Dame legte ihre Rechte auf Inges Hand und schaute das Mädchen liebevoll an. »Hemmungen hast du nicht nötig. Zieh das Gelbseidene, Strümpfe und Schuhe an«, fügte sie, die Hand ihrer Nichte tätschelnd, hinzu, »und um das Weitere brauchst du dir, glaube ich, keine Sorgen zu machen.«

Dann hob Frau Lederer die Kaffeetafel auf. Inge ging auf ihr Zimmer und legte sich zu einem Nachmittagsschläfchen aufs Ohr. Frau Lederer aber rief die Oberstudiendirektorin des Mädchengymnasiums an und erregte bei dieser mit ihrer Zusage größte Begeisterung. Deren Vorstellungen hatten sich inzwischen noch erweitert, und zwar in Richtung »Aktion Sorgenkind«. Ein Basketballspiel ihrer Mädchen zusammen mit Inge Westholdt könnte doch, sagte sie sich, ein Schlager werden und einiges Geld einbringen.

Der Nachmittag verging rasch. Inge verschlief ihn und sprang, als sie endlich erwachte, erschrocken aus dem Bett. Es war höchste Zeit, sich zum Abendessen zu richten, um vor den Augen der Tante Gnade zu finden.

Das Urteil der alten Dame war, als Inge aus ihrem Zimmer herunterkam, rasch gefällt. Es lautete, nachdem Frau Lederer einmal um ihre Nichte herumgegangen war, in Neudeutsch: »Okay!«

Die Zeit war knapp. Schon eilte Frau Lederer wieder irgendwohin, um das knappe Personal in Schwung zu halten. Allmählich begann sich der Speisesaal zu füllen mit Leuten, die hungrige Gesichter machten. Sie kamen vom Baden, von weiten Spaziergängen in den Tälern oder auch von kräftezehrenden Bergtouren. Woher auch immer, über Appetitlosigkeit konnte niemand klagen.

Inge Westholdt ging an ihren gewohnten Tisch und setzte sich. Wenn sie erwartet hatte, dort nicht mehr die erste zu sein, sah sie sich getäuscht. Der Tisch war bei ihrem Erscheinen noch leer.

Nach dem Gespräch mit der Tante war Inge natürlich neugierig auf den Mann, der ihr angekündigt worden war.

Ich werde ihn fragen, dachte sie amüsiert, was es in Berlin Neues gibt. Wo bleibt er denn nur? Oder ich werde ihn fragen, was . . .

Der Gedanke riß plötzlich ab. Der neue Gast erschien. Inge sah ihn. Was sie im selben Augenblick dachte, war ein einziges großes NEIN.

»Guten Abend. Gestatten Sie?« Seine Stimme.

Nein, dachte Inge, ich gestatte nicht, und sagte: »Bitte.«

Er setzte sich. »Danke.«

Inge blickte sich nach ihrer Tante um, konnte sie aber nicht entdecken. Ich bringe sie um, dachte sie, zutiefst enttäuscht von ihr. Dann malte sie sich die Reihe ihrer Schritte aus, die sie nun gleich tun würde: Ich stehe auf, sage eiskalt zu ihm, ich ginge jetzt zur Toilette, bliebe drei Minuten weg und käme an meinen Tisch zurück, denn ich sähe, daß Sie ihn verlassen haben; sähe ich das nicht, verließe *ich* den Saal und reiste sofort ab. Haben Sie mich verstanden, Herr Petermann?

»Fräulein Westholdt«, hörte sie ihn sagen.

Sie blickte durch ihn hindurch.

»Fräulein Westholdt, ich spüre, was Sie beabsichtigen. Sie gedenken, sich zu erheben und den Tisch zu verlassen. Das müssen Sie aber nicht. Sobald Sie die geringsten Anstalten dazu treffen, komme ich Ihnen zuvor. Ich hoffe jedoch inständig, daß Sie sitzen bleiben und mir nun einmal eine Viertelstunde lang zuhören. Ich habe Ihnen nämlich eine Menge zu sagen. Sollten Sie am Schluß meine Anwesenheit immer noch unerträglich finden, verspreche ich, Sie umgehend davon zu befreien. Sie werden dann nie mehr in Ihrem Leben etwas von mir sehen oder hören.«

Inge gab es einen leisen Stich. Unwillkürlich fand sie seine letzten Worte übertrieben. Zufällige Begegnungen werden immer möglich sein, dachte sie, selbst in einer Riesenstadt wie Berlin; darauf haben Sie keinen Einflaß, Herr Petermann. »Darf ich anfangen?« fragte Ralf.

Inge sagte nicht ja und nicht nein. Ralf faßte das als Ja auf.

An den anderen Tischen wurde mit dem Servieren begonnen. Um Inge und Ralf schien sich niemand kümmern zu wollen. Das hatte seinen Grund. Die beiden sollten, hatte Frau Lederer angeordnet, erst bedient werden, wenn sie das Signal dazu geben. Vorher habe man sie in Ruhe zu lassen.

»Ich komme aus Berlin«, sagte Ralf, »um Ihnen mitzuteilen, daß Ihre Freundin sehr bald heiraten wird.«

Eine solche Mitteilung lockt jede Frau aus der Reserve, auch die verstockteste.

»Welche Freundin?« fragte Inge. »Ich habe mehrere.«

»Ihre beste.«

»Petra Martens?«

»Ja.«

»Das kann ich mir nicht vorstellen.«

»Warum können Sie sich das nicht vorstellen?« fragte Ralf, und in seinem Gesicht zeigte sich zum erstenmal der Anflug eines Lächelns.

Gerade dieses Lächeln aber war es, das Inges kalten Zorn in einen heißen umschlagen ließ. Jede Zurückhaltung aufgebend, erwiderte sie: »Weil ich ihr gesagt habe, was Sie für einer sind.«

»Ich! Denken Sie denn, daß die mich heiraten will?«

»Wen sonst?«

»Meinen Freund.«

»Aber mit dem sind Sie doch identisch.«

Inge war zur fauchenden Tigerin geworden. Dieser Vergleich bedeutete keine Herabsetzung. Großkatzen gehören zu den schönsten Tieren der Welt, und da der Mensch ebenfalls ein Säugetier ist, bedeutet dieser Vergleich sogar eine Würdigung für Inge, da er auf sie zutraf.

»Das glauben Sie also immer noch«, sagte Ralf.

»Was?«

»Daß ich mit meinem Freund identisch bin.«

»Sind Sie gekommen, um das abzustreiten?«

Ehe er antworten konnte, hatte sie nach ihrer Handtasche gegriffen und sie geöffnet, wobei sie fortfuhr: »Das wird Ihnen nicht gelingen. Hier, sehen Sie ... haben Sie mir diese Ansichtskarte geschrieben oder nicht?«

In der Luft schwenkte sie Ralfs Gruß aus der Lüneburger Heide. Ganz offenbar war Inges Handtasche zum ständigen Aufenthaltsort der Karte geworden. Damit stand sie, die Karte, im Verdacht, den Charakter einer Reliquie gewonnen zu haben. Ralfs Herz tat zwei, drei schnelle Schläge.

»Doch, die habe ich Ihnen geschrieben«, gab er zu.

»Aus Soltau?«

»Ja.«

»Und fast zur selben Zeit haben Sie Petra ähnlichen Erguß aus Paris gesandt.«

»Nein.«

»Doch, ich habe die Karte selbst gesehen.«

»Wenn ja, dann nur von weitem; etwas anderes ist nicht möglich.«

»Was heißt ›nur von weitem‹? Welche Bedeutung soll das haben?«

»Wenn Sie die Karte aus der Nähe gesehen hätten, wäre Ihnen zwangsläufig die Verschiedenartigkeit der Handschriften auf jener Karte und auf der Ihren klargeworden.«

Inge Westholdt zögerte ein wenig, sagte aber dann: »Ach was, das sind doch nur Ausflüchte!«

Ralf war natürlich nicht von seiner Bahn abzubringen.

»*Haben* Sie die Karte aus der Nähe gesehen, *haben* Sie sie selbst gelesen oder nicht?« fragte er mit Nachdruck.

»N... nein.«

»Woher wissen Sie, was auf der Karte steht?«

Inge mußte sich räuspern.

»Petra hat sie uns im Amt vorgelesen.«

»Aha.«

»Aber Ihren Namen«, glaubte Inge noch einmal auftrumpfen zu können, »kann sie sich nicht aus den Fingern gesaugt haben. Sie hat ihn mir oft genug klar und deutlich genannt.«

»Wie lautete er denn?«

»Das wissen Sie doch – Petermann!«

»Darf ich eine kleine, aber entscheidende Korrektur anbringen?« Inge schaute ihn unsicher an.

»Der Name«, sagte er, »lautete Peter«, längere Pause, »Mann.«

Das ließ er ein bißchen auf Inge wirken.

Dann fuhr er fort: »Mein vollständiger – ich betone: vollständiger! – Name lautet Ralf«, längere Pause, »Petermann.«

Das ließ er noch einmal auf Inge wirken, die plötzlich keine Worte der Erwiderung mehr fand.

»Wollen Sie meinen Personalausweis sehen?« fragte er sie nach einer Weile.

Stumm schüttelte sie verneinend den Kopf.

»Peter«, wieder Pause, »Mann«, sagte Ralf, den Korb seiner Mitteilungen füllend, »heißt mein Freund, mit dem nicht identisch zu sein mir irdische Zwänge vorschreiben. Er hat die ominöse Karte aus Paris geschrieben; er war es auch, der mit Petra Martens durch Berlins Nachtlokale zog, wobei er ihr übrigens nicht nur in der Orientbar Blumen geschenkt hat. Er ist aber nicht ein Mann des liederlichen Lebens, sondern hatte als Journalist, der er ist, von seiner Zeitung den Auftrag erhalten, eine Artikelserie über das zu schreiben, was vom Nachtleben der alten Reichshauptstadt übriggeblieben ist. Vielleicht haben Sie das eine oder andere davon gelesen.«

»Nein.«

Das war der erste Laut, der wieder aus Inges Mund kam.

Ringsum war die Luft längst erfüllt vom Geklapper zahlreicher Messer und Gabeln. Nur Inges und Ralfs Tisch schien eine Insel des Hungers zu sein.

»Wollen Sie nichts essen?« fragte Ralf Inge.

»Nein.«

Inge hatte das Gefühl, nie mehr im Leben etwas essen zu wollen, so elend war ihr zumute.

Der kann doch nicht mehr einen Funken Liebe für mich empfinden, sagte sie sich, zutiefst davon überzeugt. Sie war so erledigt, daß ihr die naheliegende Frage, warum Petermann wohl von Berlin hierhergekommen war, nicht in den

Sinn kam. Diese Frage wäre geeignet gewesen, ihr seelisch rasch wieder auf die Beine zu helfen.

»Vielleicht wollen *Sie* etwas zu sich nehmen«, sagte sie zu ihm.

»Nein«, antwortete auch er.

»Ich habe keinen Appetit, weil ich nachmittags Kuchen gegessen habe.«

»So?«

»Zusammen mit meiner Tante.«

Er nickte.

»Wissen Sie, daß Frau Lederer meine Tante ist?« fuhr sie fort.

»Ja.«

»Das hat sie Ihnen also gesagt?«

»Ja.«

»Und Sie, was . . . was haben Sie ihr . . . gesagt?«

»Alles.«

Inge wurde über und über rot. Sie spürte das, und in ihrer Verlegenheit fragte sie ihn, obwohl sie noch nie in ihrem Leben geraucht hatte: »Haben Sie eine Zigarette für mich?«

»Natürlich«, sagte er enttäuscht. Als er aber dann ihre unbeholfene, von völliger Unerfahrenheit zeugende Art zu rauchen sah, war seine Enttäuschung schnell verflogen.

»Wollen wir wenigstens etwas trinken?« versuchte er es von neuem.

»Ich nicht«, wehrte sie ab.

Daraufhin wollte er auch nichts trinken.

Irgend etwas müssen wir aber verkonsumieren, die Leute schauen schon zu unserem Tisch, dachte sie – und er dachte das gleiche.

Sie griff nach ihrer Handtasche und blickte in Richtung Toilette. »Wollen Sie gehen?« fragte er zutiefst erschrocken.

»Es läßt sich leider nicht vermeiden«, entgegnete sie mit einem raschen Lächeln.

»Kommen Sie wieder?«

»Wenn Sie Wert darauf legen?«

»Inge!« rief er mit unterdrückter Stimme. »Ich habe doch

nur so blöd gefragt, weil ich nicht wußte, ob *ich* verschwinden soll.«

»Nein.«

Nach ihrer Rückkehr von der Toilette war die Atmosphäre schon entspannter, wenn auch bis zur völligen Klärung noch ein beträchtlicher Weg zurückzulegen gewesen wäre, wenn nicht andere Mächte eingegriffen hätten. In dieser Minute betrat nämlich ein Telegrammbote der Post durch den Lieferanteneingang das Haus und brachte zwei Depeschen – eine für Inge Westholdt, die andere für Ralf Petermann, zur Zeit Hotelpension »Alpenblick«, Oberstdorf.

Frau Lederer nahm die Telegramme entgegen und unterschrieb, den Empfang bestätigend. Dann mußte sie diese – ob sie wollte oder nicht – den Adressaten bringen, von denen sie sich ferngehalten hatte, was nicht hieß, daß sie sich auch die Beobachtung der beiden versagt hätte; sie mußte schließlich auf dem laufenden bleiben, wie weit die beiden waren. Bis zu diesem Zeitpunkt schwebte sie jedoch im ungewissen. Anzeichen, die sichere Aufschlüsse erlaubt hätten – strahlende Augen, Küsse –, fehlten leider noch.

Die Telegramme erregten bei ihren Empfängern große Überraschung, vor allem die Gleichzeitigkeit ihres Eintreffens. Der erste Blick sowohl Inges als auch Ralfs galt dem jeweiligen Absender. Die Depesche für Ralf kam von Peter Mann, die für Inge von Petra Martens.

»Hoffentlich nichts Unangenehmes?« sagte Frau Lederer, erst Inge ins Auge fassend, dann Ralf. Sie blieb am Tisch stehen. Das war eine unmißverständliche Demonstration ihrerseits, daß sie das Recht auf eine Beantwortung ihrer Frage habe.

Inge öffnete ihr Telegramm, las es, errötete, steckte es in ihre Handtasche und sagte zu ihrer Tante: »Nein, nichts Unangenehmes.«

Dasselbe war bei Ralf Petermann der Fall, nur errötete der nicht, sondern zündete sich nervös eine Zigarette an. Aber auch er bestätigte: »Nein, Frau Lederer.«

Trotz doppelter Ausfertigung eine magere Auskunft, mit

der sich die alte Dame begnügen mußte.

»Zu essen?« fragte sie noch, ehe sie sich wieder zurückzog.

»Eine Kleinigkeit«, entgegnete Inge, »egal, was.«

»Für mich ebenfalls«, fügte Ralf Petermann hinzu.

»Zu trinken?«

»Einen doppelten Cognac«, erklärte Ralf entschlossen.

»Für mich einen Likör«, folgte Inge in etwa seinem Beispiel.

Und entschlossen ließ Ralf einen zweiten Doppelten folgen. »Es geht jetzt nicht mehr anders«, sagte er.

Inge fand dies anscheinend auch, denn sie trat in seine Fußstapfen, als Likörkonsumentin, versteht sich.

»Und jetzt«, erklärte Ralf schließlich entschlossener denn je, »schreiben Sie, da Ihr Telegramm sicher genauso wie meines eine Antwort verlangt, Ihre Erwiderung unter den Text, und ich tue dasselbe. Wenn wir fertig sind, tauschen wir unsere Telegramme aus und lesen – einer vom andern – sowohl den Text als auch die Antwort.«

»Und dann?« fragte Inge.

»Dann hoffen wir, daß sich unsere Antworten gleichen, in etwa wenigstens.«

Inge hatte einen Kugelschreiber in ihrer Handtasche. Sie mußte ihn Ralf leihen. Zuerst jedoch schrieb sie ihre Antwort unter Petras Depeschentext, der folgendermaßen lautete: DU MACHST MEINE TRAUZEUGIN STOP ICH MACHE DEINE STOP

Ein Zwillingsbruder davon war Peters Text an Ralf: DU MACHST MEINEN TRAUZEUGEN STOP ICH MACHE DEINEN STOP

Auch Ralf schrieb seine Antwort darunter, dann erfolgte der von ihm vorgeschlagene Austausch.

Das Wunder war geschehen. Sowohl Inge als auch Ralf hatten dasselbe, das einzige Wort gefunden, das ihnen zu genügen schien, ihren Standpunkt, ihre Gefühle zum Ausdruck zu bringen. Es lautete bei beiden EINVERSTANDEN.

»Inge!« sagte er.

»Ralf!« Sie strahlten einander an.

»Was waren wir verrückt!«

»Du nicht, ich!«

»Ich auch, Inge, sonst hätten sich doch diese blödsinnigen Schwierigkeiten nicht ergeben können.«

»Liebst du mich?«

»Dem Hunger nach, den ich plötzlich verspüre, ungeheuer.«

»Ich auch!« rief sie glückselig.

»Im Kofferraum habe ich was für dich.«

»Was?«

»Das schönste Abendkleid, das der Modesalon ›chic‹ bis zur Stunde entworfen hat.«

Trotz allen Glücks erschrak Inge plötzlich.

»Du wirst dich doch bei deiner Firma nicht in Schulden gestürzt haben, Liebling?«

»Nein«, erwiderte er lachend. »Aber über dieses Kapitel reden wir später noch.«

»Was hättest du mit dem Abendkleid gemacht«, fragte sie ihn schelmisch, »wenn du hier ... wie soll ich sagen ... vergeblich deine Netze nach mir ausgeworfen hättest?«

»Es einer anderen Inge mit deiner Figur geschenkt. Die Suche wäre vielleicht schwierig geworden.«

»Wieso hätte es unbedingt wieder eine Inge sein müssen?«

»Weil das Modell ›Inge‹ heißt. So etwas nenne ich Stil, verstehst du?« scherzte er.

Frau Lederer war in die Küche des Hauses gehastet. Sie hatte sich von der Pflicht der Beobachtung nach wie vor nicht freigesprochen. Was sie zuletzt gesehen hatte, gab ihr endlich Gewißheit. »Mario«, rief sie ihrem Küchenchef zu, »los, lassen Sie Ihre Künste spielen! Sie wissen, was ich Ihnen heute in Aussicht gestellt habe!«

»Ich wissen«, antwortete Mario mit begeisterter Miene, den Kochlöffel in die Luft stoßend. »Grande amore!«

Und das Leben geht doch weiter

I

Steil ragten die Wände des Wettersteingebirges, gekrönt vom Zugspitzmassiv, in den fahlgrauen Schneehimmel. Eingebettet in Felsengestein lag wie eine blinde Spiegelscheibe der zugefrorene Eibsee mit den hingeduckten Häusern am Ufer. Der Schnee gab allem seine Farbe, und nur die kleine Gondel der Seilbahn, die von Obermoos zur Zugspitze, Deutschlands höchstem Berg, hoch durch die Luft zog, hob sich dunkel gegen den fast nebelig-milchigen Hintergrund ab.

Carola Burghardt beschattete mit der Hand die Augen, ihnen Schutz bietend gegen die Blendkraft des Schnees, und spähte ins Tal. Sie war ein bildhübsches Mädchen, 19 Jahre jung, und besaß auch noch das, was außerordentlich attraktiven Damen, ob jung oder alt, leider gar nicht so selten zu fehlen pflegt – Intelligenz. Blondgelockt, blauäugig, schlank, einssiebzig groß, langbeinig, mit einer aufregenden Figur, entsprach sie fast zu sehr dem Schönheitsideal einer Menschheit, die den adäquaten Vorstellungen vergangener Jahrhunderte und ihrer großen Maler (Rubens!) radikal abgeschworen hatte. Wo Carola auftrat, wo sie erschien, weckte sie gefährliche Gefühle: das Begehren der Männer, den Neid ihrer Geschlechtsgenossinnen. (Solcher Neid darf nicht auf die leichte Schulter genommen werden, ist er doch, wofür die große Weltgeschichte und der kleine menschliche Alltag tausendfach Beispiele parat haben, eine ständige Quelle bösester Intrigen und tödlicher Anschläge.)

Carola Burghardt war also, wenn man so will, eine zwiespältige Existenz. Davon ahnte sie selbst aber nichts. Sie war nämlich auch noch überdurchschnittlich naiv, so naiv, daß es Leute gab, die sich weigerten, ihr das »abzunehmen«; das sei eine raffinierte Masche von ihr, sagten die Betreffenden. Die Gutgläubigeren fanden sich bereit zu dem Urteil, sie sei ein romantisches Mädchen.

Paul und Gertrud Burghardt, Carolas Eltern, hatten ihre einzige Tochter zum erstenmal allein in Urlaub ziehen lassen (besser gesagt: in Ferien, denn Carola ging noch zur Schule). Paul Burghardt war Reeder, an Finanzen fehlte es der Familie also nicht. Gertrud Burghardt pflegte die Künste, sie ging ins Theater und in die Oper, malte selbst ein bißchen und las Hölderlin. Sie fand die Jugend von heute »schrecklich«, besonders die Mädchen, denen man es am allerwenigsten verzeihen konnte, daß sie, wie Frau Burghardt zu sagen pflegte, »schon bald alle in Kommunen lebten«. Ihre Carola Gott sei Dank – noch – nicht.

Die Burghardts harmonierten untereinander bestens und rechneten auch nicht damit, daß sich diesbezüglich plötzlich etwas ändern könnte. Sie wohnten in Hamburg. Vater Burghardt hatte Tochter Carola zwischen Weihnachten und Neujahr zum Bahnhof gebracht und sie mit dem Seufzer verabschiedet: »Brich dir bloß nicht die Beine!«

Carola steckte in einem Schianzug feschester Machart, und auf ihren Schultern lagen die dazugehörigen Bretter. Paul Burghardt, ein geborener Küstenmensch, empfand diese bedrohlichen Dinger als Instrumente einer absolut unnatürlichen Art der Fortbewegung. »Die Zeiten sind verrückt«, hatte er erst kürzlich gesagt. »Die Bayern huldigen mehr und mehr dem Segelsport, unsere jungen Leute dagegen wenden sich den Lawinen zu.«

Eine etwas beruhigende Wirkung auf Paul Burghardt ging von der Tatsache aus, daß Carola im Hotel am Eibsee von einem seriösen jungen Mann friesischen Geblüts namens Jens Kosten erwartet wurde, dem man zutrauen durfte, daß er das Mädchen nicht nur vor anderen zu schützen wußte, sondern es auch selbst nicht antastete. Jens war einige Jahre älter als Carola, er studierte Medizin. Karl Kosten senior betrieb einen florierenden Teehandel in Hamburg und hatte seinem Sohn einen flotten Sportwagen gekauft, mit dem dieser in die Berge vorausgefahren war. Die Ehepaare Burghardt und Kosten waren miteinander befreundet. Auf beiden Seiten war man der Meinung, daß Carola, nachdem sie sich unter Jens' Schutz befand, aus den Alpen an Leib und Seele unversehrt zurückkehren würde. In diese Überlegung schien den alten Herrschaften auch die ihnen bekannte Tatsache zu passen, daß Carola und Jens einander schon längst nicht mehr, wie man zu sagen pflegt, gleichgültig waren. Bei Carola hielt sich das entsprechende Gefühl allerdings noch in Grenzen, was man von Jens jedoch nicht behaupten konnte.

Beide hatten getrennte Zimmer, aber der Zeitpunkt, an dem eines davon verwaisen würde, war eigentlich schon abzusehen.

Jens schlief gern lange, Carola dagegen war Frühaufsteherin. So kam es, daß Carola wieder einmal ohne seine Begleitung in voller Schiausrüstung das Hotel verlassen hatte. Die Brust war ihr weit geworden angesichts der sogenannten weißen Pracht, von der sie sich umgeben sah. Sie liebte den Betrieb an den Liften nicht gerade, suchte mehr die Abgelegenheit, scheute keinen Anstieg, schwitzte und stand nun, zufrieden mit sich selbst, oben auf einem Hang und spähte, wie bereits erwähnt, hinunter ins Tal. So schön war der Blick, daß ihr jeder, der ihn versäumte, weil er noch im Bett lag (Jens!), nur leid tun konnte.

Carola Burghardt war im Flachland aufgewachsen. Für die Gefahren der Berge, die urplötzlich hereinbrechen konnten, hatte sie kein Gespür.

Noch einmal wollte sie das ganze Bild, das sich ihr darbot, in sich aufnehmen. Langsam drehte sie sich um ihre eigene Achse, was, mit den Brettern an den Füßen, gar nicht so einfach war. Auf diese Weise mit sich selbst beschäftigt, merkte sie nicht, daß von der Seite ein ebenso einsamer Schifahrer wie sie auf sie zukam und kurz vor ihr mit einem eleganten Schwung hielt.

»Na«, sagte er lachend, »wohin des Weges?«

Woher, mußte er nicht fragen, denn das war deutlich an den Spuren zu sehen, die Carola im Schnee hinterlassen hatte. Er sprach hochdeutsch, aber mit einem leichten

Akzent, den Carola sofort als den ihrer Heimat erkannte. Der Unbekannte stammte also auch von der Waterkant. Er war groß, schlank, sportlich; er konnte, wie er schon ein wenig nachgewiesen hatte, Schi fahren. Wenn er lachte, zeigte er schöne Zähne. Er sah überhaupt nicht schlecht aus. Trotzdem trennte ihn von Carola, wie diese innerlich ganz spontan feststellte, feststellen mußte, eine Welt, genauer gesagt, eine Welt der Jahre. Er war – schätzungsweise – schon ein Enddreißiger.

Ein alter Mann also!

Er hätte grüßen können, dachte Carola hanseatisch kühl, das ist bei uns zu Hause so üblich.

Obwohl das überall so üblich ist, glauben die Hanseaten, diesbezüglich gegenüber anderen einen Vorsprung zu haben.

»Nun«, sagte der »Greis«, »Sie wissen anscheinend noch nicht, wohin Sie sich wenden wollen, oder Sie wollen es mir nicht sagen.«

»Ich bin mir noch nicht schlüssig.«

Jetzt war *ihm* der hanseatische Akzent nicht entgangen, den auch Carola nicht völlig unterdrücken konnte.

»Wir sind Landsleute«, sagte er erfreut. »Kommen Sie regelmäßig hierher zum Wintersport?«

»Dazu bin ich noch zu jung«, antwortete sie leicht boshaft. »Ich habe es heuer zum erstenmal geschafft.«

»Und wo haben Sie Schifahren gelernt?«

»Im Schwarzwald. Ich kann es aber noch gar nicht richtig, ich rutsche nur so herum«, erwiderte Carola und fügte hinzu: »Dort wohnt eine Tante von mir.«

Warum erzähle ich ihm das eigentlich? rügte sie sich innerlich. Das geht ihn doch gar nichts an. Außerdem wirft es ein schlechtes Licht auf mich, wenn ich so viel rede. Erstens bin ich Hamburgerin und zweitens eine junge Dame. Vergiß das nicht, hat meine Mutter immer gesagt.

»Sie haben recht, ich bin ein alter Sack«, schreckte er sie aus ihren Gedanken auf.

»Wie bitte?«

»Das wollten Sie mir doch vorhin unter die Nase reiben.«

»Aber nein!«

»Doch, doch, und warum auch nicht, es stimmt ja. Ich trage an der Last meiner Jahre. Einundvierzig sind's bald.«

»Ich hätte Sie jünger geschätzt.«

»Methusalem«, meinte er lachend, »wird auch von manchen jünger geschätzt. Die glauben, daß er nur 960 Jahre alt wurde, und nicht 990.«

Trübsalbläser ist er keiner, fand sie und lachte ebenfalls.

Ein verdammt hübsches Mädchen, dachte er. Wie kommt es allein hierher? Wenn es lacht, stellt es alle Mädchen in den Schatten, deren ich mich entsinnen kann.

Und das waren nicht wenige, sei hinzugefügt, auch wenn Detlev Padenberg daran in diesem Augenblick nicht dachte.

Detlev Padenberg hieß der Mann. Er war Architekt, Fachmann für Deichbauten, und kam aus Flensburg. Mit Schiern hatte er sich in frühesten Kindheitsjahren vertraut gemacht, als seine Mutter im Krieg zusammen mit ihm ins Allgäu evakuiert worden war.

»Sie sagten, wir seien Landsleute«, setzte Carola gegen ihren Willen das Gespräch fort.

»Ja. – Etwa nicht?«

»Sind Sie . . .«

Carola stockte. Sind Sie Hamburger? hatte sie ihn fragen wollen, doch das tut man nicht, sagte sie sich rechtzeitig und bewältigte das Problem von der anderen Seite.

»Ich bin Hamburgerin«, korrigierte sie sich.

»Ich bin Flensburger, aber in Hamburg habe ich studiert.«

»Eine Schulfreundin von mir kommt aus Flensburg. Ihr Vater wurde nach Hamburg versetzt.«

»Ich dachte es mir.«

»Was dachten Sie sich? Daß der von Flensburg nach Hamburg versetzt wurde?«

»Nein«, erwiderte er grinsend. »Daß Sie noch zur Schule gehen. Darf ich fragen, in welche Klasse?«

»Oberprima.«

»Dann haben Sie's ja bald hinter sich.«

»Ich gehe gern zur Schule.«

»Das konnte ich damals von mir nicht gerade behaupten.«

Wie kommt die allein hierher? fragte er sich noch einmal. Ahnt sie überhaupt, daß die Alpen nicht der Jungfernstieg in Hamburg sind?

Er hätte sich aber diese Gedanken nicht nur über das Mädchen machen sollen, sondern auch über sich selbst. Die Gefahren, an die er dachte, drohten ihm nämlich nicht weniger.

Über das weite Schneefeld, von dem die beiden umgeben waren, näherte sich ein großer dunkler Fleck. Es war der Schatten einer Wolke, die über die Sonne hinwegglitt. Ein zweiter folgte, dann ein dritter.

Carola fand auch dieses Spiel der Schatten noch schön. Sie blickte empor zum Himmel und sagte schwärmerisch. »Sehen Sie, die Sonne muß plötzlich kämpfen.«

Obwohl Padenberg ebenfalls Flachländer war, verfügte er doch schon über größere Erfahrungen mit der hiesigen Natur.

»Verdammt!« stieß er hervor.

Ich hatte nur Augen für das Mädchen, dachte er, nun wird's aber Zeit.

Warnend zeigte er mit ausgestreckter Hand hinüber zur österreichischen Seite. Dort hatte sich eine dichte graue Wand vor die Felsen geschoben. Man konnte förmlich sehen, wie rasch sie sich ausdehnte und sich ins Tal hinunterwälzte.

»Was ist das?« fragte Carola, sich über das stürmische Wachstum der Wand wundernd. »Nebel?«

»Nein, Schnee.«

»Aber davon liegt doch hier schon genug herum«, meinte das Mädchen und hoffte, einen kleinen Witz anbringen zu können. »In Afrika . . .«

»Mein liebes Kind«, schnitt er ihr das Wort ab, »es ist jetzt keine Zeit mehr für Späße. Wir müssen schleunigst weg hier. Folgen Sie mir.«

Das war leichter gesagt als getan. Er war ein leidlich guter

Schifahrer, sie aber nicht. Immer wieder mußte er anhalten, um sie nicht aus den Augen zu verlieren. Bald war sie völlig außer Atem, keuchte und fragte ihn: »Wohin wollen Sie eigentlich?«

»Zu einer Schutzhütte.«

»Und mein Hotel am Eibsee?«

»Ihr Hotel am Eibsee können Sie vergessen. Der junge Toni Sailer würde es vielleicht noch erreichen, bevor der Schneesturm losbricht, nicht aber Sie. Also weiter!«

Windstöße machten sich bemerkbar. Die Sonne blieb nun ständig hinter Wolken verborgen. Die ganze Herrlichkeit der winterlichen Hochgebirgslandschaft hatte sich aufgelöst. Grau in grau erschien jetzt alles und wirkte von Minute zu Minute bedrückender, bedrohlicher.

Nach einem kurzen, jedoch scharfen Anstieg sah Carola, daß der Mann, dem sie folgen mußte, einen noch schärferen Anstieg begann.

»Ich kann nicht mehr«, jammerte sie und blieb stehen.

»Noch drei Minuten«, log er sie an.

»Sind Sie sicher?«

»Ja.«

Das Tageslicht schwand dahin. Nach zehn Minuten sank Carola in den Schnee.

»Ich kann nicht mehr.«

»Noch dreihundert Meter.«

»Ich kann nicht mehr.«

»Noch zweihundert Meter, dann sehen Sie die Hütte.«

»Ich kann . . .«

Er riß sie hoch.

»Auf, verdammt noch mal! Es geht um Leben oder Tod, falls du das noch nicht gemerkt haben solltest, faules Stück!«

Die Empörung verlieh ihr noch einmal Kräfte für einen halben Kilometer. Dann war der Schneesturm da, aber auch die Hütte. Die letzten zwanzig Meter legten die beiden, umgeben vom Höllentanz der Flocken, zurück.

»Geschafft!« sagte Padenberg, die Tür der primitiven Unterkunft aufstoßend. Er schob Carola in die Hütte, folgte ihr und warf die Tür hinter sich zu. Erst drinnen entledigten sich die zwei ihrer Schier.

Carola sank auf eine Bank. Sie sagte kein Wort. Die Empörung in ihr hätte immer noch ausgereicht, ihm Gift in den Kaffee zu streuen.

Wohin? In den Kaffee? Können vor Lachen! Von Kaffee konnte man an diesem Ort und zu diesem Zeitpunkt nur träumen.

Padenberg gönnte sich keinen Augenblick Ruhe. Als erstes nahm er die Schier und lehnte sie neben der Tür an die Wand der Hütte. Dann sucht er nach einer Möglichkeit, Licht zu machen. Infolge des Schneetreibens war es draußen schon ziemlich finster, im Innern der Hütte aber konnte man fast überhaupt nichts mehr unterscheiden. Von Carola und der Bank, auf der sie kauerte, nahm Padenberg nur noch vage Umrisse wahr. Bald fand er jedoch eine jener Petroleumlampen, mit denen Schutzhütten im Hochgebirge ausgerüstet sein müssen. Die alte Lampe war längere Zeit nicht benutzt worden. Es dauerte also eine Weile, bis er sie wieder so weit hatte, daß sie brannte. Während Padenberg an ihr herumfummelte und mit seinem Schnappmesser hauptsächlich den eingetrockneten Docht putzte und auflockerte, sagte er zu Carola: »Wenn Sie sich dazu in der Lage fühlen, könnten sie sich eigentlich hier drinnen nach Holz und Stroh umsehen.«

»Wozu?« fragte sie ihn wenig freundlich.

»Zum Feueranmachen.«

»Um mich hier zurechtzufinden, brauche ich Licht.«

Darin hatte sie auch wieder recht. Padenberg nickte zustimmend.

Endlich brannte dann die Laterne mit blakendem Docht und hüllte das Hütteninnere in einen warmen, wenn auch schwachen Schein. Carola erhob sich von ihrer Bank.

»Bleiben Sie sitzen« sagte er. »Nun kann ich das selber machen.«

»Nein, das besorge ich.«

Die beiden standen sich gegenüber. Carolas Augen glühten wie die einer Katze im Dunkeln.

»Können Sie das überhaupt?« fragte er sie.

»Was?«

»Feuer anmachen.«

»Selbstverständlich.«

Er ging auf seinen Platz am Tisch zurück und setzte sich.

Carola nahm die Petroleumlampe, um sich zu leuchten, und fand dann auch rasch das nötige Heizmaterial, das sie in den Ofen stopfte, wobei sie von Padenberg unterbrochen wurde, als er ihr den Rat gab: »Nach Möglichkeit Stroh sparen, bitte.«

»Wieso?« fragte sie, sich nach ihm umdrehend.

»Weil es auch noch zum Schlafen reichen muß.«

»Wozu?«

»Zum Schlafen. Oder wollen Sie lieber auf dem blanken, harten Boden schlafen?«

»Soll das heißen . . .«, sie mußte schlucken, » . . . daß wir hier nächtigen werden?«

»Ich kann Ihnen leider nichts anderes in Aussicht stellen.«

»Aber . . . aber . . .«

Carola verstummte. Dann hörte sie auf, Stroh in den Ofen zu stopfen, und legte nur noch Holz nach. Padenberg sah ihr wieder zu, und als es ihm genug zu sein schien, sorgte er selbst mit zwei Streichhölzern für ein prasselndes Feuer, das der Hütte rasch ihre unwirtlichsten Züge nahm. Er vergaß auch nicht, hinten am Ofen die Luftklappe zu öffnen.

»Sonst würden wir im Rauch ersticken«, meinte er dabei.

Das würde dir nicht schaden, dachte Carola. Immer noch war sie voller Zorn gegen ihn, und das konnte man ihr ansehen.

»Sie haben mich beleidigt«, sagte sie plötzlich.

»Wann?«

»Draußen im Schnee, bei dieser schrecklichen Tour hierher, die vielleicht gar nicht nötig gewesen wäre. Im Hotel wartet man auf mich. Ich hätte doch die Abfahrt riskieren sollen.«

Er blickte sie ernst an.

»Erstens«, sagte er, »war die Tour verdammt nötig. Zweitens hätten Sie Ihr Hotel nicht mehr erreicht. Und drittens habe ich Sie nicht beleidigt, es sei denn, es ist eine Beleidigung, wenn man das einzige Mittel anwendet, das einem das Leben zu retten hilft.«

»Ich bin kein faules Stück!«

»Nein, das sind Sie nicht, ich bescheinige es Ihnen jetzt gerne. Sie haben sich phantastisch gehalten. Es gab nur einen Augenblick, da dachte ich, ich müßte Sie liegen lassen, und das wollte ich um keinen Preis. Eher hätte ich versucht, Sie zur Hütte zu tragen, aber da ich selbst ein sehr faules Stück bin, wollte ich mir das ersparen. Es wäre wohl auch schiefgegangen, und als Folge davon lägen wir beide jetzt unter dem Schnee begraben.«

»Wieso wir . . . wir beide?« stotterte Carola.

»Wieso nicht wir beide?«

»Liegengeblieben wäre doch nur ich.«

»Und ich wäre weitergegangen, denken Sie?«

»Etwa nicht?«

»Nein«,sagte er ohne Aufhebens.

»Wahnsinn!« rief sie. »Was hätte ich davon gehabt, wenn Sie sich dazugelegt hätten? Ich glaube Ihnen nicht!«

»Von Dazulegen kann keine Rede sein. Ich hätte, wie gesagt, versucht, Sie zu schleppen, und wäre dann wohl mit Ihnen zusammengebrochen, sicher voll von Selbstvorwürfen über meine Blödheit, so gehandelt zu haben. Es ist also nicht nötig, mein Kind, von Ihnen vielleicht heiliggesprochen zu werden.«

Gewollter Zynismus war das, der bei Carola aber nicht verfing. Mit großen Augen blickte sie ihn an. Nach einer Weile sagte sie: »Warum hätten Sie das getan? Sie kennen mich doch kaum.«

»Weil kein anderer da war, der sich für Ihre Rettung hätte zuständig erklären können. Die Aufgabe blieb also an mir hängen.«

»Sie sind anscheinend sehr versessen darauf, Ihre Tat zu schmälern?«

»Reden wir nicht mehr davon. Wichtiger ist, daß Sie endlich erfahren, wer ich bin. Mein Name ist Detlev Padenberg. Ich bin Architekt aus, das wissen Sie schon, Flensburg.«

»Ich heiße Carola Burghardt und bin, das wissen Sie auch schon, Oberprimanerin aus Hamburg.«

»Wer wartet im Hotel auf Sie? Ihre Eltern?«

»Nein.«

»Ihr . . .«, er zögerte eine halbe Sekunde, ». . . Verlobter?«

»Nein«, entfloh es ihr rascher, als es ihr lieb war. Warum eigentlich? Sie hätte sich diese Frage selbst nicht beantworten können.

»Sie tragen ja auch keinen Ring«, sagte Padenberg. »Aber das erlaubt heutzutage keine hundertprozentig zutreffenden Rückschlüsse mehr.«

»Interessiert Sie das?«

»Was?«

»Ob ich verlobt bin oder nicht.«

»Ja«, erwiderte er und fuhr, ehe sie darauf reagieren konnte, fort: »Aber nur, weil ich mich frage, an wessen Adresse die Vorwürfe zu richten sind, daß er Sie so allein in der Gegend herumschwirren ließ.«

»Ich habe niemanden um Erlaubnis gebeten.«

»Nun aber raus mit der Sprache: Wer trägt für Sie die Verantwortung?«

»Nur ich selbst«, sagte sie trotzig.

»Fräulein Burghardt, seien Sie doch nicht kindisch. Was ich gerne wissen möchte, ist: Wer ist damit beauftragt, seine schützende Hand über Sie zu halten? Ich nehme an, Sie kommen aus einem guten Haus, in dem auch heute noch auf solche Regeln geachtet wird.«

Carola mußte sich zwingen zu sagen: »Er heißt Jens Kosten und studiert Medizin. Seine Eltern sind mit meinen befreundet.«

»Und wo war er, als er sich an Ihrer Seite hätte befinden sollen?«

»Heute morgen?«

»Ja.«

»Er schlief noch.«

»Vielleicht tut er das sogar jetzt noch«, sagte Padenberg in ziemlich abfälligem Ton.

»Schon möglich.«

»Und er merkt erst heute abend an der Bar, daß Sie fehlen.«

Carola mußte lachen.

»Sie halten nicht viel von ihm, wie?«

»Ich als junger Mann hätte Sie jedenfalls keine Sekunde aus den Augen gelassen. Dazu hätte es übrigens nicht des gefährlichen Hochgebirges bedurft. Auch auf dem nächstbesten Bummel hätte mir nichts anderes am Herzen gelegen.«

Obwohl Carola noch ein naives Mädchen war, wußte sie schon, wie das zu verstehen war. Trotzdem sagte sie: »Wie soll ich das verstehen?«

»Auch der nächstbeste Bummel ist für ein junges Mädchen mit Fährnissen gepflastert, die es abzuwenden gilt.«

»Mit welchen Fährnissen?«

»Tun Sie doch nicht so, als ob Sie das nicht wüßten.«

Schroffer als beabsichtigt sagte er dies und raubte ihr dadurch die Lust, auf diesem Feld den Dialog fortzusetzen.

Das Feuer im Ofen hatte inzwischen für Wärme gesorgt, so daß es den beiden in ihren Schianzügen allmählich unbehaglich wurde. Sie spürten, daß sie bald zu schwitzen anfangen würden, und beugten dem vor, indem sie sich der Kleidungsstücke, die auszuziehen erlaubt waren, entledigten. Dazu gehörten vor allem die unförmigen Schuhe, die dicken Socken und die Mützen. Carola stellte mit Erstaunen fest, daß Padenbergs Haar gewissermaßen schon silberdurchwirkt war und sich an den Schläfen weiß färbte. Bei meinem viel älteren Vater, dachte sie, ist das noch nicht der Fall. Trotzdem ...

Sie führte den Gedanken nicht zu Ende.

Auch den nächsten nicht: Wenn wir hier nächtigen ...

»Haben Sie Durst?« fragte er sie.

»Nein.«
»Hunger?«
»Auch nicht, aber . . .«
»Ein Stück Kuchen wäre jetzt nicht schlecht, wollten Sie sagen«, meinte er, als sie verstummt war.
»Erraten.«
»Mir stünde der Sinn mehr nach bayerischem Geräucherten und Schwarzbrot, aber weder Ihr Wunsch noch der meine wird hier eine Erfüllung finden. Der Tod des Verdurstens droht uns allerdings nicht.«
»Wieso nicht? Gibt's hier etwas zu trinken?«
»Ja, en masse – Schneewasser.«
Carolas Miene wirkte nicht gerade begeistert; die seine auch nicht, als er das sagte.

II

Jens Kosten erwachte um 11.10 Uhr am späten Vormittag. Als ihm dies nach einem Blick auf die Uhr bewußt wurde, entschloß er sich, das Frühstück ausfallen zu lassen. Daß Carola längst aufgestanden war und auch schon gefrühstückt hatte, war ihm sonnenklar. Hoffentlich hat sie mich nicht vermißt, dachte er gähnend, schwang die Beine aus dem Bett und schleppte sich mehr, als er ging, ins Bad. Ein zusätzliches Stündchen Schlaf wäre durchaus nach seinem Geschmack gewesen.

Als er dann herunter in die Hotelhalle kam, sah er sich vergebens nach Carola um. Draußen war es herrlich, die Sonne blendete, der Schnee glitzerte, kein Lüftchen regte sich. Jens stellte seine Beobachtungen, wie es draußen war, durch die großen Fenster der Halle an. Er ließ sich in einen schweren Sessel fallen und zündete sich die erste Zigarette des heutigen Tages an. Viele sollten ihr noch folgen, obwohl Jens normalerweise ein mäßiger Raucher war.

Herr Senden, der Hoteldirektor, durchquerte die Halle.
»Guten Morgen, Herr Kosten«, grüßte er Jens, der es

wieder einmal nicht geschafft hatte, dem wesentlich älteren zuvorzukommen.

»Guten Morgen, Herr Senden.«

»Wie geht's?«

Senden hatte sich entschlossen, eine Minute bei Jens stehenzubleiben und ein paar Worte mit ihm zu wechseln. Aus jungen Leuten konnten Stammgäste werden, und darauf war Direktor Senden stets bedacht.

»Danke, gut, Herr Senden. Und Ihnen?«

»Danke. Was sagen Sie zu unserem Wetter?«

Im Zusammenhang mit dieser Frage fiel dem jungen Küstenbewohner an vordringlichster Stelle ein, zu welchem Zweck er am Tag zuvor in Garmisch gewesen war. Er habe sich Schneeketten besorgt, teilte er dem Direktor mit. »Fast hätten die keine mehr gehabt«, fügte er hinzu.

»So was dürfte aber nicht passieren«, meinte Senden.

»Ist der Trubel in Garmisch immer so groß?« fragte Jens.

»Meistens.«

»Ich hatte gedacht, Garmisch sei nicht Ruhpolding.«

Darauf hätte der Direktor dem jungen Burschen gern seine wahre Meinung gesagt, was ihm jedoch verwehrt war, und so erwiderte er: »Vergleiche hinken meist, Herr Kosten. Ich bin sicher, daß Sie stets einen Bogen um Ruhpolding machen werden.«

»Haben Sie Fräulein Burghardt schon gesehen?«

»Nein. Ich war allerdings auch den ganzen Vormittag in meinem Büro. Vermissen Sie sie etwa?«

»Nein«, erwiderte Jens und grinste. »Ich frage nur, weil sie heute das Frühstück ohne mich einnehmen mußte und vielleicht Schwierigkeiten mit den abgepackten Marmeladeportionen hatte. Sie kriegt die Dinger nämlich meistens nicht auf, wissen Sie.«

»Und dann springen Sie ein?«

»Wenn ich anwesend bin, ja.«

Nun hatte Direktor Senden bereits zwei Minuten seiner kostbaren Zeit verschwendet.

»Haben Sie schon nachgesehen«, sagte er, sich abwendend, »ob die junge Dame nicht auf unserer Sonnenterrasse liegt?«

Aber auch dieser Tip erwies sich als Schlag ins Wasser. Carola war nicht aufzufinden, weder auf der Terrasse noch auf ihrem Zimmer noch im oder am geheizten Schwimmbecken des Hotels.

Zum Mittagessen wird sie sich schon einfinden, beruhigte sich Jens Kosten selbst.

Irrtum.

Das Wetter schlug um. Sich von den Bergen herunter in die Täler ausdehnend, erreichte der Schneesturm, einigermaßen abgeschwächt freilich, auch den Eibsee.

Jens Kosten suchte den Direktor. Er fand ihn im Büro.

»Herr Senden«, sagte er, »kann man nicht feststellen, ob Fräulein Burghardt vielleicht mit jemandem nach Garmisch hinuntergefahren ist?«

Sendens rechtes Augenlid zuckte einmal, zweimal. Bei Menschen, die von Haus aus nervös sind, hat das nichts zu besagen. Direktor Senden war aber nicht von Haus aus nervös, sondern nur, wenn sich ein Anlaß dazu bemerkbar machte.

»Suchen Sie die junge Dame immer noch, Herr Kosten?«

»Ja, und ich kann sie nicht finden.«

»Dann mag Ihre Annahme, daß sie nach Garmisch hinuntergefahren ist, zutreffen.«

Hoffentlich, fügte Senden in seinem Innern hinzu.

»Läßt sich das nicht feststellen?« wiederholte Kosten.

Sendens Augenlid kam nicht mehr zur Ruhe.

»Wichtiger wäre«, sagte er, »festzustellen, ob die Schier der jungen Dame da sind.«

Sehr rasch stellte sich heraus, daß das nicht der Fall war.

»Und was heißt das?« fragte Jens Kosten.

»Das kann immer noch heißen, daß die junge Dame mit Schiern nach Garmisch hinuntergefahren ist.«

»Sicher, dann wird das wohl zutreffen«, meinte Jens erleichtert.

»Sehr wahrscheinlich ist das aber leider nicht.«

»Wieso nicht?«

»Sie hätte sich doch fragen müssen: Wohin in Garmisch mit den lästigen Brettern?«

Betroffen blickte Jens den Direktor an.

Der Wind hörte nicht auf, um die kleine Schutzhütte zu heulen. Der ganze Himmel schien nur noch aus Schnee zu bestehen und sich entladen zu wollen.

»Wie lange kann das dauern?« fragte Carola.

»Das weiß man nie«, antwortete Padenberg. »Aber ich möchte wetten, daß das heute nicht mehr aufhört.«

Er erhob sich und legte Holz im Ofen nach. Dabei sagte er: »Erfrieren müssen wir nicht. Heizen können wir tagelang, so groß ist der Vorrat.«

»Ich habe Angst«, ließ sich Carola plötzlich vernehmen.

»Wovor?«

Sie schwieg.

»Vor mir?«

Ja, das hatte sie, aber sie log: »Nein.«

»Wovor dann?«

»Wir könnten verhungern«, sagte sie.

»Ausgeschlossen! Man verhungert nicht in einigen Tagen. Dazu braucht man Wochen. Sie glauben nicht, wie lange es der Mensch ohne Nahrung aushält. Etwas anderes ist es mit dem Verdursten. Doch in dieser Hinsicht besteht für uns überhaupt keine Gefahr, das sagte ich Ihnen bereits.«

»Sie glauben also, daß wir hier rechtzeitig wieder rauskommen?«

Er lächelte sie beruhigend an.

»Ich bin sicher, Carola.«

»Und wenn wir vorher ersticken?«

»Wie kommen Sie darauf?«

»Wir könnten doch zuschneien. Ich habe noch nie solche Schneemassen vom Himmel herunterkommen sehen.«

»Sollte es nicht vorher aufhören, so ist das lockerer, luftdurchlässiger Schnee, der auf die Hütte zu liegen kommt, und nicht eine zusammengepreßte Lawine. Keine Sorge, mein Kind, wir sind hier so sicher wie in Abrahams Schoß.«

Erstens ärgerte sie Abrahams Schoß. So plump könne man ihr nicht kommen, fand sie.

Und zweitens sagte sie mit Nachdruck: »Ich bin kein Kind!«

»Nein«, antwortete er schlicht.

»Und sicher wie in Abrahams Schoß sind wir bestimmt auch nicht.«

»Doch, doch, das sind wir.«

»Sie vielleicht, ich *nicht*!«

»Wie meinen Sie das?«

»Für Ihre Sicherheit mag es Ihnen ausreichend erscheinen, daß Sie nicht verhungern, nicht verdursten, nicht erfrieren und nicht ersticken. Für mich kommt noch etwas hinzu.«

»Was?«

Nun wollte sie nicht länger lügen, sondern ihm die Wahrheit ins Gesicht sagen.

»Ich bin Ihnen ausgeliefert«, erklärte sie.

»Vor einer Minute noch versicherten Sie mir, daß dieser Umstand keinerlei Befürchtung in Ihnen auslösen würde.«

»Von einer Minute auf die andere hat schon oft etwas ganz anders ausgesehen.«

Jeder andere Mann wäre wahrscheinlich beleidigt gewesen, aber Detlev Padenberg behielt seinen heiteren Gleichmut. Er entgegnete: »Eigentlich sollte ich sagen, Ihr Verdacht, den Sie plötzlich gegen mich hegen, ehrt mich. Sie sehen in mir keinen Eunuchen. Aber . . .«

Carola weinte plötzlich.

»Was ist denn, was haben Sie?« rief er und kam rasch auf sie zu.

Die Antwort war ganz einfach. Carolas Nerven waren gerissen, nachdem sie ohnehin schon viel zu lange standgehalten hatten. Das gräßliche Abenteuer, das hinter ihr lag, nein, in dem sie noch mittendrin steckte, ging über ihre Kräfte. Padenberg setzte sich zu ihr auf die Bank und legte den Arm um ihre Schulter. Er sprach kein Wort mehr, hielt sie nur fest, und das tat ihr gut. Mit der Zeit begann ihr Tränenstrom wieder zu versiegen.

»Entschuldigen Sie«, bat sie.

»Was denn?«

»Ich bin sonst nicht so ... so unbeherrscht.«

»Sie sind ein sehr, sehr tapferes Mädchen. Ihre Tränen sind die natürlichste Sache der Welt. Eigentlich wären die längst fällig gewesen, und ich habe mich gefragt, wo sie so lange bleiben.«

Er nahm den Arm von ihrer Schulter und rückte ein bißchen von ihr weg. Sie empfand das als Verlust. Sie wußte jetzt, daß ihr von diesem Mann keine Gefahr drohte.

War das wirklich der Fall? Woher wollte sie das eigentlich wissen?

Jens Kosten riß eine neue Zigarettenpackung an; den Inhalt der ersten hatte er inzwischen verbraucht. Er sprach wieder mit Direktor Senden.

»Man muß doch etwas tun!« sagte er aufgeregt.

Senden zuckte ratlos mit den Schultern.

»Was denn?«

»Das fragen *Sie* mich?« antwortete Jens. »*Sie* müssen das doch wissen, nicht *ich*!«

Im Hotel war herumgefragt worden. Dabei hatte sich, wie bei einem Mosaik Steinchen um Steinchen, die erschrekkende Wahrheit herausgestellt. Ein Kochlehrling hatte Abfall weggebracht und gesehen, daß sich eine junge Dame vor dem Haus die Schier angeschnallt hatte.

»Welche junge Dame?« war er gefragt worden.

Wie sie hieß, wußte er nicht. Ihre Zimmernummer auch nicht.

»Welche Farbe hatte ihr Schianzug?«

»Blau.«

»Die Mütze?«

»Rot.«

»Sprach sie mit dir?«

Das hatte sie nicht getan, es war auch kein Anlaß dazu gewesen.

»War sie groß, klein, schlank oder mollig? Wie sah sie aus?«

Die Antwort darauf faßte der Vierzehnjährige in einem Wort zusammen. Sie lautete: »Spitze.«

Gegenüber den beiden anderen Lehrlingen in der Küche äußerte er sich später noch folgendermaßen: »Ein Rasseweib, sage ich euch. Genau mein Geschmack.«

Alle Angaben paßten auf Carola Burghardt. Von einer Lederwarenfabrikantin aus Offenbach, die aus dem Fenster geschaut hatte, war sie gesehen worden, wie sie auf ihren Brettern bergwärts entschwunden war. Es sei ein wunderschönes Bild gewesen: die einsame, bunte Schifahrerin, langsam kleiner werdend in der weiten weißen Pracht.

Echte Zweifel daran, daß es sich um Carola Burghardt gehandelt hatte, waren nicht mehr erlaubt.

»Besteht denn Lawinengefahr?« fragte Jens Kosten den Hoteldirektor.

»Das kommt ganz darauf an, wohin die junge Dame sich gewandt hat.«

»Läßt sich eine solche Gefahr rechtzeitig erkennen?«

Senden entschloß sich, sein stereotypes »die junge Dame« unter den Tisch fallen zu lassen und sich mit Verkürzungen wie »die« oder »sie« zu begnügen.

»Die«, sagte er, »kann das wohl nicht.«

»Warum nicht?«

»Weil sie keinerlei Erfahrung auf diesem Gebiet hat.«

»Aber man darf sie doch nicht ihrem Schicksal überlassen!«

»Die Hauptgefahr droht ihr nicht von den Lawinen, Herr Kosten. Der wahnsinnige Schneefall ganz allgemein ist das schlimme. Wenn da jemand hineingerät, sieht er kaum mehr die Hand vor den Augen und verirrt sich unweigerlich.«

»Großer Gott!« stieß Jens hervor.

Über eine kleine Beruhigungspille verfügte Senden immerhin noch.

»Sie kann eine Schutzhütte gefunden haben, Herr Kosten.«

Im Grunde jedoch scheute sich der Direktor seit einem Jahr nicht mehr, in solchen Fällen das zu tun, was man »reinen Wein einschenken« nennt. Im vergangenen Winter war nämlich ebenfalls eine Frau im Schnee umgekommen, die Gattin eines Besitzers großer Schafherden in der Lüneburger Heide. Zu lange hatte ihm Senden die Lage als nicht so gefährlich dargestellt, um ihn zu beruhigen. Mit welchem Resultat? Mit einem unangenehmen. Der Mann hatte gegen das Hotel einen Prozeß angestrengt. Man habe ihm, so seine Klage, etwas vorgegaukelt zu einem Zeitpunkt, als vielleicht noch etwas zur Rettung der Frau hätte unternommen werden können – und wenn er selbst aufgebrochen wäre, um sie im Schnee zu suchen. Daran sei er durch das ständige Einlullen des Direktors gehindert worden.

Was den Fall brisant machte, war die Tatsache, daß man die Tote keine dreihundert Meter vom Hotel entfernt unterm Schnee fand. Zwar erreichte die Direktion vor Gericht mit Mühe und Not einen Freispruch, aber es mußte erst Berufung eingelegt werden. In erster Instanz war der schwer getroffene Witwer mit seiner Anklage durchgedrungen. Seitdem empfand sich Direktor Senden, wie gesagt, als gebranntes Kind und bemäntelte nicht mehr den Ernst der Lage, der man ins Auge sehen mußte.

»Und wenn sie keine Schutzhütte gefunden hat, was dann?«

»Dann kann man nur hoffen und beten, daß sie sich nicht verirrt hat und zum Hotel zurückfindet.«

»Sie sagten aber vorhin, daß man sich unweigerlich verirrt?«

Senden schwieg.

»Hat es denn schon einmal einen ähnlichen Fall gegeben«, fragte ihn daraufhin Jens, »in dem sich unter vergleichbaren

Umständen jemand nicht verirrt hat?«
»Nein.«

»Carola«, sagte Detlev Padenberg, »wissen Sie, was jetzt das beste wäre?«
»Was?«
»Wenn Sie versuchen würden, ein bißchen zu schlafen.«
»Schlafen?« Das Wort hatte ihr einen Schreck eingejagt.
»Ja.«
»Ich?«
»Ja.«
»Und Sie?«
»Ich?« antwortete er ruhig. »Ich bleibe wach und beobachte das Wetter. Sollte es sich nämlich noch vor Einbruch der Dunkelheit bessern – womit freilich nicht zu rechnen ist –, könnten wir hier, wie es so schön heißt, unsere Zelte abbrechen. Ich brächte Sie dann runter zu Ihrem Hotel.«
»Das würden Sie tun?«
»Muß ich doch«, meinte er grinsend. »Hat sich denn nicht gerade gezeigt, wohin es führt, wenn man Sie allein herumkurven läßt?«
»Wo wohnen Sie denn?«
»Bei einem Bergbauern, ziemlich abgelegen. Das gefällt mir besser. Wissen Sie«, erklärte er lachend, »da muß ich mich nicht zu jedem Essen umziehen.«
Sie saßen nun beide am Tisch. Die Petroleumlampe stieß schwarze Rauchwölkchen aus und stank furchtbar. Trotzdem empfand Carola plötzlich den Wunsch, das Ganze hier möge noch eine Weile so weitergehen. Wenn jetzt die Tür aufginge, dachte sie, und jemand käme herein und sagte: Kommen Sie, wir sind mit dem Hubschrauber da – ich glaube, ich wäre gar nicht erfreut darüber. Und er? Wie würde er reagieren?
Dieser Frage wollte sie nachgehen. Junge Mädchen sind von Natur aus neugierig.
»Was würden Sie sagen«, begann sie also, »wenn plötzlich die Tür aufginge und . . .«

»Die geht nicht auf«, fiel er ihr ins Wort.

». . . und unser Retter erschiene, ein Hubschrauberpilot?«

»Ausgeschlossen, Carola. Bei diesem Wetter völlig ausgeschlossen. Auch Hubschrauberpiloten habe ihre Grenzen.«

»Nehmen wir an, sie hätten sie nicht. Was würden Sie dann sagen?«

»Ich würde ihn fragen, ob er der Geiger ist.«

»Wer?«

»Der Geiger. So heißt ein berühmter Gletscherpilot in der Schweiz. Er bringt Landungen zustande, bei denen jeder andere passen müßte.«

»Sonst würden Sie nichts sagen?« fragte Carola enttäuscht.

Er dachte kurz nach. »Nun, ich würde sehen, wie Sie sich freuen, und Sie dazu beglückwünschen, daß Ihr sehnlichster Wunsch, hier rauszukommen, so rasch in Erfüllung geht.«

»Vielleicht . . .«

Carola verstummte. Was sie hatte sagen wollen, war der helle Wahnsinn, so erschien es ihr jedenfalls. Vielleicht sei dies gar nicht ihr Wunsch, genau das wäre ihr beinahe herausgerutscht.

»Vielleicht hätte ich Angst vorm Fliegen«, sagte sie statt dessen.

»Sie sind doch sicher schon öfter geflogen?«

»Ja, aber nicht im Hubschrauber.«

»Ich auch nicht, deshalb kann ich nicht beurteilen, ob es da große Unterschiede gibt.«

»Ich bin davon überzeugt.«

»Wenn Sie davon überzeugt sind, dann läge es nahe, daß Sie lieber noch eine Nacht hierbleiben würden, bis Sie mit den Schiern abfahren könnten.«

Carola blickte ihn mit ihren großen, wunderschönen blauen Augen ehrlich an.

»Ich hätte wirklich Angst vorm Hubschrauber, Herr Padenberg.«

»Wissen Sie, was das heißt, Fräulein Burghardt?«

»Bleiben Sie bitte bei ›Carola‹, das gefällt mir besser.«

»Mir gefiele ›Detlev‹ aus Ihrem Munde auch besser, aber . . .«

»Was aber?«

»Der Altersunterschied zwischen uns beiden . . .«

»Stört er Sie?«

»Es ist so, daß ich mich nicht gern lächerlich mache, Carola.«

»Sie machen sich nicht lächerlich.«

»Doch.«

»Nein, Detlev.«

Damit war dieses Thema abgeschlossen, und man konnte durchaus neugierig sein, welche ungeahnten Seiten dieser naiven, ängstlichen, unerfahrenen, männerscheuen Hanseatin mit wachsender Geschwindigkeit ihres Wandels noch zutage treten würden.

»Sie deuteten Konsequenzen aus meiner Angst vorm Hubschrauber an, Detlev«, nahm Carola das Gespräch wieder auf.

»Die ausschlaggebende Konsequenz wäre, daß ich mir diese Angst ebenfalls zu eigen machen müßte.«

»Sie ließen mich also nicht allein in der Hütte zurück? Oder verstehe ich Sie falsch?«

»Nein, Sie verstehen mich richtig.«

»Sie blieben ebenfalls da!«

»Ja.«

»Warum?«

Nun war die Reihe an ihm, mit seinen dunklen Augen, die längst nicht so hübsch wie die ihren waren, sie ehrlich anzublicken.

»Weil das meine Pflicht wäre, Carola.«

III

Direktor Senden war sich im klaren darüber, daß der Hotelbetrieb heute keinen normalen Verlauf nehmen würde. Auch der letzte Gast wußte inzwischen, was passiert war, beziehungsweise, was mit Sicherheit angenommen werden mußte: *daß* es passiert war. Die allgemeine Aufregung war groß und schlug durch auf das Personal des Hauses, das sich den Fragen der Gäste nicht entziehen konnte. Vor allem Direktor Senden sah sich einem regelrechten Trommelfeuer ausgesetzt. Er war der Hauptleidtragende.

Wurde denn alles getan?

Hat man Leuchtkugeln abgeschossen?

Warum war nichts von akustischen Signalen zu hören? Sollte auf dem Dach eines Gebäudes in solch alpiner Lage nicht eine Sirene angebracht sein?

Wer hat schon einmal an die Anschaffung von Hunden nach Art der Bernhardiner auf dem St. Gotthard gedacht?

Zu Jens Kosten sagte ein Studienprofessor aus Celle: »Haben Sie eigentlich schon an die Bergwacht gedacht?«

»An die Bergwacht?«

»Ja.«

»Hat denn die damit auch etwas zu tun?«

»Aber sicher. Die hat mit allem zu tun. Die Zeitungen sind doch immer wieder voll von solchen Berichten.«

Jens stürzte in Sendens Büro, zum werweißwievielten Male.

»Warum haben Sie mich noch nicht auf die Bergwacht hingewiesen, Herr Direktor Senden?«

»Weil das keinen Sinn hätte.«

»Wie bitte?«

»Weil das bis jetzt völlig sinnlos gewesen wäre.«

»Was soll denn das heißen? Die sind doch für alles zuständig!«

»Solange der Schneesturm anhält, können auch die nichts unternehmen.«

Jens verlor jegliche Beherrschung und Vernunft.

»Ich verlange aber, daß die etwas unternehmen! Wozu sind sie schließlich da?«

»Nicht dazu, sich selbst auch noch sinnlos zu opfern, Herr Kosten.«

»Kann ich mit der Bergwacht sprechen?«

»Bitte.« Senden zeigte aufs Telefon. »Die Nummer ist 30 31 32. Aber ich warne Sie. Diese Leute sind wie die Berge hier – rauh und ungeschliffen.«

»Was soll das heißen?«

»Die haben keinerlei Hemmungen, Ihnen erst einmal klipp und klar zu sagen, was sie von den leichtsinnigen Touren derjenigen halten, für die sie immer wieder ihr Leben aufs Spiel setzen müssen. Und außerdem kann es Ihnen auch noch passieren, daß man Sie auffordert, die Suche doch selbst aufzunehmen bei diesem Schneetreiben.«

»Wenn nur einer mitkäme, würde ich das auch tun«, beteuerte Jens und meinte das sogar ernst. Ein Feigling war er nämlich nicht.

Am Ende blieb ihm jedoch nichts anderes übrig, als einzusehen, daß er zur Untätigkeit verurteilt war und es außerdem vorläufig auch keinen Zweck hatte, unsinnige Telefonate mit der Bergwacht zu führen.

Mit zusammengepreßten Lippen verließ er Sendens Büro. Draußen war die nächste Zigarette fällig.

Als der Direktor allein war, stellte er selbst die Verbindung mit der Bergwacht her. Dies geschah schon zum drittenmal.

»Ich bin's wieder, Andreas«, eröffnete er das Gespräch.

»Der hört nicht auf, mich zu nerven. Hast du dich mit deinen Leuten besprochen?«

»Ja, Karl, nur den Leo konnte ich noch nicht erreichen. Wir sind uns alle völlig einig, daß im Augenblick nicht das geringste unternommen werden kann. Das gilt bombensicher auch für den Leo.«

»Wann frühestens?« fragte Senden nur.

»Morgen bei Tagesanbruch.«

»Vorausgesetzt, das Wetter spielt mit!«

»Selbstverständlich. Inzwischen ist die natürlich mit hundertprozentiger Sicherheit im Eimer, aber es muß ja schließlich auch die Leiche gefunden und geborgen werden.«

»Vielleicht hat sie doch noch eine Schutzhütte entdeckt.«

»Dann erfriert sie dort, weil sie zu blöd ist, Feuer anzumachen.«

Harte Worte waren das, aber einem Gruppenführer der Bergwacht sollte man das nicht verübeln. Was diese Männer jahraus, jahrein mit Urlaubern aus Deutschlands Ebenen erlebten, ging, wie sie sich auszudrücken pflegten, auf keine Kuhhaut.

»Anderl«, sagte Senden, der sehr gut wußte, warum er sich mit Bergführern und Männern ähnlichen Kalibers duzte, »der Bekannte dieses Mädchens wollte dich vorhin schon selbst anrufen. Mit Müh und Not konnte ich ihn davon abhalten. Ich weiß aber nicht, ob mir das noch einmal gelingt. Wenn nicht, mach's gnädig mit ihm.«

»Sag ihm, er soll mich gefälligst in Ruhe lassen. Ich habe einfach nicht mehr die Nerven, mir das dumme Geschwätz von Besserwissern anzuhören. Wie viele von uns haben heuer schon wieder dran glauben müssen! Drei Mann. Und der vierte liegt gelähmt in Murnau im Versehrtenkrankenhaus. Sag ihm das!«

»Was machen Sie denn da, Detlev?« fragte Carola.

»Ich schütte Stroh auf«, antwortete er.

Genau das tat er, er bedeckte einen verhältnismäßig schmalen Streifen des Fußbodens dick mit Stroh. Dabei sagte er: »Ich sagte Ihnen doch, Sie sollten versuchen, ein bißchen zu schlafen.«

Carola verfolgte sein Tun mit skeptischer Miene.

»Soviel ich sehe«, sagte sie nach einer Weile, »ist das alles Stroh, das wir hier zur Verfügung haben.«

»Ja.«

»Dann müssen Sie es besser verteilen.«

»Wieso? Ist Ihnen das zu schmal?«

»Mir nicht, aber Sie brauchen ja auch noch einen Liegeplatz.«

»Ich?« Er zeigte zum Tisch. »Ich schlafe da – wenn überhaupt.«

»Im Sitzen?«

»Ja.«

Anders als zum Schlafen im Sitzen hätte sich für ihn kein Platz mehr in der sehr beengten Hütte gefunden, es sei denn an Carolas Seite auf dem Fußbodenstreifen zwischen Ofen und Wand.

»Detlev, das kommt nicht in Frage.«

»Was kommt nicht in Frage?«

»Daß ich hier den ganzen Platz zum Liegen für mich in Anspruch nehme.«

»Doch, das wird so gemacht.«

»Nein.«

»Sie haben mir zu gehorchen.«

»Wie bitte?«

»Jawohl, das haben Sie, und zwar aus dem einfachsten Grund der Welt . . .«

»Den würde ich gerne hören.«

»Ich könnte Ihr Vater sein.«

Das mußte ja einmal gesagt werden. Die beiden blickten einander an, dann sagte Carola: »Ich habe schon einen.«

Kein Bedarf an einem zweiten, hieß das.

Carola schob ihren Widersacher energisch beiseite, bückte sich und nahm von ihrem dickgepolsterten Lager Stroh weg und verteilte es auf eine größere Fläche. Detlev wartete nicht ab, bis sie fertig war, sondern ging zurück zum Tisch und setzte sich. Er fand, daß er sich beruhigen mußte. Am besten beruhigte er sich jedoch mit einer Pfeife Tabak.

»Ich würde gerne rauchen«, sagte er.

Carola richtete sich erstaunt auf.

»Sie sind Raucher?« fragte sie ihn.

»Ja.«

»Das überrascht mich.«

»Warum?«

»Weil ich davon bisher noch nichts gemerkt habe. Ein anderer hätte doch längst die Bude vollgequalmt.«

»Die Bude vollgequalmt, ja, das ist es. Das wollte ich nicht, sehen Sie.«

»Mit Rücksicht auf mich?«

Er fuhr sich durch die Haare. Das war bei ihm eine Geste der Verlegenheit.

»Ich will mal so sagen: Das bißchen Luft hier drinnen sollte in seiner Qualität nicht durch Rauchen verschlechtert werden.«

Carola ließ das Büschel Stroh, das sie gerade in der Hand hielt, fallen und kam ebenfalls zum Tisch.

»Detlev«, sagte sie, sich halb auf einen Stuhl setzend, »ich möchte Ihnen etwas beichten: Ich hatte Angst vor Ihnen . . .«

Sie verstummte und wartete, daß er sich dazu äußern würde. Das tat er jedoch nicht.

». . . aber das war schrecklich dumm von mir«, fuhr sie deshalb fort.

Nun nickte er bestätigend.

»Warum rauchen Sie nicht? Was ist denn jetzt damit?« fragte sie ihn.

»Darf ich denn?«

»Aber natürlich. Sie können mir auch eine geben.«

»Eine Zigarette?«

»Ja.«

»Habe ich leider keine«, sagte er bedauernd. »Ich rauche Pfeife.«

Sein Bedauern trug mit dazu bei, daß er ihr noch sympathischer wurde. Das war gefährlich.

In der Stille, die eintrat, stopfte er seine Pfeife und zündete sie an. Carola beobachtete den ineinandergreifenden Rhythmus der an- und abschwellenden Streichholzflamme über dem Pfeifenkopf und das Aufsteigen der Rauchwölkchen, die Detlev ausstieß. Hübsch fand sie das. Noch nie in ihrem Leben war ihr bewußt geworden, daß es so etwas überhaupt gab.

Seine Hände, die sie nah vor Augen hatte, gefielen ihr. Ring trug er keinen. Sein Tabak roch angenehm. Alles fand sie positiv.

»Ich höre bald wieder auf«, sagte er, die Pfeife, nachdem sie richtig in Brand gesteckt war, aus dem Mund nehmend.

»Warum?«
»Um Ihre Gelüste nicht unnötig anzuregen.«
»Das tun Sie nicht.«
»Sie rauchen doch selbst auch.«
»Nur ganz, ganz selten; oft monatelang überhaupt nicht.«
»Prima«, sagte er sichtlich erfreut.
»Warum finden Sie das prima?«
»Weil Rauchen ungesund ist, höchst ungesund.«
Carola zeigte auf seine Pfeife.
»Zwischen Ihren Worten und Ihren Taten besteht aber keine Harmonie.«
»Was dieser Disharmonie die Bedeutung nimmt, ist die Tatsache, daß es um mich, wenn mich mein Laster einmal hinwegrafft, nicht schade sein wird . . .«
»Blödsinn!«
». . . während das für Sie keinesfalls gelten würde, Carola.«
»Blöds . . .«
Mitten im Wort brach Carola ab. Sie hatte dasselbe noch einmal sagen wollen, als ihr plötzlich klar wurde, daß das falsch gewesen wäre.
»Wie war das, Detlev?«
»Ich habe damit sagen wollen, daß es um Sie außerordentlich schade wäre.«
»Detlev, Sie . . . ich . . . war das Ihr Ernst?«
Er wandte den Blick von ihr ab.
»Ja«, sagte er, sich mit seiner Pfeife beschäftigend.
»Ein so dickes Kompliment hat mir noch keiner gemacht.«
»Das glaube ich nicht. Ich kann mir nur vorstellen, daß die jungen Leute, von denen Sie verehrt werden, Sie diesbezüglich auch nicht darben lassen.«
»Ach die!« Carola machte eine wegwerfende Handbewegung. »Wie die sich ausdrücken, das sollten Sie einmal erleben. Wollen Sie einige Kostproben hören?«
»Ja, ganz gern.«
»Nein, lieber nicht«, änderte sie dann doch ihre Meinung.
»Warum nicht?«

»Weil das eine verderbliche Wirkung auf Sie ausüben könnte. Sie könnten infiziert werden, und das wäre sehr, sehr bedauerlich.«

»Tatsächlich?«

»Ja, bleiben Sie bitte der Kavalier alter Schule, der Sie sind. Der sind Sie doch?«

»Ich hoffe es.«

»Bisher habe ich von solchen nur in Romanen gelesen und mir nicht vorstellen können, wie schön es ist, einem wirklichen Kavalier zu begegnen.«

»Da sehen Sie«, witzelte er, »daß sogar ein Schneesturm noch sein Gutes haben kann.«

Und wieder blickte sie ihn mit ihren wunderschönen blauen Augen an.

»Detlev.«

»Ja?«

»Sie sind ein sehr, sehr netter Mensch.«

Er schwieg.

»Kein Vater«, fügte sie hinzu.

Weiter konnte sie nicht mehr gehen. Das empfand auch er.

»Carola«, sagte er, »ich bin ein sehr, sehr schwacher Mensch, und deshalb bitte ich Sie, kein Feuer zu entfachen, mit dem Sie zu spielen gedenken.«

»Das will ich nicht, Detlev.«

»Dann ist es gut.«

»Sie verstehen mich falsch. Ich will nicht mit dem Feuer spielen, nein . . .«

»Aber?«

»Aber anzünden möchte ich es schon.«

IV

Unter den Hotelgästen befand sich ein neunundzwanzigjähriger Südtiroler, der von Beruf Weinvertreter war. In dieser Woche und an diesem Ort interessierten ihn allerdings nicht die Geschäfte, sondern er hatte nur ein paar schöne Tage im Sinn. Ein bißchen ausspannen wollte er, nachdem er in der Woche zuvor München abgegrast und glänzende Abschlüsse erzielt hatte, die es ihm erlaubten, auch wieder einmal ein bißchen zu bummeln. Er hieß Trenker, und um das Maß vollzumachen, lautete sein Vorname Alois. Fast niemand, der ihn kennenlernte, ersparte es ihm, den »Alois« in »Luis« umzuändern. Schon am zweiten Abend war ihm das in der Bar auch von Jens Kosten angetan worden, mit dem er an der Theke zusammengetroffen war. Kosten hatte einen Whisky vor sich, Trenker einen Obstler. An diesem unterschiedlichen Getränk entzündete sich ihre Diskussion. Zuvor hatten sie in entgegengesetzten Ecken der Bar an Tischen gesessen und Wein getrunken, der Südtiroler natürlich roten, Kosten weißen. In Kostens Gesellschaft hatte sich Carola Burghardt befunden, der es dann aber zu spät geworden war, so daß sie sich von Jens verabschiedet hatte, um schlafen zu gehen. Gelegenheit für Jens, den »Abend an der Theke ausklingen zu lassen«.

Dieselbe Idee hatte Alois Trenker, der solo war.

Stumm kletterten die beiden nebeneinander auf ihre Barhocker, stumm trank jeder sein erstes Glas, wobei der Südtiroler dem Hamburger etwas vorauseilte. Ersterer setzte also sein Glas ein, zwei Sekunden früher wieder ab. Als dies dann auch letzterer tat, wobei ihm der Südtiroler zusah, sagte dieser kopfschüttelnd: »Pfui Teufel!«

»Was?« entrüstete sich der Hamburger, nachdem ihm aufgegangen war, daß diese Bemerkung ihm gegolten hatte.

»Wie kann man nur einen solchen Dreck trinken?« sagte der Südtiroler, auf das Whiskyglas seines Nachbarn zeigend.

»Das gleiche frage ich mich bei Ihrem Obstler«, entgegnete Kosten, sich Trenkers Fingerzeig und Kopfschütteln zu eigen machend.

Der Einstieg in die Diskussion war also geschafft, dem Blödsinn Tür und Tor geöffnet. Die notwendige Voraussetzung, nicht mehr nüchtern zu sein, erfüllten beide.

»Ihr perverser Geschmack ist mir schon den ganzen

Abend aufgefallen«, fuhr der Südtiroler fort. »Sie haben nur Weißwein getrunken.«

»Und Sie nur roten.«

»Ich kann das nicht verstehen.«

»Genau wie ich, Sie sprechen mir aus der Seele.«

»Darf ich Sie hier an dieser Stelle zu einem Obstler einladen?« fragte der Südtiroler.

»Und ich Sie zu einem Whisky?«

Die beiden nickten einander zu, der Austausch fand statt. Diesen quittierend, setzte der Südtiroler sein Glas mit einem abermaligen »Pfui Teufel!« ab.

Ins gleiche Horn stieß der Hamburger: »Zum Kotzen!«

Um aber gegeneinander nicht unhöflich zu sein, beantworteten beide die Frage des Barkeepers, ob er die alte Regel wieder herstellen sollte, mit einem klaren »Nein«.

Kosten fuhr also fort, Obstler zu trinken, Trenker Whisky. Die beiderseitigen Ausrufe des Abscheus mehrten sich.

Der Entschluß der beiden, sich gegenseitig zu duzen, ließ dann auch nicht mehr lange auf sich warten.

»Wie heißt du?« fragte der Südtiroler.

»Jens Kosten. Und du?«

»Alois Trenker.«

»Alois? Was ist denn das? Ein Vorname? Ich kenne keinen Hamburger, der Alois heißt.«

»Und ich kenne keinen Südtiroler, der Jens heißt.«

»Stammst du aus Südtirol?«

»So wie du aus Hamburg.«

»Sag mal, welche Sprache ist das eigentlich, die ihr sprecht?«

»Dasselbe wollte ich dich auch schon fragen.«

»Wie war dein Nachname? Sagtest du Trenker?«

»Ja.«

»Dann verstehe ich dich nicht. Warum schreckst du die Leute mit deinem ›Alois‹? Nenn dich doch Luis. So kennt euch doch die Welt.«

Wieder einmal war es also soweit.

Der solchermaßen oft geprüfte Weinvertreter aus Kaltern

erklärte darauf, daß er kein Sakrileg begehen wolle. Jener andere Trenker sei etwas viel zu Einmaliges, als daß er ein Double vertragen würde.

»Jeder Mensch verträgt ein Double«, behauptete Kosten eigensinnig.

Das bot dem Südtiroler Gelegenheit, die Kurve, auf die er schon lange gewartet hatte, zu nehmen.

»Nein, das stimmt nicht«, sagte er. »Gerade in deiner Umgebung befindet sich ein Beispiel, das dich widerlegt.«

»Welches?«

»Deine Schwester.«

»Meine Schwester?«

»Die ist auch etwas absolut Einmaliges.«

»Ich habe keine Schwester. Von wem sprichst du, Luis?«

»Von dem Mädchen, das den ganzen Abend bei dir am Tisch saß. Es *muß* deine Schwester sein.«

»Wieso?«

»Weil du nicht mit ihm schlafen gegangen bist.«

Dafür erntete Trenker einen langen, vorwurfsvollen Blick von Kosten. Dann sagte der Hamburger mit düsterer Miene: »Und trotzdem ist das Mädchen meine Braut.«

Ungläubig schüttelte Trenker den Kopf. Das war für ihn einfach undenkbar – in Südtirol.

»Seid ihr verlobt?« fragte er.

Zögernd verneinte Kosten.

»Was seid ihr dann?«

Dieses Thema ging dem Hamburger anscheinend auf die Nerven, denn er stieß ärgerlich hervor: »Was geht das dich an?«

Alois Trenker, ein Draufgänger wie alle Südtiroler Gipfelstürmer und Weinvertreter, wußte damit genug. Es schien ihm jetzt kein aussichtsloses Unterfangen zu sein, dieses tolle Mädchen, dem alle Blicke in der Bar zugeflogen waren, ins Visier zu nehmen. Man mußte nur darauf bedacht sein, sich entsprechend in Szene zu setzen. Die Gelegenheit dazu sollte eher – und ganz anders – kommen, als er gedacht hatte.

Jens und Alois kamen in dieser Nacht erst sehr spät ins

Bett. Den nächsten Tag verschlief der Südtiroler fast ganz, während Jens Kosten immerhin schon um 11.10 Uhr erwachte, sich zum Aufstehen zwang und feststellen mußte, daß Carola verschwunden war. Der Tag der Katastrophe war angebrochen.

Alois Trenker kam erst am Spätnachmittag aus seinem Zimmer und erfuhr wohl als letzter, was passiert war. Im ganzen Hotel brannten die Lichter, da der draußen tobende Schneesturm den Tag in finstere Nacht verwandelt hatte.

Trenkers erste Reaktion auf die schlimme Nachricht lautete: »Das gibt's doch nicht!«

Die zweite war, daß er sich fragte, warum es das nicht geben sollte. Als Tiroler war er geradezu mit solchen Hiobsbotschaften, in deren Mittelpunkt leichtsinnige, dem Tod in die Arme laufende Urlauber standen, groß geworden. Vielleicht gab's aber diesmal noch eine Rettungsmöglichkeit.

Welche?

Alois Trenker ging vor die Tür. Rasch kehrte er jedoch wieder um. Draußen war nichts, aber auch gar nichts zu machen.

Drinnen suchte er Jens Kosten und fand ihn bei einer Flasche Bier und einem vollen Aschenbecher in der Halle. Jens stand noch ganz unter dem Eindruck der Abfuhr, die ihm in Sendens Büro zuteil geworden war, als er geglaubt hatte, auf dem Einsatz der Bergwacht bestehen zu können.

»Hast du endlich ausgeschlafen?« empfing er barsch den Südtiroler.

Trenker setzte sich schweigend zu ihm.

»Hast du schon gehört, was passiert ist?« fuhr Kosten fort.

»Ja.«

»Die machen mich hier noch wahnsinnig.«

»Warum?«

»Weil sie nichts unternehmen.«

»Die können im Augenblick nichts unternehmen.«

»Danke für die Belehrung. Du auch noch. Hau ab, du gehst mir auf die Nerven. Ich kann euch alle nicht mehr sehen.«

Trenker beeindruckte das gar nicht, und er blieb sitzen.

»Wir haben etwa die gleiche Statur«, sagte er so, als ob nichts gewesen wäre.

»Was?«

»Geh auf dein Zimmer und zieh deine Schiklamotten aus. Ich muß sie haben. Auch die warme Unterwäsche, die Socken, die Schuhe. Bring mir alles . . .«

»Welche Schuhgröße hast du?« unterbrach er sich, dem anderen auf die Füße schauend.

»Vierundvierzig. Wieso?«

»Schöne Latschen. Die reinsten Elbkähne, so sagt ihr doch? Bring ein zweites Paar dicke Socken mit, damit mir die Schuhe nicht im Schnee steckenbleiben.«

»Meine Schuhe? Wozu? Bist du verrückt?«

»Ich brauche deine vollständige Ausrüstung, damit ich aufbrechen kann, sobald der Schneesturm nachläßt.«

»Um Carola zu suchen?«

»Heißt sie Carola? Hattest du mir noch nicht gesagt. Hübscher Name. Ganz was anderes als Jens. Gibt's auch in Südtirol.«

»Luis«, sagte Kosten, stockte aber dann, weil er spürte, daß das jetzt fehl am Platze war, und korrigierte sich: »Alois, das finde ich großartig von dir. Endlich einer, der was tut. Ich weiß gar nicht, was ich sagen soll. Eine Ausrüstung müssen wir für dich aber von woandersher beschaffen.«

Kosten hatte sich erhoben.

Wieso?« fragte Trenker. »Bleib sitzen.«

»Weil ich mitkomme.«

»Das wirst du sein lassen!« sagte Trenker energisch und wiederholte: »Bleib sitzen.«

Nur widerwillig ließ sich Kosten wieder auf seine vier Buchstaben nieder. »Warum willst du mich nicht dabeihaben?« fragte er.

»Weil du mich schon nach wenigen Minuten aus den Augen verlieren würdest. Das muß nämlich dann möglichst rasch gehen, verstehst du, und deine Schifahrerei kann ich mir vorstellen.«

»Bist du denn so viel besser?«

»Als Südtiroler?« antwortete Trenker nur. Seine Frage klang stolz.

Kosten erhob sich, um auf sein Zimmer zu gehen und sich umzuziehen.

»Dann will ich mal rasch«, sagte er, »damit du sofort aufbrechen kannst.«

»Laß dir Zeit. Erst muß, das sagte ich schon, das verheerende Schneegestöber aufhören. So lange sitze ich hier fest. Außerdem ist meine Ausrüstung noch nicht komplett.«

»Das kann aber noch Stunden dauern.«

Alois Trenker zuckte die Achseln.

»Vielleicht sogar die ganze Nacht.«

»Hoffentlich nicht«, stöhnte Jens Kosten.

Der Südtiroler versprach ihm: »Sobald die Sauerei einigermaßen aufhört, bin ich jedenfalls der erste, der rausgeht.«

Während Jens Kosten die Kleidung wechselte und seine Schier bereitstellte, machte sich Trenker daran, die Komplettierung seiner Ausrüstung vorzunehmen. Unbedingt brauchte er noch eine starke Taschenlampe mit neuen Batterien, einen Kompaß und eine genaue Karte vom Gebiet oberhalb des Eibsees, auf der sämtliche Schutzhütten, Scheunen und dergleichen eingezeichnet waren. Die Hoteldirektion stellte ihm die Zusatzausrüstung zur Verfügung. Vergessen wurde auch nicht ein sogenannter »Flachmann«, gefüllt mit einem Viertelliter Cognac. Und dann hieß es warten, warten . . .

V

»Carola!«

»Detlev!«

»Was sagten Sie da?«

»Ich will nicht mit dem Feuer spielen . . .«

»Aber?«

»Aber es anzünden.«

»Carola!«

»Ja?«

»Das heißt doch . . .«

Er verstummte.

»Ja, das heißt es«, sagte sie.

Er atmete tief.

»Bist du verrückt?«

»Wie bitte? Spricht so ein Kavalier alter Schule mit einer Dame?«

Detlev Padenberg nahm hastig die Pfeife in den Mund und legte einen Schleier von Qualm um seinen Kopf.

Dann sagte er: »Leg dich jetzt schlafen.«

Sie nickte, ging zu dem von ihr auf Gemeinsamkeit hergerichteten Strohlager, setzte sich, ließ sich nach hinten sinken und streckte sich auf dem Lager aus, das zur Hälfte frei blieb.

Eine lautlose, bleierne Stille trat ein. Nur das Feuer im Ofen knisterte von Zeit zu Zeit, wenn es auf Harzklümpchen in den Holzscheiten stieß.

Nach einer Ewigkeit, so schien es ihm, sagte Carola unnatürlich laut: »Komm.«

Da war er mit seiner Kraft am Ende. Die Leidenschaft der Umarmungen hätte in einem Hotelbett der Luxusklasse nicht größer sein können. Mit verzehrender Glut wurden Küsse getauscht. Carola entpuppte sich, so fand er, als Naturgewalt. Wenigstens bin ich, so glaubte er, nicht der erste bei ihr. Das war ihm ein seltsamer Trost im Sturm seiner Gefühle. Aber dann kam der Schock, der ihn fast noch einmal auf seinen Ausgangspunkt zurückgeworfen hätte, als er merkte, daß er doch der erste war. Detlev Padenberg erstarrte.

»Carola«, sagte er verstört, »das habe ich nicht gewußt.«

»Was hast du nicht gewußt?«

»Daß du . . . daß ich . . .«

»Das konntest du auch nicht wissen.«

Er wollte sich aus ihr entfernen, aber sie hielt ihn fest.

»Bleib. Es ist so schön . . .«

Im Widerstreit seiner Gefühle sagte er: »Schön ist es für

mich, dir tut's weh.«

»Mir hat's weh getan, aber jetzt scheint mir das Gegenteil der Fall zu sein.«

Verblüfft blickte er auf sie herab.

»Oder es verhält sich all das nicht so«, fügte sie, zu ihm emporlächelnd, hinzu, »wie es nun schon seit einigen Jahren an mein Ohr geklungen ist . . .«

»Carola . . . du . . . du bist . . .«

Was? Was wollte er sagen, daß sie sei?

Es blieb sein Geheimnis. Statt zu reden, überließ er sich wieder dem Drang, etwas zu tun – ein unwiderstehlicher Drang. Und als Carola dann ihren ersten Orgasmus erlebt hatte, war das erste, was zu sagen ihr nach einer Pause glückseliger Erschöpfung gelang, dies: »Das, was so an mein Ohr gedrungen ist, erwies sich als absolut zutreffend.«

Man glaubt ja nicht, wie sich ein so naives, braves, unschuldiges Mädchen über Nacht ändern kann, wenn die Zeit dazu gekommen ist.

Detlev und Carola liebten sich, nachdem bei ihm der Damm gebrochen war, bis zur Erschöpfung. Nicht einen Augenblick zweifelte er daran, daß ihm – in seinem Alter – ein solches Erlebnis kein zweitesmal beschert werden würde. Es bis zur Neige auszukosten war daher sein elementares Bestreben, und die gar nicht so unerklärlichen Kräfte, die ihm dabei noch einmal zuwuchsen, waren die eines Zwanzigjährigen. Sowohl er als auch Carola merkten nicht, daß im Laufe der Nacht draußen der Sturm nachließ. Im Morgengrauen schliefen sie ein und erwachten erst wieder, als sich jemand an der Tür ihrer Hütte zu schaffen machte.

»Hallo!« drang eine Männerstimme dumpf herein. »Hallo!«

Carola war als erste aufgeschreckt. Sie rüttelte Detlev am Arm. Er brauchte etwas, bis er völlig wach war.

»Hallo!« rief es wieder.

Detlev legte den Finger auf die Lippen, Carola dadurch auffordernd, sich still zu verhalten. Das war natürlich unüberlegt, mehr noch: dumm. Schon wenig später mußte Detlev Padenberg über sich selbst den Kopf schütteln.

»Hallo, Fräulein Burghardt!«

Detlevs Finger lag immer noch auf den Lippen.

Das Rumoren an der Tür ließ nicht nach. Zu vermuten war, daß es von den Bemühungen eines Mannes herrührte, der den Schnee – oder wenigstens einen Teil desselben – von der Tür wegschaffte. Plötzlich waren diese Bemühungen von Erfolg gekrönt. Die Tür flog auf, und ein Berg Schnee stürzte ins Hütteninnere. Dahinter erschien eine Gestalt im Schianzug, die der Schneemasse auf ihrem Weg in die Hütte fast ebenso unaufgefordert und formlos und polternd folgte. Es war der Mann, der gerufen und keine Antwort erhalten hatte und daher mit dem Schlimmsten hatte rechnen müssen. Es überraschte ihn deshalb, daß er nicht auf die Leiche einer Erfrorenen stieß. Er fand sogar zwei Lebende, und das war eine noch größere Überraschung für ihn.

Alois Trenker starrte auf Carola Burghardt und Detlev Padenberg, die sich auf ihrem Strohlager aufgerichtet hatten. Daß dieses ein Lager der Liebe gewesen war, dafür gab's einige untrügliche Anzeichen. Das untrüglichste war Carolas Schlüpfer, der ein Plätzchen zwischen Detlev und der Wand gefunden hatte. In ihrer Verwirrung hatte Carola nicht mehr daran gedacht, als der Lärm an der Tür begonnen hatte.

Trenkers Gedanken, die ihm durch den Kopf gingen, ließen sich auf den einen Nenner bringen: Ich Idiot!

»Wer sind Sie?« fragte Padenberg barsch.

»Wer sind Sie?« fragte Trenker zurück.

»Mein Name ist Padenberg. Und der Ihre?«

»Trenker.«

»Was wollen Sie hier?«

Ich Riesenidiot, dachte Alois Trenker noch einmal, machte in Richtung Padenberg eine wegwerfende Handbewegung und wandte sich an Carola.

»Sie sind doch Fräulein Burghardt aus Hamburg?«

»Ja.«

Carola sprach auffallend leise und einsilbig. Sie hatte inzwischen ihren Schlüpfer entdeckt und war sehr verlegen.

»Wissen Sie, was Sie angerichtet haben?« fuhr Trenker fort.

»Nein.«

»Nein. Können Sie sich das denn nicht denken?«

»Nein.«

»Man wird es Ihnen im Hotel erzählen, wenn Sie zurückkommen.«

Carola schwieg.

»Erkennen Sie die Klamotten, die ich anhabe?« fragte Alois weiter.

»Nein.«

»Könnten es nicht die Ihres – sagen wir einmal: Beschützers aus Hamburg sein?«

Carola blickte genauer hin.

»Doch«, erwiderte sie nickend.

»Sie gehören ihm. Ich habe sie mir, einschließlich Schier, ausgeliehen, um Sie suchen zu können. Das war gestern. Dann wartete ich bis weit nach Mitternacht auf Wetterbesserung. Endlich konnte ich raus. Ihr Beschützer war inzwischen längst besoffen. Um drei Uhr bin ich aufgebrochen. Jetzt ist es«, er schaute auf seine Armbanduhr, »zehn nach neun. Es war nicht einfach, Sie zu finden.«

Er machte eine kurze Pause, während der er, mit einem Blick auf den Schlüpfer, grinste.

»Aber wenigstens leben Sie noch.«

Alois Trenker hatte eine ungeheure Leistung vollbracht. Über sechs Stunden mit Schiern unterwegs im Tiefschnee, eine Kreuz-und-quer-Strecke von mehr als 20 Kilometern, meistens bergauf, Tonnen von Schnee vor den Türen zweier Schutzhütten und zweier Scheunen – das alles summierte sich zu einer Strapaze ohnegleichen. Doch über die sprach Alois Trenker mit keinem Wort, wenn man einmal davon absah, daß er gesagt hatte: »Es war nicht einfach, Sie zu finden.«

Das genügte.

Dabei waren neben den physischen Anstrengungen auch noch unwägbare psychische mit im Spiel gewesen:

Erstens die Angst um das eigene Schicksal. Er hätte sich in der Finsternis der ersten Stunden hoffnungslos verirren können; das Gelände war ihm unbekannt. Das Wetter hätte wieder umschlagen können. Lawinen drohten. Er hätte in Felsspalten, die vom Schnee zugeweht waren, stürzen können.

Zweitens wurde mit jedem Kilometer die Hoffnung geringer, daß sich das Ganze überhaupt lohnen würde, daß also noch eine Lebende aufzufinden wäre. Hundertmal hatte sich deshalb Trenker gesagt: Kehr um! Einmal hatte er es sogar getan, aber nach einem halben Kilometer Talfahrt hatte er sich wieder bergwärts gewandt.

Drittens sah er sich zuletzt auch noch um den erhofften Lohn geprellt. Seine Spekulation war folgende gewesen: Wenn sie noch lebt und ich sie finde, bin ich für sie der Größte. Dann gelingt's mir gewiß, jeden anderen, zumindest für eine Weile, aus dem Feld zu schlagen. Ein solches Mädchen habe ich noch nie gehabt, so eine fehlt mir noch in meiner Sammlung.

War Alois Trenker deshalb in moralischer Hinsicht ein minderwertiges Subjekt? Auf keinen Fall. Wenn man bedachte, was er für ein Mädchen, mit dem er gern ins Bett gestiegen wäre, gewagt hatte, war er eher als ein Held anzusehen. Wer wäre denn nicht gern mit Carola Burghardt ins Bett gestiegen? Jeder hätte das gerne getan – und zwar ohne vorher Kopf und Kragen zu riskieren.

Aber nun stand Alois Trenker vor den Scherben seiner Überlegung. Er mußte sogar annehmen, daß Carola gar nicht erst durch den Schneesturm gezwungen wurde, eine Schutzhütte aufzusuchen, sondern sich dort schon vorher planmäßig mit ihrem Liebhaber getroffen hatte.

Ihrem Liebhaber?

Schöner Liebhaber!

Alter Sack – das stimmte eher. Dies sagte sich Alois Trenker, nachdem er sich angesichts der Situation, der er sich gegenübersah, ein rasches Urteil über Padenberg gebildet hatte.

Was will sie denn mit dem? fragte er sich. Ich hätte ihr einen anderen Geschmack zugetraut.

Na schön, da kann man nichts machen, dachte er, und das war eine Südtiroler Lebensweisheit schlechthin.

»Dann hau' ich also wieder ab«, sagte er zu Carola. »Oder wollen Sie mit runterfahren? Im Tiefschnee werden Sie vielleicht Probleme haben.«

»Danke, Herr Padenberg«, erwiderte sie, zu diesem hinnickend, »wird mich begleiten.«

»Gut. Und wann ungefähr werden Sie im Hotel erscheinen? Die werden mich nämlich danach fragen.«

Carola zögerte, blickte dann Padenberg an.

Trenker konnte es sich deshalb nicht verkneifen hinzuzufügen: »Wissen Sie das etwa noch nicht?«

»Bald.«

»Hoffentlich noch bevor die Bergwacht hier erscheint.«

»Wer?« stieß Padenberg konsterniert hervor.

»Die Bergwacht.« Trenker, dem der Schreck Padenbergs wohl tat, grinste schadenfroh. »Die wurde nämlich ebenfalls alarmiert. Ich wundere mich eigentlich, daß ich noch nichts von ihr gesehen habe. Wahrscheinlich liegt das daran, daß sie bei ihrer Suche systematisch vorgehen. Das dauert dann länger, als wenn einer über den Daumen peilt, so wie ich.«

Carola und Padenberg rappelten sich auf. »Das ist doch lächerlich«, meinte Padenberg, und als er stand, fügte er hinzu: »Wir haben die nicht bestellt.«

Sarkastisch erwiderte Trenker: »Das ist meistens so, daß die, die in den Felswänden hängen oder unter Lawinen begraben liegen, die Bergwacht nicht bestellen. Um so weher tut den Angehörigen am Schluß die Rechnung.«

»Welche Rechnung?«

»Für den Einsatz der Bergwacht. Die ist nämlich nicht billig.«

Carola und Padenberg blickten einander an. Das kann ja noch lustig werden, dachte jeder spontan. Und Trenker fragte sich schadenfroh: Was mögen die jetzt denken? – Wahrscheinlich: ein paar teure Nummern.

Südtiroler sprechen deftig und denken auch so.

VI

Trenkers Rückkehr ins Hotel wurde allseits mit der gebührenden Aufregung zur Kenntnis genommen. Man umringte ihn bereits, als er die Schier noch gar nicht abgenommen hatte, bestürmte ihn mit Fragen.

»Haben Sie sie gefunden?«

»Lebte sie noch?«

»In welchem Zustand?«

»In bestem, sagen Sie?«

»Wie denn das?«

»Das sollen wir uns von ihr selbst erzählen lassen?«

»Warum denn?«

»Warum nicht gleich von Ihnen?«

»Wann kommt sie denn?«

»Wo ist sie überhaupt?«

»Warum haben Sie sie nicht gleich mitgebracht?«

Und so weiter und so weiter ...

Trenker wimmelte die Leute ab und ging mit Direktor Senden in dessen Büro. Als die Tür hinter den beiden zugefallen war, sagte Trenker: »Das war ein absolut blinder Alarm.«

»So?«

»Wo ist Kosten?«

Den hatte Trenker nämlich draußen in der Schar der Neugierigen als einzigen vermißt.

»Ich nehme an, er schläft noch«, antwortete Senden. »Sie wissen ja, was er sich in seiner Verzweiflung gestern noch hinter die Binde gegossen hat.«

»Die Verzweiflung war höchst überflüssig.«

»Wieso? Erzählen Sie.«

Trenker berichtete aber nur das Notwendigste. Die verfänglichen Dinge ließ er weg; er behielt sie für sich zu späterer Verwendung, wenn er mit Kosten sprechen würde. Dem mußte wohl reiner Wein eingeschenkt werden.

»Die ist also wohlauf?« fragte Senden noch einmal, als Trenker seinen Kurzbericht beendet hatte.

»Ja.«

»Wie kam sie in die Hütte?«

Trenker zuckte mit den Schultern.

»Weiß ich nicht. Das müssen Sie sie selber fragen.«

»Und der Mann in der Hütte, wie kam der hin?«

»Weiß ich auch nicht. Er bringt sie her.«

»Ist Ihnen zwischen den beiden was aufgefallen?«

»Nein. – Geht mich ja auch nichts an.«

Senden stutzte.

»Was machen Sie da?«

Trenker hatte angefangen, Kompaß, Landkarte und Taschenlampe auf den Schreibtisch zu legen. Als letztes folgte der »Flachmann« mit dem Cognac.

»Ihre Sachen, Herr Direktor.«

Dem Aluminiumgefäß war nicht anzusehen, ob es noch voll war. Senden nahm das auch nicht im Traum an.

»Hat er Ihnen gute Dienste geleistet?« fragte er.

»Wer?«

»Der Cognac?«

Trenker lachte kurz.

»Den habe ich Ihnen wieder mitgebracht.«

»Waaas?«

Der Südtiroler hob noch einmal die Flasche vom Tisch hoch, schüttelte sie, so daß man es gluckern hören konnte, und stellte sie wieder hin.

»Wurde nicht gebraucht, Herr Direktor. Ich sagte Ihnen ja, niemand mußte aus der Bewußtlosigkeit zurückgeholt werden.«

»Aber wenigstens *Sie* hätten ihn sich dann zu Gemüte führen können!«

»*Den* Dreck?« wehrte Alois Trenker aus Kaltern lachend ab. »Nicht um die Welt! Was anderes wäre ein richtiger

Obstler gewesen.«

Er wandte sich zur Tür.

»Was ich jetzt brauche, ist ein heißes Bad«, sagte er im Gehen. »Und dann nichts wie schlafen. Wiedersehen.«

Senden blickte ihm nach. Der Bursche gefiel ihm.

»Herr Trenker«, stoppte er ihn noch einmal, als dieser schon die Türklinke in der Hand hatte, »Sie sind ein großartiger junger Mann. Unser Haus ist Ihnen zu Dank verpflichtet.«

In Trenkers Gesicht leuchtete es verschmitzt auf.

»Ihr Haus ist mir zu Dank verpflichtet?«

»Ja, zu außerordentlichem.«

»Ich weiß zwar nicht, warum, aber ich wäre schön dumm, wenn ich Sie davon abbringen wollte.«

»Das könnten Sie auch gar nicht.«

»Wissen Sie, warum das dumm wäre von mir?«

»Nein.«

»Weil ich Weinvertreter bin. Ich wollte zwar keine Geschäfte, sondern nur ein paar Tage Urlaub machen, aber wenn mir, wie soeben, eine größere Bestellung aufgedrängt wird . . .«

Der Rest ging unter im Gelächter der beiden, und fünf Minuten später konnte sich die Kalterer Winzergenossenschaft eines saftigen Auftrags erfreuen, der voraussichtlich der erste einer Kette weiterer in den kommenden Jahren sein würde.

Das heiße Bad wurde dann doch noch einmal zurückgestellt. Alois Trenker entschloß sich, vorher noch Jens Kosten aufzusuchen, denn diesem stand es in allererster Linie zu, daß man ihm Bescheid sagte. Am Ende konnte Trenker freilich nicht umhin, seinen Entschluß zu bereuen. Hätte ich den Dummkopf nur schlafen lassen, dachte er, doch dazu war es bereits zu spät.

Der junge Hamburger rieb sich verschlafen die Augen, als er geweckt wurde.

»Was gibt's? Was willst du?« fragte er gähnend. Er war

noch nicht ganz da.

»Ich habe sie gefunden.«

»Wen?«

»Carola.«

Als er den Namen hörte, wurde Kosten richtig wach.

»Wo? Wie?«

»In einer Schutzhütte. Wohlauf.«

Jens sprang aus dem Bett.

»Gott sei Dank!«

Die plötzliche Bewegung machte ihm zu schaffen. Er faßte sich an den Kopf, ließ sich wieder auf die Bettkante sinken.

»Mann«, stöhnte er, »mir zerspringt die Birne. Die verpassen einem anscheinend nur Fusel hier.«

»Das kommt von deinem Scheißwhisky.«

»Wo ist Carola? Auf ihrem Zimmer?«

»Nein, sie kommt nach.«

»Kommt nach? Woher?«

»Vom Berg runter.«

Jens blickte den Südtiroler ungläubig an.

»Soll das heißen, daß du nicht auf sie gewartet hast?«

»Das brauchte ich nicht.«

»Was brauchtest du nicht?«

»Auf sie warten. Sie war nicht allein.«

Kostens Miene wechselte von Ungläubigkeit zu totaler Verständnislosigkeit.

»War nicht allein? Bist du mit noch jemandem unterwegs gewesen?«

Trenker räusperte sich.

»Hör zu, Jens«, sagte er, »du mußt da etwas erfahren, damit's keinen Skandal gibt, wenn die kommen. Du sollst darauf vorbereitet sein, finde ich. Du weißt doch, wie die Leute sind. Für die wäre das ein gefundenes Fressen.«

»Worauf soll ich vorbereitet sein? Was wäre ein gefundenes Fressen?«

Alois räusperte sich noch einmal.

»Jens, du hast mir doch gesagt, wie du zu Carola stehst . . .«

»Ich habe dir gesagt, wie ich zu Carola stehe?« wunderte sich Jens Kosten außerordentlich über sich selbst.

»Ja, natürlich.«

»Das kann ich mir gar nicht vorstellen. Über solche Dinge sprechen wir Hamburger nicht gern.«

»Du hast dich sogar ganz klar ausgedrückt.«

»Wie denn?«

»Carola sei deine Braut, sagtest du.«

»Nein!«

»Doch!«

Jens schien an sich selbst zu verzweifeln.

»Was muß ich betrunken gewesen sein!« rief er kopfschüttelnd aus.

»So schlimm war's gar nicht.«

»Freund«, sagte Jens, die Rechte ausstreckend, »gib mir deine Hand darauf, daß du mit niemandem darüber sprichst. Ich müßte mich zu Tode schämen – als Hamburger. Vor allem Carola darf nichts davon erfahren.«

Trenker schlug zögernd ein, sagte dann jedoch: »Du solltest dir über Carola weniger Gedanken machen. Sie macht sich über dich auch keine.«

»Was?«

»Sag mir ehrlich, bist du sicher, daß das etwas Ernstes ist zwischen euch beiden? Von deiner Seite, meine ich? Bist du da ganz sicher?«

Jens nickte.

»Ja.«

Es fiel ihm sichtlich schwer hinzuzufügen: »Da du nun schon so viel weißt – ich liebe sie.« Sich selbst entblößend, schloß er: »Ich werde sie heiraten.«

»Dann«, erklärte Alois Trenker ohne Umschweife, »gibt's für dich einen harten Brocken zu schlucken.«

»Ich . . . ich verstehe dich nicht.«

»Du wirst sie, glaube ich, nicht heiraten.«

Langsam wurde das Gespräch unerträglich für Jens Kosten. Er fand, daß da einer in einer Sache, die ihn nichts anging, entschieden zu weit ging. Er wollte deshalb die

Unterhaltung abbrechen.

Er erhob sich und erklärte: »Ich möchte jetzt ein Bad nehmen und mich anziehen.«

Hau ab, hieß das, stör mich nicht länger.

Doch Trenker sagte: »Ein Bad nehme ich dann auch, ich hab's nötiger als du, aber vorher muß ich dir noch reinen Wein einschenken. Du wirst mir dankbar sein.«

»Ich wüßte nicht, wieso«, entgegnete der Norddeutsche arrogant.

Verärgert darüber, entschloß sich der Südtiroler, mit der Wahrheit nicht mehr scheibchenweise herauszurücken, sondern sie dem anderen knüppeldick um die Ohren zu schlagen.

»Die pfeift auf dich!«

»Carola?«

»Während du hier um sie gezittert hast und wir alle uns Sorgen um sie machten, hat sie sich da droben«, Trenker zeigte zum Fenster hinaus zu den Bergen hin, »mit einem amüsiert, daß die Bude nur so gewackelt hat.«

»Was?«

Kosten sank langsam wieder auf die Bettkante nieder.

»Die haben mir nicht einmal die Tür aufgemacht, eine Ewigkeit nicht, obwohl ich ständig gerufen habe. Wahrscheinlich waren sie gerade wieder dabei.«

Jens Kosten sagte kein Wort. Er blickte den Südtiroler nur groß und stumm an.

»Als ich reinkam, lagen die beiden noch da. Erst dann rappelten sie sich auf.«

Kostens Erstarrung hielt an.

»Ihr Schlüpfer hatte sich aber immer noch selbständig gemacht.«

Endlich fand der Hamburger seine Sprache wieder.

»Ich hoffe«, sagte er mit heiserer Stimme, »du weißt, was du da sagst.«

»Sehr genau, mein Lieber.«

»Du kannst schwören, daß die . . .«

Noch einmal schienen ihm die Worte zu fehlen.

»Ich kann jeden Eid darauf leisten, Jens. Schlag dir die aus dem Kopf. Mir kann das zwar egal sein, und es ist auch nicht der Grund, warum ich mich entschlossen habe, dir die Augen zu öffnen, aber es soll, wie ich schon sagte, keinen Skandal geben, daran liegt mir. Deshalb habe ich dich präpariert. Wenn ich das nicht getan hätte, bräuchte ich mich nur in deine Lage zu versetzen, um zu wissen, was passieren würde, wenn die beiden herunterkämen und mir die Wahrheit vollkommen unvorbereitet, sozusagen ins Gesicht schleuderten. Ich würde den Kerl zusammenschlagen und müßte mich dann dafür auch noch einsperren lassen. Muß das denn sein?«

Nein, das mußte nicht sein.

Nichts ist einem echten Hamburger mehr zuwider als ein Skandal. Und die echten Hamburger sind noch lange nicht ausgestorben. Der junge Jens Kosten war sogar, obwohl seine Vorfahren aus Friesland stammten, die Uraltausgabe eines waschechten Hanseaten. Und das hatte nun seinerseits eine Reaktion zur Folge, die ein Südtiroler überzogen finden mußte.

»Für mich gibt's nur eins«, sagte Jens Kosten und eilte zum Kleiderschrank.

»Was?« fragte Alois Trenker.

»Ich reise ab.«

»Wann?«

»Sofort.«

»Aber warum denn? Ignoriere den Kerl doch einfach.«

»Es geht mir weniger um ihn.«

»Als um sie?«

Jens nickte.

»Ich möchte ihr nicht mehr begegnen.«

»Blödsinn. Lach dir eine andere an, und zwar hier, vor ihren Augen. Damit ärgerst du sie am meisten. Ich kenne die Weiber. Hast du noch nicht bemerkt, wie dir das Zimmermädchen auf eurer Etage Augen macht?«

»Das Zimmermädchen?« antwortete Jens Kosten gedehnt.

Alois Trenker hatte noch nie in eine wirklich und echt

gute, stockkonservative Hamburger Familie hineingerochen, sonst wäre er nie auf eine solche Wahnsinnsidee gekommen.

Jens Kosten schüttelte ungläubig den Kopf. Er glaubte, nicht recht gehört zu haben.

»Ein hübscher Käfer«, untermauerte Alois Trenker seine Empfehlung.

»Danke«, beendete Kosten das Thema. »Kein Bedarf.«

»Dann werde vielleicht ich sie mir unter den Nagel reißen.«

»Viel Vergnügen.«

»Und du bleibst dabei, daß du Leine ziehen willst?«

»Eisern.«

Jens war inzwischen fast ganz angezogen. Waschen und Rasieren gedachte er anscheinend ausfallen zu lassen.

»Willst du nicht wenigstens warten, bis die vom Berg herunterkommen?«

»Nein.«

»Und wer soll ihr Bescheid sagen, wo du geblieben bist und warum du Leine gezogen hast?«

»Du.«

Alois streckte abwehrend beide Hände aus.

»Du bist der Geeignetste dafür«, bekräftigte Jens Kosten. »Du kennst den ganzen Fall wie kein anderer, und du hast ja auch, wenn ich so sagen darf, den Stein ins Rollen gebracht.«

Alois faßte sich an die Stirn.

»Ich Idiot!« stöhnte er.

VII

Die Situation zwischen Carola Burghardt und Detlev Padenberg hatte sich mit Trenkers Erscheinen in der Schutzhütte, auf das sie nicht im entferntesten vorbereitet gewesen waren, merklich verändert. Das überraschende Ereignis schien besonders Padenberg an die Nieren gegangen zu sein. Nachdem Trenker ihnen das Erscheinen der Bergwacht in Aussicht gestellt und die Hütte wieder verlassen hatte, um zum Eibsee hinunterzufahren, sagte Padenberg zu Carola: »Das hätte nicht passieren dürfen.«

Carolas erste Aufgabe war es, ihre Kleidung endlich wieder zu vervollständigen. Während sie dies tat, erwiderte sie: »Warum haben wir ihm eigentlich nicht bedeutet, daß er draußen bleiben soll?«

»Das hätten wir tun sollen, ja. Wenigstens wäre ihm dann dieses Beweisstück Nr. 1«, er zeigte auf ihr Höschen, das sie gerade an sich hochzog, »entgangen.«

Mit dieser Ausdrucksweise wollte sich Carola nicht einverstanden erklären.

»Du redest wie ein Polizist«, sagte sie. »Haben wir vielleicht etwas Kriminelles getan?«

Er versuchte zu lächeln. Es mißlang.

»Ich denke an deinen Ruf. Was glaubst du, wie die im Hotel sich die Mäuler über dich zerreißen werden.«

»Du meinst, daß ihnen der etwas erzählt?«

Während die beiden miteinander sprachen, war jeder bestrebt, sich möglichst rasch zum Aufbruch fertigzumachen, saß ihnen doch die Bergwacht im Nacken, mit deren Auftauchen sie ständig rechnen mußten.

»Es würde mich sehr wundern, wenn der das nicht täte«, antwortete Detlev. »Du mußt dir im klaren sein, daß wir Ressentiments geweckt haben. Die haben, was dein Schicksal anbelangt, mit dem Schlimmsten gerechnet, und dieser Trenker – Trenker, sagte er doch, ja? – riskierte sein Leben, das muß jeder, der sich in den Bergen ein bißchen auskennt, zugeben. Was aber stellt sich heraus? Daß du mit mir hier . . .«

Zum Strohlager hindeutend, verstummte er.

Carola verfiel auf einen Ausweg.

»Weißt du was?« sagte sie. »Wir holen im Hotel nur rasch meine Sachen, und ich ziehe um zu deinem Bergbauern. Dann können die im Hotel reden, was sie wollen.«

Doch Detlev schüttelte den Kopf.

»Das geht nicht. Erstens gibt's dort im ganzen Hof nur ein

einziges Fremdenzimmer . . .«

»Das genügt doch für uns beide«, unterbrach ihn Carola.

»Und zweitens ist das eine Familie, von der du dir ein Bild machen kannst, wenn ich dir sage, daß zwei Söhne im Priesterseminar sind und die Tochter erst kürzlich als jüngste Nonne Bayerns ins Kloster ging.«

»O ja«, seufzte Carola.

»Fertig?« fragte er sie und blickte zur Tür.

Sie mußten nur noch die Schier anschnallen, dann konnte es losgehen. Nein, noch nicht ganz. Sie mußten sich noch einmal vergewissern, daß im Ofen nichts mehr brannte oder auch nur glühte. Padenberg öffnete das eiserne Türchen und stopfte einfach eine Menge Schnee hinein.

Schifahren im Tiefschnee kann ein Vergnügen sein oder auch nicht. Wenn man aber die zwei jetzt gefragt hätte, welche der beiden Möglichkeiten im Augenblick zutraf, hätte keiner eine Antwort gewußt. Zu viel anderes ging ihnen im Kopf herum. Padenberg fuhr voraus, hielt sich in Trenkers Spur, von dem jedoch nichts mehr zu sehen war. Carola folgte kurz dahinter. Von Zeit zu Zeit hielt er an, um ihr eine Verschnaufpause zu gönnen. Von der Bergwacht war weit und breit nichts zu sehen. Wie sich später herausstellte, hatte sie um diese Zeit einen viel dringenderen Einsatz. Auf der österreichischen Seite hatte eine Lawine eine ganze Gruppe von Schifahrern verschüttet. Eine Einzelperson wie Carola Burghardt, auf deren Leben man ohnehin keinen Pfifferling mehr gab, mußte in diesem Fall zurückstehen.

Auf halber Strecke, als Padenberg wieder einmal kurz angehalten hatte, sagte Carola zu ihm: »Aber besuchen kann ich dich doch tagsüber?«

»Ich weiß nicht«, entgegnete er unbestimmt.

»Lächerlich! Das können die doch nicht verbieten!«

»Du hast keine Ahnung, wie die sind.«

»Aus dem Mittelalter, was?«

Er zuckte die Achseln.

»Da fehlt nicht viel. Aber sonst sind es prima Leute, glaub

mir. Ich wohne schon zum fünftenmal bei ihnen.«

»Wie heißen sie denn?«

»Die Alten Josef und Maria Anthofer. Die Söhne Christian und Christoph. Den Namen der Tochter weiß ich nicht, wahrscheinlich auch wieder Maria. In der ganzen Gegend hießen sie alle zusammen jedenfalls ›die heilige Familie‹.«

Carola lachte.

»Armer Detlev!« rief sie und fügte frivol hinzu: »Wenn die wüßten, auf welchen Pfaden du heute nacht gewandelt bist.«

»Nein«, sagte Padenberg mit überraschend ernster Miene, »das dürfen die nicht wissen.«

»Aber wo werden sie dich vermutet haben? Du warst doch für die auch abgängig, du bist das jetzt noch.«

Er schlug sich mit der Hand gegen die Stirn.

»Ach du liebe Zeit, daran habe ich noch gar nicht gedacht. Hoffentlich alamierten die nicht auch Tod und Teufel.«

»Den Teufel bestimmt nicht«, witzelte Carola. »Die nicht. Eher haben sie Gebete für dich zum Himmel gesandt.«

Genau das hatten, wie sich später herausstellte, die Anthofers getan, unterstützt von einer Kerze, die sie, als der Schneesturm einsetzte, anzündeten und brennen ließen bis zum Augenblick, da der Vermißte wieder gesund und munter vor ihnen stand.

»Wir wußten es«, sagte Josef Anthofer, nickte und blies die Kerze aus.

»Habt ihr die Bergwacht alamiert?« fragte Padenberg nervös.

»Nein«, beruhigte ihn der Bauer, für den Gebete und die Flamme einer geweihten Kerze stärker gewesen wären als ein ganzes Regiment von Bergwachtleuten. Und wäre Padenberg vom Schnee begraben worden, hätten Josef und Maria Anthofer auf jeden Vorwurf geantwortet: »Wie oft bemüht sich die Bergwacht vergebens! Da sagt niemand etwas. Das liegt alles in Gottes Ratschluß.«

Im übrigen verfügte der hoch droben liegende Anthofersche Bergbauernhof noch gar nicht über einen Telefonanschluß.

»Können wir wieder, Carola?« fragte Detlev, talwärts blickend. »Oder möchtest du noch etwas verschnaufen?«

»Nur zu!« sagte sie, die Stöcke in den Schnee stoßend.

Bei der nächsten Rast fragte sie ihn: »Möchtest du nicht eine Pfeife rauchen?«

Der Vorschlag begeisterte ihn aus zwei Gründen.

»Erstens«, teilte Detlev ihr mit, »weil ich eben nikotinsüchtig bin und heute meinem Laster noch gar nicht gefrönt habe. Und zweitens, weil das bekanntlich ein Mittel gegen den Hunger ist. Mir kracht nämlich der Magen, meine Liebe.«

»Mir auch«, stimmte Carola zu.

Die beiden hatten schließlich über 24 Stunden keinen Bissen mehr gegessen. Außerdem trug ihr nächtlicher Zeitvertreib auch noch dazu bei, ihren Kalorienverbrauch zu erhöhen.

»Ich habe einen Kohldampf«, erklärte Detlev, »daß ich das gar nicht beschreiben kann.«

Rasch stiegen aus seinem Pfeifenkolben die blauen Wölkchen hoch.

»Willst du auch einmal ziehen?« fragte er Carola.

Sie dankte lachend.

»Aber küssen kannst du mich endlich wieder einmal«, meinte sie. »Das stillt auch einen gewissen Hunger bei mir.«

»Später«, erklärte er.

»Warum?«

»Weil ich mir heute die Zähne noch nicht geputzt habe.«

»Das ist mir doch egal. Ich ja auch noch nicht.«

»Dann komm her«, sagte er, die Pfeife für eine längere Zeit aus seinem Mund verbannend.

Bis das Hotel vor ihnen auftauchte, wiederholten sie diese Zeremonie zwei- oder dreimal. Dann hieß es aber Schluß machen. Als sie den Parkplatz überquerten, um die Treppe zum großen Eingang zu erreichen, bemerkte Carola, daß Kostens roter Sportwagen fehlte. Sie dachte sich aber nichts dabei. Jens konnte ja mal rasch nach Garmisch hinuntergefahren sein. »Ein solcher Schlitten braucht Bewegung, am besten täglich – wie ein Pferd«, pflegte Jens oft grinsend zu sagen.

Oben am Eingang standen bereits etliche Gäste, welche die beiden schon von weitem hatten kommen sehen. Besonders Padenberg spürte, welche Neugierde, die ihm zuwider war, ihnen entgegenschlug. Carola schnallte an der Treppe die Schier ab. Detlev zögerte.

»Wollen wir uns nicht lieber gleich hier voneinander verabschieden?« fragte er Carola mit unterdrückter Stimme.

»Wieso?« antwortete sie überrascht.

»Ich möchte mit denen kein Wort sprechen, ich hasse das.«

»Mußt du doch nicht. Wir gehen an ihnen vorbei.«

»Sie werden uns folgen.«

»Nicht bis auf mein Zimmer.«

»Auf dein Zimmer? Du denkst doch nicht, daß ich mit auf dein Zimmer komme?«

»Selbstverständlich. Warum nicht?«

»Nein, was hast du für Vorstellungen?«

»Ich habe sogar die Vorstellung, daß du ein Bad bei mir nimmst. Anschließend wird gefrühstückt.«

»Ein Bad bei dir? Ausgeschlossen! Du bist verrückt!«

Leise schüttelte Carola den Kopf, um nicht aufzufallen.

»Detlev«, sagte sie, »komm, laß dich fragen, was für Vorstellungen *du* hast. Aus dem vorigen Jahrhundert, wie? Stoß mir doch nicht immer die Nase auf den Altersunterschied zwischen uns beiden.«

»Und die Leute?« fragte er noch einmal schwach.

»Die sind mir doch völlig egal, Detlev. Ich hoffe, dir auch. Komm.«

Auf Carolas Zimmer blieben sie aber nicht lange ungestört. Es klopfte an die Tür.

»Herein!«

Alois Trenker erschien. Er hatte schon gebadet und sich umgezogen. Zum Schlafen war er allerdings noch nicht gekommen. Bei sich trug er die Schiklamotten, die er sich ausgeliehen hatte.

Er grüßte und setzte hinzu: »Mein Name ist Trenker.«

»Das wissen wir bereits«, antwortete Carola mit freundlicher Miene, obwohl ihr die Störung durchaus nicht behagte. Sie mußte aber nicht mehr darauf hingewiesen werden, wie Trenkers Leistung für sie einzuschätzen war.

»Es hätte ja sein können«, meinte der Südtiroler, »daß Sie den Namen nicht richtig verstanden haben oder daß er Ihnen inzwischen entfallen ist.«

»Nein, nein.« Sie wies auf Detlev, der am Fensterbrett lehnte. »Herrn Padenberg kennen Sie ja schon. Und ich bin Carola Burghardt.«

»Ich weiß«, erwiderte Trenker nickend.

»Was führt Sie zu mir – zu uns?« korrigierte sie sich, und das war etwas sehr Bezeichnendes.

Alois Trenker empfand seine Mission als sehr unangenehm, deshalb dauerte es eine Weile, bis er zum Kern der Sache kam. Er blickte sich im Zimmer nach einem Platz um, wo er die Klamotten, die er bei sich hatte, ablegen konnte. Dabei sagte er: »Ich bringe Ihnen die Sachen von Herrn Kosten.«

»Mir?« fragte Carola erstaunt.

»Ja. Er hat zwar gesagt, ich könnte sie behalten, aber das möchte ich nicht. Ich habe zu Hause eine komplette Ausrüstung, wissen Sie. In ein paar Tagen reut ihn das vielleicht, wozu er sich im ersten Moment hinreißen ließ.«

»In welchem ersten Moment?«

»Als ich ins Hotel zurückkam und er mit mir sprach.«

In Carolas Gesicht leuchtete es verständnisvoll auf.

»Ach so, jetzt verstehe ich. Er war sicher begeistert von Ihrer Tat und wollte sich auf diese Weise spontan erkenntlich zeigen. Eine nette Geste von ihm. Daß es bei Ihnen am entsprechenden Bedarf fehlen könnte, hat er sicher nicht bedacht. Hat Sie das Angebot etwa verletzt?«

»Fräulein Burghardt, Sie sehen das falsch.«

»Falsch kann nur sein, daß Sie mit den Sachen zu mir kommen. Geben Sie sie doch ihm selbst zurück.«

Carola bemühte sich immer noch um Freundlichkeit,

obwohl ihr das langsam schwerfiel.

»Ich kann sie ihm nicht zurückgeben, Fräulein Burghardt.«

»Legen Sie sie ihm vor die Tür, wenn er die Annahme verweigert.«

»Vor welche Tür?«

Endlich war der Südtiroler zur Sache vorgedrungen.

»Vor seine Zimmertür, Herr Trenker.«

»Hier im Hotel?«

»Natürlich, wo denn sonst?«

»Das geht nicht mehr.«

Die stille Gestalt am Fenster regte sich. Padenberg mischte sich ins Gespräch ein, indem er fragte: »Wollen Sie sagen, daß ein solches Zimmer nicht mehr existiert?«

»Ganz recht«, antwortete Trenker.

»Dann muß es der Herr aufgegeben haben?«

»Ganz recht.«

»Weil er abgereist ist?«

»Ganz recht.«

»Abgereist? Ist der verrückt?« rief Carola.

»Ganz recht«, bekundete Trenker zum viertenmal hintereinander.

»Aber warum?« rief Carola noch lauter.

»Können Sie sich das nicht denken?«

»Nein.«

»Er hat mich gebeten, Ihnen den Grund seiner Abreise zu sagen, aber ist das wirklich noch notwendig?«

»Sicher.«

»Nein«, mischte sich Padenberg wieder ein, »das ist nicht mehr notwendig, Herr Trenker. Legen Sie die Sachen auf die Couch. Wir danken Ihnen für alles, was Sie getan haben. Entschuldigen Sie, daß das nicht schon in der Hütte geschehen ist. Ich danke Ihnen, aber noch mehr Fräulein Burghardt – nicht wahr, Carola?« wandte er sich an diese.

»Ja, aber . . .«

»Darf ich mich nun verabschieden?« unterbrach Trenker sie, sich rasch der Klamotten entledigend.

Schon war er an der Tür, verneigte sich leicht, schlüpfte hinaus und sagte sich draußen: Gott sei Dank, das wäre erledigt. Meinetwegen sollen die den ganzen Mist in den Eibsee schmeißen. Ich gehe jetzt schlafen – endlich.

Drinnen im Zimmer begann Carola zu schimpfen.

»Der kann doch nicht einfach abreisen. Es war verabredet, daß wir die Rückfahrt gemeinsam in seinem Auto machen. Nun habe ich wieder die Last mit dem Gepäck und den Schiern. Ich frage mich, was in diesen Idioten gefahren ist.«

»Das fragst du dich wirklich?« antwortete Padenberg.

»Wenn du damit andeuten willst, daß ich dem vielleicht Rechte auf mich eingeräumt habe, muß ich dem ganz entschieden widersprechen. Das ist nie geschehen. Gerade deshalb bin ich besonders wütend auf ihn, weil er mich dir gegenüber in eine Situation gebracht hat, die einen solchen Verdacht nährt.«

»Aber er wird dir doch zu verstehen gegeben haben, daß du ihm nicht gleichgültig bist?«

»Daß ich ihm nicht gleichgültig bin? Nun gut, meinetwegen, das hat er. Entscheidend ist jedoch, wie wenig das für mich bedeutet hat. Keiner weiß das besser als du.«

»Ich? Ich hatte doch nie Gelegenheit, euch beide zusammen zu beobachten.«

»Nein, aber du weißt ganz genau, daß ich bis gestern noch Jungfrau war.«

Das überwältigte ihn natürlich und hatte ein Resultat, das keineswegs überraschen konnte. Ehe sich die beiden versahen, lagen sie wieder miteinander im Bett.

Und diesmal knisterte kein altes Stroh, das ziemlich hart war und auch nicht gut roch. Diesmal mußte er auch nicht immer wieder aufstehen, um im Ofen Holz nachzulegen. Diesmal stand ihnen ein Bad zur anschließenden Benutzung zur Verfügung. Diesmal war alles besser.

Und doch, an die Hütte kam das Ganze nicht ran. Das wissen nur Leute, die beides schon einmal erlebt haben.

Erschöpft waren sie hernach, umschlungen hielten sie sich.

»Ich liebe dich«, flüsterte ihm Carola ins Ohr.

Wahnsinn ist das, dachte er, Wahnsinn, sowohl hier als auch schon in der Schutzhütte. Nackter Wahnsinn.

»Ich sehe mich schon oft von Hamburg nach Flensburg fahren«, fuhr sie fort. »Und dich von Flensburg nach Hamburg.«

»Ich habe sehr, sehr viel zu tun«, antwortete er.

»Ich nicht, ich habe Zeit, dann sehe ich mich halt noch öfter nach Flensburg fahren und dich dafür weniger nach Hamburg. Ist das eine Regelung?«

»Du kitzelst mich im Ohr«, erwiderte er.

»Aber vorläufig«, sagte sie, »bleibe ich ja noch neun Tage hier, und du wirst mich besuchen kommen.«

Nackter Wahnsinn, dachte er. Nackter Wahnsinn.

»Umgekehrt würde ich dich ja auch besuchen kommen«, fuhr sie fort, ohne darauf zu achten, daß seine Antworten mehr als sparsam waren. »Aber deine heilige Familie macht uns da ja einen Strich durch die Rechnung. Außerdem kommst du besser mit den Schiern zurecht als ich.«

Jäh richtete er sich auf.

»Sei nicht noch einmal so verrückt, dich allein in dieses Gelände hier zu wagen.«

»Nein«, versprach sie, »ich werde mich in mein Zimmer einschließen und nur noch auf dich warten . . . auf dich warten . . . auf dich warten.«

»Und jetzt«, sagte er, sich aus dem Bett schwingend, »wenn ich nicht bald etwas zu essen kriege, sterbe ich vor Hunger.«

»Ich auch.«

Am Abend, als Detlev Padenberg das Hotel schon längst wieder verlassen hatte – gebadet, gesättigt und auch ein bißchen ausgeruht –, suchte Carola den Direktor auf, brachte ihm Kostens Sachen und sagte: »Schicken Sie das dem Herrn, bitte. Sie können das doch veranlassen. Schreiben Sie Ihre Auslagen auf meine Rechnung.«

Sie gab ihm auch Kostens Anschrift.

»Wird erledigt, gnädiges Fräulein«, erwiderte Senden

nickend, während er sich die Adresse notierte.

Dann fragte er: »Und Sie? Bleiben Sie noch?«

»Natürlich«, entgegnete sie fast böse.

»Haben Sie einen besonderen Wunsch? Soll etwas verändert werden? Möchten Sie den Frühstückstisch wechseln?«

»Nein, es ist alles in Ordnung, danke.«

Senden verneigte sich.

»Oder doch«, besann sich Carola, »ich habe einen Wunsch: Sorgen Sie bitte dafür, daß ich an meinem Tisch allein bleibe. Auch mittags und abends. Geht das?«

»Selbstverständlich, gnädiges Fräulein.«

Dreieinhalb Tage lang hielt Carola das aus – allein an ihrem Tisch, allein auch auf ihrem Zimmer. Das war nämlich ihr Los, denn derjenige, auf den sie wartete und mit dem sie alles nur zu gern geteilt hätte – Tisch, Zimmer, Bett, alles –, ließ sich nicht mehr blicken.

»Detlev«, flüsterte sie nachts, wenn sie kein Auge zutat, »wo bleibst du, was ist los mit dir?«

Und plötzlich wußte sie es, nach knapp drei Tagen. In den Medien war immer wieder vor Lawinen gewarnt worden. Er kann nur verunglückt sein, sagte sie sich, vielleicht noch am selben Tag, als wir uns hier getrennt haben.

Sie stürzte zu Senden ins Büro.

»Ich suche den Bergbauernhof der Familie Anthofer.«

»Den was?«

»Hier in der Nähe muß es doch einen Bergbauern namens Josef Anthofer geben. Seine Frau heißt Maria. Zwei Söhne sind im Priesterseminar, und die Tochter ist die jüngste bayerische Klosterschwester.«

Senden mußte sich das Lachen verkneifen, als er erwiderte:

»Sie meinen unsere allseits bekannte heilige Familie, gnädiges Fräulein.«

»Ja.«

»Und diese Familie suchen Sie?«

»Ja.«

»Wollen Sie sie besuchen?«

Carolas Ungeduld wuchs.

»Ja.«

»Das sind zwei Stunden Weg, bergauf, bergab – schwer zu gehen.«

»Kann man sie anrufen?«

»Nein, die lehnen alles Moderne ab: Telefon, Fernsehen, sogar Kunstdünger.«

»Beschreiben Sie mir bitte den Weg.«

Carola mußte einige Widerstände überwinden, ehe ihre Bitte erfüllt wurde. Direktor Senden scheute sich nicht, ihr Vorhaben als eine Angelegenheit zu bezeichnen, die jeglicher Vernunft entbehrte. Carola war aber nicht umzustimmen. Das einzige, was ihr zugute käme, sagte Senden, sei die Tatsache, daß es tagelang nicht mehr geschneit habe und der Weg zum Hof regelmäßig von einem Trecker befahren werde, der von den einsam gelegenen Gehöften die Milch abholte. Die Treckerspuren machten den Weg einigermaßen passierbar.

»Täuschen Sie sich aber nicht, gnädiges Fräulein. Das, was Sie sich da in den Kopf gesetzt haben, ist immer noch, entschuldigen Sie den Ausdruck, Irrsinn.«

Die ist nicht zu heilen, dachte er dabei. Man sollte meinen, ihr würde das, was sie erlebt hat, für einige Zeit reichen. Ich möchte nur wissen, was sie dort will. Fragen kann ich sie ja nicht, das wäre indiskret.

»Gab es in den letzten Tagen hier in der Umgebung einen Unfall?« erkundigte sich Carola unbeirrt.

»Unfall? Sicher, sogar mehrere. Die Haxen werden sich manche gebrochen haben.«

»Ich meine, einen tödlichen. Ein Lawinenopfer oder so.«

»Nein, davon hätte ich gehört. Außerdem hätte es in der Zeitung gestanden.«

Dieses Gespräch fand gegen halb neun Uhr früh statt. Gute zwei Stunden später sah Frau Maria Anthofer, als sie zufällig aus dem Küchenfenster blickte, eine Gestalt auf das Gehöft zukommen, deren Bewegungen völlige Verausgabung verrieten. Der ist fertig, dachte sie, merkte aber dann, daß sie sich korrigieren mußte: Die ist fertig.

Josef Anthofer traf im Stall die nötigen Vorbereitungen zur Fütterung des Viehs. Was sich draußen zutrug, entging ihm.

Die Begrüßung zwischen der Bäuerin und Carola entbehrte jedes Überschwangs.

»Guten Tag«, sagte Carola.

»Grüß Gott«, antwortete Maria Anthofer mit Betonung.

»Sind Sie Frau Anthofer?«

»Wer sind denn Sie?«

»Darf ich mich setzen?« fragte die schweißgebadete Carola, der die Knie zitterten.

Auf den nächsten Stuhl niedersinkend, sagte sie: »Mein Name ist Carola Burghardt.«

»Sie sind ziemlich fertig, was?«

»Ich habe den Weg hierher unterschätzt«, antwortete Carola mit einem gequälten Lächeln.

»Warum waren Sie denn so dumm, diese Schinderei auf sich zu nehmen?«

»Das erkläre ich Ihnen gleich. Kann ich erst noch einen Schluck Wasser haben?«

»Mögen Sie ein Glas Milch?«

»Gern, das wäre herrlich, danke.«

Während die Bäuerin die Milch einschenkte und Carola brachte, fragte sie: »Woher kommen Sie denn?«

»Aus Hamburg.«

»Ich meine, woher Sie jetzt kommen, als Urlauberin. Sie sind doch eine?«

»Vom Eibsee. Ich wohne dort im Hotel.«

»Und dieses Stückchen Weg hat Ihnen so zugesetzt?«

Carola trank wortlos ihre Milch aus, setzte das Glas ab und blickte die Bäuerin an.

»Ich suche Herrn Padenberg.«

Das Gesicht der Bäuerin wurde mißtrauisch.

»Was wollen Sie denn von dem?«

Carola war nach allem, was sie von den Anthofers gehört hatte, klug genug gewesen, sich innerlich auf solche Fragen vorzubereiten.

»Ich möchte mich bei ihm bedanken.«

»Für was?«

»Er hat mir das Leben gerettet.«

»Wann und wo?«

»In dem Schneesturm vor einigen Tagen.«

»Davon hat er uns gar nichts erzählt.«

»Sehen Sie, das ist typisch für ihn. Mir hat er nicht einmal Gelegenheit gegeben, mich zu bedanken.«

»Mögen Sie noch ein Glas Milch?«

»Sehr gern.«

»So ist er, ja. Etwas in seinen Augen Selbstverständliches vergißt er. Wir schätzen ihn sehr.«

Das Einschenken der Milch wiederholte sich. Carolas Durst war aber nun schon so weit gelöscht, daß sie nur noch das halbe Glas austrank.

»Kann ich ihn sprechen, Frau Anthofer?«

»Nein.«

»Warum nicht?« fragte Carola enttäuscht. Sie dachte, er sei wieder mit den Schiern unterwegs.

»Weil er nicht da ist.«

»Wann kommt er zurück?«

»Hierher?«

»Ja.«

»Im nächsten Jahr.«

Carola brauchte ein Weilchen, bis sie das kapierte.

»Was sagen Sie?«

»Im nächsten Jahr kommt er wieder zu uns.«

Carolas Herz krampfte sich zusammen.

»Ist er . . . denn . . . abgereist?«

»Ja. Vorgestern. Ganz planmäßig. Sein Urlaub war zu Ende.«

Carolas Verstand setzte aus.

»Aber das . . . das hätte er mir doch sagen müssen.«

»Sehen Sie«, erklärte die Bäuerin, deren Trostworte völlig fehlgeleitet waren, »das ist wieder typisch für ihn, wie Sie selbst schon sagten. Dadurch ging er Ihrem Dank aus dem

Weg. Daß paßt genau zu ihm.«

»Ja«, meinte Carola tonlos.

»Was haben Sie denn? Sie sind ja plötzlich so blaß.«

»Ich weiß nicht. Vielleicht ist es die Hitze hier drinnen. Der Herd glüht ja.«

»Das brauche ich. Die Kocherei muß bei uns schnell gehen. Auf dem Hof wartet noch andere Arbeit auf mich.«

Carola erhob sich und fragte, was sie für die Milch schuldig sei.

»Nichts, die schenke ich Ihnen für Gottes Lohn«, antwortete Maria Anthofer. »Aber möchten Sie denn schon wieder gehen? Ich rate Ihnen, sich noch ein bißchen auszuruhen.«

»Nein, danke, Frau Anthofer. Die frische Luft wird mir guttun. Sie waren sehr freundlich zu mir. Ich danke Ihnen. Auf Wiedersehen.«

Den Rückweg zum Hotel legte Carola wie in Trance zurück, ohne sich darüber klar zu werden, daß ihr eigentlich ständig der körperliche Zusammenbruch drohte. Es wäre ihr wohl auch gleichgültig gewesen, wenn die letzten Kräfte sie verlassen hätten und sie in den Schnee gesunken und erfroren wäre. Im Hotel war Direktor Senden, als er ihrer ansichtig wurde, entsetzt über ihr Aussehen. Sie ließ ihn aber nicht zu Wort kommen, sondern bat ihn, ihr die nächste Verbindung mit der Bahn nach Hamburg herauszusuchen.

»Für Sie?« wunderte sich Senden.

»Ja.«

»Aber . . .«

»Ich muß meinen Aufenthalt hier abbrechen«, fiel sie ihm ins Wort. »Es hat sich etwas ereignet, mit dem ich heute morgen noch nicht rechnen konnte.«

Vierzehn Stunden später stieg sie in Hamburg aus dem D-Zug und fuhr mit dem Taxi nach Hause. Der Taxichauffeur war, als er Carolas Schier sah, von dieser Fuhre nicht besonders angetan. An der Alster ist man nicht so gut wie an der Isar darauf eingerichtet, mit dem Transport solcher Utensilien per Auto fertig zu werden.

Über Carolas vorzeitige Rückkehr aus dem Urlaub wunderten sich ihre Eltern natürlich, und sie fragten nach dem Grund. Ob es ihr denn nicht gefallen habe?

»Doch.«

»Aber?«

»Ich habe mir den Fuß verstaucht, und dann wäre es sinnlos gewesen, nur im Hotel herumzusitzen und teures Geld dafür auszugeben.«

»Du hinkst aber gar nicht?«

»Darüber bin ich selbst erstaunt. Während der Bahnfahrt ließen die Schmerzen plötzlich nach. Die hatten im Hotel anscheinend eine Wundersalbe.«

»Fährst du im nächsten Winter wieder hin?«

»Nicht mehr an den Eibsee.«

»Wohin dann?«

»Weiß ich noch nicht.«

In den kommenden Wochen verließ Carola ihr Zimmer praktisch nur noch, wenn sie zur Schule ging. Ihre Eltern wunderten sich darüber deshalb nicht besonders, weil sie wußten, daß das Abitur näher kam.

VIII

An einem Sonntag im Frühling saß Frau Dr. Gertrud Petersen in ihrem Studierzimmer, um sich auf den Unterricht der kommenden Woche vorzubereiten. Frau Dr. Petersen war Studienprofessorin an einem Mädchengymnasium und Klassenleiterin der Oberprima, in die zusammen mit 22 anderen Mädchen auch Carola Burghardt ging. Sie waren alle strahlend jung, hübsch, intelligent, aber die erste in jeder Beziehung war Carola. Wenn man nach dem Aushängeschild der Klasse fragte, gab es nur eine Antwort: die Burghardt.

Frau Dr. Petersen hätte nie gedacht, daß ihr an diesem Tag ausgerechnet Carola Burghardt einen ungeahnten, unglaublichen, nicht zu fassenden Kummer machen würde. Es kam nicht oft vor, daß die Lehrerin von einer ihrer Schülerinnen privat aufgesucht wurde, und gerade Carola hatte das bisher noch nie getan. Frau Dr. Petersen war deshalb ziemlich überrascht, als es läutete und sie die Reederstochter vor ihrer Tür stehen sah.

»Carola?«

»Darf ich reinkommen?«

»Natürlich.«

Im Studierzimmer, wohin die Lehrerin das Mädchen führte, sagte sie, nachdem sie Platz genommen hatten: »Sie sehen nicht gut aus, Carola, seit einiger Zeit schon nicht mehr. Was ist los mit Ihnen? Lernen Sie zuviel?«

»Nein.«

Frau Dr. Petersen glaubte, einen kleinen Scherz anbringen zu können, mit dem sie jedoch eine Katastrophe auslöste.

»Haben Sie Liebeskummer?«

Und schon saß nur noch ein Häufchen Elend vor ihr. Carola schossen die Tränen in die Augen, und sie weinte bitterlich.

»Carola«, stammelte die Lehrerin hilflos, »verzeihen Sie ... ich wußte ja nicht ... ist es denn so schlimm?«

Carola weinte.

Der nächste Gedanke der Lehrerin war typisch.

»Ist er verheiratet?«

»Nein.«

»Woran hapert's?«

Carola schüttelte den Kopf. Darüber wollte sie nicht sprechen. Minutenlang weinte sie. Frau Dr. Petersen saß stumm dabei und fand, daß Carolas Tränenstrom genau das Richtige sei. Ein junges Mädchen müsse sich in einer solchen Situation ausweinen können. Helfen kann ich dir allerdings auch nicht, dachte die Lehrerin. Wenn du deshalb zu mir gekommen bist, muß ich dich leider enttäuschen.

Frau Dr. Petersen ahnte den wahren Grund dieses Besuches nicht im entferntesten.

Endlich begann Carola sich etwas zu beruhigen. Sie hörte auf zu weinen, putzte sich die Nase, steckte das Taschentuch ein und blickte ihre Lehrerin, mit der sie sich immer glänzend verstanden hatte, traurig an. Dann ließ sie die Bombe platzen.

»Ich verlasse die Schule, Frau Doktor.«

Noch dachte die Studienprofessorin, daß Carola an ein anderes Gymnasium wechseln wolle.

»So kurz vor dem Abitur?« meinte sie erstaunt. »Wohin gehen Sie denn?«

»Nirgendwohin. Ich will nicht mehr zur Schule. Ich steige aus.«

»Waaas? Sie?«

Carola nickte.

»Ich bin gekommen, um mich von Ihnen zu verabschieden. Das war mir ein Herzensbedürfnis. Ich wollte nicht einfach verschwinden.«

Frau Dr. Petersen war aufgesprungen und stand erregt vor dem Mädchen.

»Aber das ist doch nicht Ihr Ernst, Carola? Die Schule verlassen? Alles hinschmeißen? Und das alles wegen eines Mannes? Meinetwegen jede andere in der Klasse, doch nicht Sie.«

»Mein Entschluß steht fest, Frau Doktor.«

»Blödsinn, Carola, Sie sind noch so jung, Sie werden noch viele Männer kennenlernen, glauben Sie mir, viel, viel nettere. Ich will Ihnen etwas verraten: Auch ich befand mich einmal in einer ähnlichen Lage, ihr jungen Leute glaubt das nur nicht von uns älteren, aber damals dachte ich auch, die Welt ginge unter, und was war ein halbes Jahr später? Der betreffende . . .«

»Mein Entschluß steht fest«, wiederholte Carola, den aufgeregten Wortschwall der Studienprofessorin unterbrechend.

»Was sagen Ihre Eltern dazu?«

»Sie sind damit einverstanden«, log Carola. Ihre Eltern hatten noch keine Ahnung von der ganzen Sache.

Morgen gehe ich zu ihnen, dachte Frau Dr. Petersen, und rede mit ihnen. Das wäre ja Wahnsinn. Heute geht's nicht mehr, in einer Stunde holt mich Albert ab.

Albert, geschlagen mit einer frigiden Frau, war ihr Freund. Er arbeitete als Ingenieur im Schiffsbau. Auch Frau Dr. Petersen war verheiratet, mit einem impotenten Mann. Was den Schiffsbauingenieur und die Studienprofessorin zusammenführte, lag also auf der Hand. Sie trafen sich jeden zweiten Sonntag.

Carola spürte, daß ihr schon wieder die Tränen kommen wollten. Sie machte es deshalb kurz, bedankte sich mit wenigen, aber herzlichen Worten für alles bei ihrer Lieblingslehrerin und verließ fluchtartig ihre Wohnung.

Morgen spreche ich mit den Eltern, dachte Frau Dr. Petersen noch einmal, dem Mädchen nachblickend. Heute geht's nicht mehr. Albert holt mich ab. Ich freue mich, aber eigentlich könnte er sich auch einmal an den Kosten für unser Zimmer beteiligen.

Als Frau Gertrud Petersen, Doktorin der Altphilologie und trotzdem eine Schiffsbauingenieurgeliebte par excellence, am Montag nachmittag im Haus Burghardt erschien, war es bereits zu spät. Carola hatte schon beim vormittäglichen Unterricht gefehlt.

Die Studienprofessorin sprach mit Carolas Mutter, die ebenfalls Gertrud hieß. Paul Burghardt, der Reeder, ging in seiner Firma Geschäften nach, die – wie immer – wichtig waren.

Frau Dr. Petersen setzte an den Beginn ihres Gespräches mit Frau Burghardt die Mitteilung, daß sie Carola heute im Unterricht vermißt habe. Davon zeigte sich die Reedersgattin leicht überrascht. Verwirrt fragte sie: »Wieso? Ich wüßte nicht, daß meine Tochter krank ist – oder doch?«

»Was sagte sie denn?«

»Zu mir? Nichts Ich habe mit ihr heute noch gar nicht gesprochen.«

»Ist sie da?«

»Ich weiß es nicht. Moment . . .«

Frau Burghardt bediente sich einer Glocke und läutete

nach einem dienstbaren Geist.

Adele, das Hausmädchen, erschien und wurde angewiesen nachzusehen, ob Carola in ihrem Zimmer sei. Wenn ja, möge sie kommen. Ihre Mutter wünsche sie zu sprechen.

Adeles Mission war erfolglos. Das Hausmädchen kehrte unverrichteterdinge zurück. Es teilte mit, das Zimmer leer vorgefunden zu haben, fügte aber etwas irritiert hinzu, daß auf dem Tisch ein Brief läge.

»Was? Ein Brief?« fragte Frau Burghardt, nun ebenfalls irritiert.

»Ja, gnädige Frau.«

»Verschlossen?«

»Ja, gnädige Frau.«

»Steht etwas drauf?«

»Ja, gnädige Frau. ›An meine Eltern‹.«

Der Ausdruck im Gesicht der Reedersgattin steigerte sich zu völliger Hilflosigkeit. Sie blickte die Studienprofessorin an, die etwas sagen zu wollen schien, aber auch noch nicht die richtigen Worte fand.

»Was soll denn das bedeuten?« fragte Frau Burghardt schließlich.

Eine Antwort darauf konnte nur der Brief enthalten. Adele wurde angewiesen, ihn schnellstens herbeizuschaffen.

Und dann las Frau Gertrud Burghardt den Abschiedsbrief ihrer Tochter.

»Meine lieben Eltern!

Ich mußte gehen, mein Inneres zwang mich dazu. Stellt keine Fragen nach dem Warum, forscht nicht nach, wohin ich gegangen bin. Wenn sich meine Sehnsucht erfüllt, werdet Ihr ohnehin wieder von mir hören. Wenn nicht, bitte ich Euch, mir ein gutes Angedenken zu bewahren. Anvertrauen konnte ich mich Euch vor meinem Schritt nicht, Dir, lieber Vater, nicht, weil ich wußte, daß Du kein Verständnis für mich aufgebracht hättest, und Dir, liebe Mutter, nicht, weil mich Deine Tränen in meinem Entschluß wieder wankend gemacht hätten. Verzeiht mir, ich suche mein Glück, von dem ich nicht glauben kann, daß es mich für immer verlassen hat.

Eure Tochter Carola.«

Frau Burghardt ließ die Hände mit dem Brief sinken. Sie war totenblaß geworden, fühlte sich vernichtet, wußte überhaupt nicht, was sie tun sollte, konnte kaum mehr einen Gedanken fassen. Ihr Instinkt reichte nur noch so weit, daß sie mit einem stummen Wink das Hausmädchen aus dem Zimmer schickte. Familiäre Katastrophen gingen das Personal nichts an. Auch andere Leute nicht.

Doch Frau Dr. Petersen fragte: »Frau Burghardt, darf ich erfahren, was Ihre Tochter geschrieben hat?«

Die Reedersgattin raffte sich auf.

»Warum wollen Sie das wissen?« antwortete sie abweisend.

»Ihre Tochter war gestern bei mir . . .«

»Bei Ihnen?« stieß die schwergeprüfte Mutter hervor.

»Sie hat mir mitgeteilt, daß sie die Schule verläßt.«

»Die Schule . . .« Frau Burghardt erstarb die Stimme.

»Und zwar mit Ihrem Einverständnis.«

»Mit unserem . . .« Neuerliches Verstummen.

»Stimmt das etwa nicht?«

»Die Schule verläßt? Mit unserem Einverständnis?« wiederholte die Mutter, noch immer völlig konsterniert.

»Es stimmt also nicht«, stellte Frau Dr. Petersen fest und streckte energisch die Hand aus. »Lassen Sie mich den Brief lesen, Frau Burghardt, ich glaube, das ist besser so.«

Gebrochen fügte sich Gertrud Burghardt. Nachdem die Studienprofessorin Carolas Zeilen gelesen hatte, sagte sie: »Das paßt zusammen, dieser Brief und der gestrige Zusammenbruch Ihrer Tochter bei mir.«

»Zusammenbruch?«

»Was wissen Sie eigentlich von Ihrer Tochter, Frau Burghardt?«

»Ich denke . . . alles.«

»Alles? Dann muß Ihnen ja der Mann bekannt sein, der die

Ursache für den entsetzlichen Liebeskummer Ihrer Tochter ist.«

»Liebeskummer?«

»Sehen Sie, auch das wissen Sie nicht. Ist Ihnen denn an Carola in den letzten Monaten keine Veränderung aufgefallen?«

»Nur, daß sie kaum noch ihr Zimmer verließ. Wir dachten aber – mein Mann war derselben Ansicht wie ich –, daran seien die Vorbereitungen auf das Abitur schuld.«

»Wann begann das?«

»Was?«

»Carolas Zurückgezogenheit.«

»Wann?« Frau Burghardt strich sich über die Stirn. »Warten Sie mal ... ja ... ich glaube ... nach ihrem Schiurlaub an Weihnachten.«

»Aber mit Ihnen hat Ihre Tochter nicht über ihre Probleme gesprochen? – Nein, das geht ja auch aus ihrem Brief hervor.«

Frau Burghardt senkte beschämt den Kopf. Sie war immer noch erschreckend blaß. Es blieb eine Weile still zwischen den beiden Damen, bis die Reedersgattin verzweifelt fragte: »Was soll ich jetzt bloß machen?«

»Wo ist Ihr Mann, Frau Burghardt?«

»In der Firma. Wieso?«

»Das nächstliegende wäre, den erst mal zu verständigen.«

Das geschah telefonisch, und nachdem er gebeten hatte, daß Frau Dr. Petersen auf ihn warten möge, war er 35 Minuten später zu Hause. Sein Chauffeur hatte Anlaß zu einigen Strafanzeigen wegen Geschwindigkeitsüberschreitung geben müssen, mit deren Zustellung in nächster Zeit zu rechnen war.

Paul Burghardt stürzte ins Zimmer, in dem ihn seine Frau und Carolas Klassenlehrerin, inzwischen bei Tee und etwas Gebäck angelangt, erwarteten. Seine ersten Worte lauteten: »Was ist da los? Das kann ja alles wohl nur ein Witz sein!«

Seine Frau reichte ihm den Brief. Er las ihn, warf ihn auf den Tisch und quittierte ihn mit der Frage: »Ist die verrückt?«

Die beiden Damen unterrichteten ihn nun abwechselnd über Einzelheiten. Als kühl rechnender Geschäftsmann, der er war, entdeckte er beim Zuhören sofort eine schwache Stelle bei der Studienprofessorin.

»Carola war also gestern bei Ihnen?«

»Ja, am Spätnachmittag.«

»Am Abend war sie noch hier zu Hause. Ich habe selbst mit ihr gesprochen. Wenn Sie, Frau Doktor, uns sofort verständigt hätten, wäre ihr Verschwinden zu verhindern gewesen.«

Frau Dr. Petersen ließ sich aber nicht ins Bockshorn jagen.

»Erstens«, sagte sie, »hatte ich gestern keine Zeit mehr. Ich hatte eine unaufschiebbare Verabredung . . .«

Eine absolut unaufschiebbare, fügte sie in Gedanken hinzu.

»Es gibt schließlich auch das Telefon, Frau Doktor Petersen.«

»Zweitens hatte Ihre Tochter vom Einverständnis zwischen ihr und ihren Eltern gesprochen. Ich durfte also annehmen, daß Sie über alles im Bilde wären.«

»Aber warum sind Sie dann heute trotzdem hierhergekommen?«

»Weil ich Ihnen Ihr angebliches Einverständnis mit dem Schulabgang Ihrer Tochter ausreden wollte.«

Damit mußte sich der Reeder zufriedengeben.

»Hinter der ganzen Sache steckt natürlich ein verdammter Kerl«, richtete er nun das Wort an seine Frau. »Das geht aus allem hervor.«

»Aber wer?« fragte sie ratlos.

»Wir müssen herumfragen.«

»Bei wem?«

»Herr Burghardt«, mischte sich Frau Dr. Petersen in das Gespräch der Eheleute ein, »ich habe Ihre Frau schon gefragt, seit wann Sie im Verhalten Ihrer Tochter Veränderungen bemerkt haben. Seit deren Schiurlaub in Bayern. Dort würde ich an Ihrer Stelle einhaken.«

Paul Burghardt blickte zwischen seiner Frau und der

Studienprofessorin hin und her.

»Jens!« stieß er plötzlich hervor und ging zum Telefon. Er blieb jedoch noch einmal stehen und sagte zu seiner Frau. »Aber das kann ich nicht glauben. Oder hältst du es für möglich, daß Carola wegen diesem . . .«, er wollte »Würstchen« sagen, korrigierte sich aber: ». . . wegen dem durchgedreht hat?«

Gertrud Burghardt hielt neuerdings alles für möglich und entgegnete deshalb weinerlich: »Warum nicht?«

Paul Burghardt setzte seinen Weg zum Telefon fort und rief im Hause Kosten an. Der alte Diener Jakob meldete sich.

»Ist sonst niemand da?« fragte Burghardt barsch.

Jakobs gemessene Antwort lautete: »Der gnädige Herr ist im Geschäft, und die gnädige Frau in der Stadt; sie wollte aber bald wieder zurück sein?«

»Was ist mit Jens?«

»Der junge Herr befindet sich, soviel ich weiß, auf seinem Zimmer.«

»Ich möchte ihn sprechen.«

»Am Telefon?«

»Ja natürlich, wo denn sonst?«

Der großmächtige Reeder war das Befehlen gewohnt. Höflichkeit gehörte nicht zu seinen hervorstechenden Eigenschaften; in seiner momentanen Verfassung ließ er sie ganz und gar vermissen.

»Ich verbinde«, sagte Jakob ruhig.

»Jens«, legte Burghardt los, »wo ist Carola, verdammt noch mal?«

»Was?«

»Bist du derjenige, der sie verrückt gemacht hat?«

»Wie bitte?«

»Ihr wart doch zusammen beim Schifahren? Seitdem stimmt's bei ihr nicht mehr.«

»Herr Burghardt . . . entschuldigen Sie . . . ich verstehe nicht, was Sie wollen . . . was ist überhaupt los?«

»Carola ist verschwunden.«

»Nein!« rief Jens erschrocken.

»Doch, doch«, erklärte Burghardt, »und ich hoffe, du verbirgst mir nichts; ich hoffe, du hast damit nichts zu tun.«

»Herr Burghardt, ich schwöre Ihnen . . .«

»Wo könnte sie sein? Hast du eine Ahnung?«

»Nein.«

»Hör zu, wir haben hier zwei Dinge festgestellt. Erstens: Ausgelöst wurde diese Verrücktheit bei ihr durch Liebeskummer. Lächerlich, sage ich zu so etwas. Und zweitens: Angefangen hat das wohl in eurem gemeinsamen Urlaub in diesem gottverdammten Bayern. Deshalb kamen wir auf dich, doch du sagst mir ja . . .«

»Herr Burghardt, ich wiederhole meinen Schwur«, fiel Jens ihm ins Wort, »aber . . .«

»Was aber?«

»Aber . . .«

»Raus mit der Sprache, Jens!«

»Da war einer . . .«

»Was für einer?«

»Ein Architekt aus Flensburg . . .«

»Aus Flensburg? Also kein Bayer?«

»Nein.«

»Und? Weiter! Was war mit dem?«

»Der hat ihr das Leben gerettet.«

»Was hat der? Moment . . .«

Paul Burghardt ließ den Hörer sinken und fuhr seine Frau an: »Warum verschweigt ihr mir alles? Warum wird mir in meinem Haus nichts gesagt? Warum muß ich am Telefon erfahren, daß einer meiner Tochter das Leben gerettet hat?«

Frau Burghardt griff sich noch im nachhinein entsetzt ans Herz.

»Hast du das gewußt?« schrie ihr Mann.

Sie schüttelte den Kopf und fing zu weinen an.

»Das dachte ich mir«, erklärte er wegwerfend. »Was weißt du denn überhaupt von deiner Tochter?«

Dann preßte er den Hörer ans Ohr.

»Jens, schön und gut, Lebensrettung hin, Lebensrettung her, das muß doch noch lange nicht zur Folge haben, daß . . .

du verstehst, was ich meine?«

»Ja.«

»Und?«

»Doch.«

»Was doch?«

»Das hatte das leider zur Folge, Herr Burghardt.«

»Woher weißt du das so bestimmt?«

»Das wußten dort alle.«

»Alle? Großer Gott! Was wußten alle?«

»Das.«

Ein kleines Wörtchen – und doch wie vielsagend!

Paul Burghardt stieß einen harten Fluch aus. Dann nahm er den armen Jens auf die Hörner.

»Und du? Was hast du gemacht? Hast du dich eingeschaltet? Anscheinend nicht. Wozu bist du eigentlich mitgefahren?«

»Herr Burghardt«, antwortete Jens zerknirscht, »heute sehe ich ein, daß ich mich falsch verhalten habe.«

»Wie hast du dich denn verhalten?«

»Ich bin abgereist.«

Der Reeder ließ erneut den Hörer sinken, atmete schwer und blickte abermals seine Frau an. Nunmehr nervte er sie mit Ironie.

»Soeben erfahre ich, daß der Mann, den wir unserer Tochter zum Schutz mitgegeben hatten, seinen Urlaub vorzeitig abgebrochen hat. Sie kam also gar nicht mit ihm zusammen zurück. Ich danke dir, daß du mir diese Mitteilung, um mich zu schonen, bis heute vorenthalten hast. Herzlichen Dank.«

Der Tränenfluß seiner Frau, der kaum versiegt war, setzte wieder ein.

»Jens«, setzte der Reeder sein Telefonat fort, »ich kann noch nicht Schluß machen, ich brauche noch eine entscheidende Information von dir. Hoffentlich kannst du sie mir geben, Jens, wir hatten den Eindruck, daß dir Carola etwas bedeutet . . .«

»Alles!« stieß Jens spontan hervor.

»Nun, wie ging es mit euch beiden nach dem Urlaub hier in Hamburg weiter?«

Jens seufzte.

»Oder wolltest du sie nicht mehr sehen?«

»Doch, Herr Burghardt.«

»Und?«

»Ich habe sie angerufen, aber sie lehnte ein Treffen, um das ich sie gebeten habe, ab.«

Hätte ich auch getan, dachte Burghardt und fragte: »Sie ließ sich nicht umstimmen?«

»Nein, sie sprach nur von dem anderen. Ich sagte ihr trotzdem, daß ich immer auf sie warten würde.«

»Wie lautete ihre Antwort?«

»Carola hat mich nicht ermutigt.«

Hätte ich auch nicht getan, dachte Burghardt wieder.

»Es ist noch nicht aller Tage Abend, Jens«, sagte er, um die entscheidende Information aus ihm herauszuholen. »Man muß diesem Flensburger das Wasser abgraben, meinst du nicht auch?«

Darauf gab's für Jens Kosten natürlich nur eine Antwort: »Ja.«

»Carola sprach von ihm, sagtest du?«

»Ja.«

»Dabei hast du erfahren, daß er Architekt ist?«

»Ja.«

»Wie heißt er?«

»Detlev.«

»Detlev und?«

»Das kann ich leider nicht sagen. Carola nannte nur zweimal seinen Vornamen, nicht aber den Familiennamen. Ist das schlimm? Wozu brauchen Sie überhaupt den vollständigen Namen?«

»Um den Kerl ausfindig zu machen und zu erschießen«, explodierte Paul Burghardt.

»Herr Burghardt!« rief Jens erschrocken, »das dürfen Sie nicht!«

»Du wirst schon sehen, was ich darf. Wir hatten eine

Tochter, auf die wir stolz sein konnten. Und jetzt? Sie geht von der Schule, haut ab, brennt durch, hinterläßt uns einen Brief, der von totaler geistiger und seelischer Zerrüttung kündet, bringt sich vielleicht um. Das muß mich, den Vater, doch auf den Plan rufen. Dafür werde ich mir den Schuldigen kaufen. Ein Architekt in Flensburg, dessen Vorname Detlev ist. Ich finde ihn. Es wird keine zehn Architekten in Flensburg mit dem Vornamen Detlev geben. Noch heute abend fahre ich hin, aber vorher komme ich noch bei euch vorbei. Kündige mich deinem Vater an, ja?«

Paul Burghardt schmiß den Hörer auf die Gabel, seine Gattin weinte, Frau Dr. Petersen floh förmlich aus dem Haus.

Arme Carola, dachte sie, armes Kind. Die Verhältnisse, in denen ich aufgewachsen bin, waren weiß Gott bescheiden – aber viel, viel besser. In Zukunft werde ich in meinen Unterricht doch noch manches einfließen lassen, worauf ich bisher nicht geachtet habe.

Paul Burghardts abendlicher Besuch bei seinem Freund Karl Kosten, dem Teehändler, nahm einen völlig unerwarteten Verlauf. Vor allem fiel er sehr kurz aus. Frau Kosten ließ sich überhaupt nicht blicken. Burghardt wurde relativ unfreundlich empfangen.

»Sag mal, was hast du mit meinem Sohn gemacht?«

»Mit Jens? Wo ist er?«

»Weg. Fluchtartig auf und davon.«

»Wißt ihr, wohin?«

»Nach Flensburg, rief er unserem alten Jakob zu, nachdem er mit dir telefoniert hatte.«

»Und der Grund?«

»Er müsse eine Tragödie verhindern. Mehr hat er nicht verlauten lassen. Du weißt, unser alter Jakob verträgt solche Dinge nicht mehr ohne weiteres, er braucht dann ein paar Klare. Er war betrunken, als meine Frau nach Hause kam und er ihr Bericht erstattete. Deshalb muß ich jetzt von dir wissen: Was war da los am Telefon?«

»Carola ist auch weg. Ebenfalls fluchtartig auf und davon.«

»Was?! Sind denn die alle verrückt geworden?!«

»Anscheinend.«

»Und was ist bei Carola der Grund? Will sie auch eine Tragödie verhindern?«

»Nein, im Gegenteil, sie löst die Tragödie aus.«

»Möchtest du mir das bitte näher erklären?«

Paul Burghardt tat dies und erzielte damit bei Karl Kosten eine beleidigende Reaktion. Der Teehändler quittierte nämlich Burghardts Bericht mit der Erklärung: »Nachdem Carola deine Tochter ist, hätte ich ihr mehr Verstand zugetraut. Nun sehe ich aber, daß ich dich unzweifelhaft überschätzt habe.«

»So?« nahm der Reeder den Fehdehandschuh auf. »Und was ist mit deinem Sohn? Erlaubt mir der nicht, den gleichen Schluß zu ziehen?«

»Den hast *du* verrückt gemacht! Welchen Floh hast du ihm denn ins Ohr gesetzt, sag schon!«

»Daß ich den Kerl, der meine Tochter verrückt gemacht hat, erschießen werde.«

In dieser Geschichte hatte jeder jeden verrückt gemacht: Detlev Padenberg Carola Burghardt; Carola ihren Vater; dieser den nervenschwachen Jens Kosten; Jens den alten Diener Jakob, der sich nur noch in einen Vollrausch hatte flüchten können; und Karl Kosten hatte auch schon einige Schritte in diese Richtung zurückgelegt.

»Hoffentlich triffst du auch gut«, sagte er zu Burghardt, »und schießt dich nicht ins eigene Knie. Auf jeden Fall verlange ich von dir, daß du vorher meinen Sohn, sollte er sich zufällig in der Nähe des Tatorts befinden, weit weg schickst.«

»Ins eigene Knie?« spottete Burghardt. »Ich heiße doch nicht Kosten. Soll ich dir sagen, daß ich im Krieg der beste Schütze meines Regiments war?«

»Hör auf, das einzige, was du wahrscheinlich mit einem

Schützen zu tun hast, ist die Tatsache, daß du, soviel ich weiß, im Dezember geboren bist – im Zeichen des Schützen.«

Auf diese Beleidigung des Teehändlers setzte der Reeder eine noch viel größere, indem er sagte: »So mußt ausgerechnet du daherreden! Du müßtest ja froh sein, wenn du mit deinem Sternzeichen überhaupt noch das geringste zu tun hättest . . .«

Karl Kosten war im Zeichen des Stiers geboren.

» . . . oder wollen wir deine Frau rufen«, fuhr Burghardt fort, »damit sie uns diesbezüglich etwas erzählt?«

Der Streit der beiden alten Herren hätte die besten Voraussetzungen gehabt, sich bedenklich auszuweiten, wenn es für Paul Burghardt nicht noch wichtiger gewesen wäre, noch am selben Abend nach Flensburg aufzubrechen. Er wüßte ja nicht, teilte er Kosten senior mit, welchen Mist dessen Junior dort anstellen würde.

IX

Drei aus Hamburg – eine Dame und zwei Herren – reisten also nacheinander nach Flensburg, der Stadt im hohen Norden der Bundesrepublik Deutschland. Die erste war Carola Burghardt, sie fuhr mit der Eisenbahn; Jens Kosten, der zweite, mit seinem Sportwagen; Paul Burghardt ließ sich von seinem Chauffeur im schweren Tourenwagen hinbringen.

Carola suchte ihren Detlev im Branchenadreßbuch und landete deshalb nicht in der Villa am Stadtrand, die er bewohnte, sondern in seinen Büroräumen im Stadtzentrum, in denen eine Sekretärin ihren Chef vertrat. Der Architekt weilte nämlich außerhalb, und dies schon seit längerer Zeit. Carola traf also ihren Detlev nicht an. War er überhaupt noch der ›ihre‹? Nun, um dies festzustellen, hatte sie die Reise von Hamburg nach Flensburg angetreten.

Detlevs Abwesenheit stellte für sie die erste Enttäuschung dar, die gekoppelt war mit einer zweiten: Detlevs Sekretärin verfügte über ein beunruhigend gutes Aussehen; außerdem hatte sie einen verdächtigen Ton am Hals.

»Ich möchte zu Herrn Padenberg«, erklärte Carola der Sekretärin, die umgekehrt von Carolas Aussehen ebenfalls ziemlich beunruhigt war, hatte sie doch als ganz normale Sekretärin ganz natürliche Absichten auf die Hand ihres Chefs.

»In welcher Angelegenheit? Geschäftlich?«

Das empfand Carola schon als eine gewisse Unverschämtheit von seiten der Sekretärin.

»Ja.«

»Wollen Sie etwa einen Deich bauen lassen?«

»Nein.«

»Herr Padenberg ist Spezialist für Deichbauten und Deichausbesserungsarbeiten.«

»Als Architekt wird er auch in der Lage sein, ein ganz normales Haus zu bauen.«

»Sicher«, steckte die Sekretärin etwas zurück. »Soll er das?«

»Ja.«

»Für wen?«

»Für mich.«

»Verfügen Sie über die nötigen Mittel?«

Das sei ja der Gipfel der Unverschämtheit von dieser Person, fand Carola, und es fordere ein entsprechendes Kontra heraus.

»Ja, so etwas ist für mich selbstverständlich. Ich sehe, daß dies – wohl aufgrund Ihrer eigenen Verhältnisse – Ihre Vorstellungskraft übersteigt. Deshalb nehme ich Ihnen Ihre Fragen auch nicht übel.«

Nun wußte die Sekretärin, daß sie ein Duell in Gang gesetzt hatte, dem sie nicht gewachsen war.

»Herr Padenberg ist leider nicht da«, sagte sie mit einem Lächeln, das plötzlich liebenswürdig sein sollte.

»Wann kommt er zurück?«

»Erst in ein paar Wochen. Er ist zur Zeit bei Deichausbesserungsarbeiten.«

»Wo?«

Die wirre gemachte Sekretärin teilte es Carola ohne weiteres mit. Das Resultat war, daß Carola kurz darauf wieder in einem Eisenbahnabteil saß. Der Zug ratterte durch das brettebene Land Husum entgegen.

Auch Jens Kosten holte sich seine Auskunft aus dem Branchenadreßbuch, fand nur einen Architekten mit dem Vornamen Detlev, und auch er hatte es deshalb mit Padenbergs Sekretärin zu tun. Dabei lag es in der Natur der Sache, daß sich keine Spannungen entwickelten. Die Sekretärin horchte allerdings auf, als Jens im Verlauf der Gesprächs sagte: »Es könnte sein, daß vor mir schon eine junge Dame, ebenfalls aus Hamburg kommend, bei Ihnen war und zu Herrn Padenberg wollte.

Es sei eine dagewesen, erwiderte die Sekretärin und fügte hinzu: »Aber ob sie aus Hamburg kam, das weiß ich nicht, darüber wurde nicht gesprochen.«

»Wie sah sie aus? Sehr hübsch?«

»Hübsch. Sehr gute Figur.«

»Sehr schönes blondes Haar?«

»Blondes Haar.«

»Hat sie sich nicht vorgestellt?«

»Nein, das hat sie nicht«, erklärte die Sekretärin mit Nachdruck, »obwohl man das ja hätte erwarten dürfen.«

»Sie wollte auf alle Fälle zu Herrn Padenberg?«

»Ja.«

»Und wo ist der?«

Diese Auskunft gab die Sekretärin sehr gerne dem aufgeregten jungen Mann, der ganz offensichtlich zu erkennen gab, daß ihm daran gelegen war, Herrn Padenberg jenes arrogante Weib vom Leib zu halten.

Der Weg nach Husum wäre für Jens Kostens Sportwagen ein in kürzester Zeit zu bewältigender Katzensprung gewesen, wenn nicht ein Vergaserschaden einen Zwischenaufenthalt in einer Reparaturwerkstätte erforderlich gemacht hätte. Jens verlor dadurch Zeit.

Paul Burghardt kam nachts nach Flensburg, stieg in einem Hotel ab, ließ sich früh wecken, fuhr mit dem Taxi zum Einwohnermeldeamt, pickte sich einen Beamtenanwärter heraus, drückte ihm einen Hundertmarkschein in die Hand und sagte: »Ihr habt doch hier auch schon so was Ähnliches wie einen Computer?«

»Klar.«

»Ich suche einen Flensburger Architekten, der mit Vornamen Detlev heißt.«

»Mehr wissen Sie von dem nicht?«

»Nein.«

»Auch nicht sein Alter?«

»Nein ... oder doch«, unterbrach sich der Reeder, der an seine Tochter dachte. »Wenigstens ungefähr: nicht älter als dreißig.«

Der Beamtenanwärter verschwand und kehrte nach drei Minuten achselzuckend zurück.

»Tut mir leid, keiner vorhanden.«

»Das gibt's nicht!«

»Sie können sich auf unseren Computer verlassen.«

»Dann gehen Sie mal bis fünfunddreißig.«

Wieder dauerte es nur drei Minuten, und Paul Burghardt sah sich mit dem gleichen Ergebnis konfrontiert. Der Computer hatte keinen einzigen Detlev Soundso ausgeworfen.

Paul Burghardt knirschte mit den Zähnen, nickte aber, als ihn der Beamtenanwärter fragte: »Soll ich bis vierzig gehen?«

Nunmehr wurde sogar ein neuer Rekord aufgestellt. Bereits nach zweieinhalb Minuten lag das Ergebnis vor. Wieder negativ.

Nur der Furcht des Beamtenanwärters, den Hundertmarkschein wieder herausrücken zu müssen, war es zu verdanken, daß ein letzter Vorschlag seinerseits erfolgte.

»Wie wär's mit fünfzig?«

In schonungsloser Selbstverhöhnung erwiderte Burghardt: »Warum nicht gleich mit hundert?«

Dies faßte der Beamtenanwärter als Zustimmung auf und verschwand zum viertenmal. Glücklicherweise tat er dies, muß man sagen, denn als er wiederkehrte, kündete schon von weitem sein strahlender Gesichtsausdruck, daß sich das Blatt gewendet hatte.

»Wir haben ihn«, sagte er freudestrahlend und überreichte dem Reeder einen schmalen Papierstreifen mit Detlev Padenbergs Namen und Adresse. »Um ein Haar hätte ich ihn beim drittenmal schon kriegen müssen.«

»Wieso?«

»Weil er knapp über vierzig ist.«

»Knapp über vierzig«, wiederholte Paul Burghardt mit steinerner Miene. »Sehr schön. Ein Grund, dankbar zu sein. Ich weiß auch nicht, wie ich auf dreißig kam.«

Er blickte auf den Papierstreifen und las laut vor: »Harvestehuder Weg.«

»Wo ist der?« fragte Herr Burghardt den Beamtenanwärter.

Dieser erklärte es ihm, so gut es ohne Stadtplan ging. An sich wäre das aber gar nicht notwendig gewesen, denn Burghardt war ja mit dem Taxi gekommen, hatte es warten lassen und bestieg es jetzt wieder. Der Chauffeur kannte natürlich den Harvestehuder Weg am Stadtrand.

Es war neun Uhr früh, als Paul Burghardt vor der Villa, die Detlev Padenberg gehörte, aus dem Taxi stieg. Eine unmögliche Besuchszeit. Paul Burghardt befand sich aber in einer Stimmung, die ihn auf Fragen der Etikette pfeifen ließ.

Er läutete am Gittertor an der Straße. Die Villa lag etwa vierzig Meter entfernt in einem Garten. Grundstück und Gebäude verrieten, daß der Besitzer nicht von der Wohlfahrt lebte. Burghardts heftige Abneigung gegenüber Padenberg erfuhr eine leichte Abmilderung. Doch davon konnte dann sehr rasch wieder nicht mehr die Rede sein.

Der elektrische Türöffner summte, der Weg durch den Garten zum Hauseingang lag frei vor Burghardt. Erwartet wurde er von einem Mädchen in weißer Schürze und mit einem Häubchen im Haar. Ein dienstbarer Geist also. Noch einmal ein Pluspunkt für Padenberg – der letzte.

»Sie wünschen?« fragte das Mädchen.

»Ich möchte zu Herrn Padenberg«, antwortete Burghardt.

»Herr Padenberg ist nicht da, ich kann Sie höchstens der gnädigen Frau melden, weiß aber nicht, ob sie Sie um diese Zeit schon empfängt.«

Das war ein Hammerschlag für Burghardt. *Wem* kann die mich melden? wiederholte er im Geiste. Der gnädigen *Frau*?

Im nächsten Augenblick beruhigte er sich wieder etwas. Da konnte doch nur ein Mißverständnis vorliegen.

»Fräulein«, sagte er, »ich möchte nicht Herrn Padenberg senior sprechen, sondern den Sohn der alten Herrschaften.«

Das Mädchen mußte lachen.

»Hier gibt's keinen Sohn.«

Paul Burghardt erstarrte. Also doch kein Mißverständnis.

»Dann melden Sie mich der gnädigen Frau«, preßte er zwischen den Zähnen hervor. »Hier ist meine Karte.«

Das Mädchen führte ihn in einen geschmackvoll eingerichteten Raum und verschwand. Burghardt hätte sich setzen können, tat dies aber nicht, sondern blieb mit äußerst angespannter Miene stehen, die Hände auf dem Rücken verschränkt.

Eine Viertelstunde verging, dann betrat eine große, schlanke, schwarzhaarige Dame den Raum und blickte den frühen Besucher mit leiser Mißbilligung an. Der Reeder sah sich einer exotischen Schönheit gegenüber. Verblüfft und im ersten Moment sprachlos, verbeugte er sich und trat dann näher. Sie hielt seine Visitenkarte in der Hand.

»Herr Burghardt«, sagte sie, einen Blick auf die Karte werfend, »ich mußte Sie etwas warten lassen . . .«

Verstummend bat sie ihn mit einer Geste, Platz zu nehmen.

»Gnädige Frau«, erwiderte er, »verzeihen Sie meinen

Überfall um diese unmögliche Zeit, aber ich sah mich nicht in der Lage, ihn auch nur um eine Stunde aufzuschieben. Vielleicht verstehen Sie mich, wenn Sie mich angehört haben. Darf ich Ihnen drei Fragen stellen?«

Langsam nickte sie.

»Ist Herr Detlev Padenberg«, begann er, »Ihr Mann?«

»Sind Sie von der Polizei?« antwortete sie ironisch. »Auf Ihrer Karte steht etwas ganz anderes: Reeder.«

»Ist er Ihr Mann?« wiederholte Burghardt stur, auf ihren »Scherz« nicht eingehend.

»Ja.«

»War er im vergangenen Winter am Eibsee in Urlaub?«

»Ja.«

»Mit Ihnen oder ohne Sie?«

»Ohne mich.«

»Das genügt, jetzt habe ich Gewißheit.«

Frau Padenberg schwankte zwischen Verwunderung und Unmut.

»Was genügt?« antwortete sie. »Welche Gewißheit haben Sie? Was sind das für Fragen?«

»Ihr Mann ist nicht da?«

»Nein.«

»Dann muß ich annehmen, daß er sich mit meiner Tochter herumtreibt.«

»Wie . . . wie bitte?«

»Gnädige Frau, ich bin keine Katze, die um den heißen Brei herumschleicht, verzeihen Sie meine Offenheit.«

Yvonne Padenberg schien nur einen Moment die Fassung verloren zu haben. Sie war eine Dame und hatte sich wieder völlig in der Hand.

»Was berechtigt Sie zu der von Ihnen geäußerten Annahme?« fragte sie kühl.

Paul Burghardt rang kurz mit sich selbst, dann erwiderte er: »Dies hier«, wobei er Carolas Abschiedsbrief aus der Tasche zog und ihn Frau Padenberg überreichte.

Yvonne Padenbergs größter Wunsch in ihrer Ehe war es immer gewesen, ein eigenes Kind zu haben, egal, ob eine

Tochter oder einen Sohn. Er war nicht in Erfüllung gegangen, und es bestand auch keine Aussicht, daß sich dies in Zukunft ändern würde. Sie hatte daher keine Mühe, als sie den Brief las, die Aufregung des Vaters der »abtrünnigen« Tochter zu verstehen. Man gab nicht so leicht das eigene Kind hin, noch dazu unter solchen Umständen, also an einen Mann, der nicht einmal frei war.

»Lassen Sie uns beide in Ruhe darüber reden«, sagte sie, den Brief an Burghardt zurückgebend. »Und betrachten Sie mich dabei, das liegt in der Natur der Sache, als Ihre Bundesgenossin.«

»Leben Sie denn in Scheidung?« fragte Burghardt.

»Nein, und ich habe dies auch in Zukunft nicht vor.«

»Wissen Sie, wie alt meine Tochter ist?«

»Nein.«

»Neunzehn. Und Ihr Mann?«

»Er wird einundvierzig.«

»Er könnte also ihr Vater sein. Das hätte ihn doch davon abhalten müssen . . .«

»Na, na«, unterbrach ihn Yvonne Padenberg bitter lächelnd, »wie vielen Männern könnte man das heutzutage sagen? Und es sieht so aus, als ob es immer noch mehr würden.«

»Ich verstehe einfach die jungen Mädchen nicht.«

Du verstehst deine Tochter nicht, willst du sagen, dachte Yvonne Padenberg. Aber würdest du auch eine andere nicht verstehen, wenn sie sich dir an den Hals werfen würde?

»Der Brief allein enthält keine präzisen Angaben«, sagte sie, »die auf meinen Mann hindeuten.«

»Er war doch am Eibsee?«

»Ja.«

»Unsere Tochter ebenfalls. Dort hat er ihr das Leben gerettet. Und daraus entwickelte sich alles Weitere.«

Yvonne Padenberg hatte kurz lächeln müssen.

»Richtig, von dieser Geschichte hat er einmal erzählt. *Lebens*rettung nannte er das allerdings nicht. So dramatisch drückte er sich nicht aus.«

»Näheres weiß ich auch nicht. Aber sei's, wie's will, er kann von mir nicht erwarten, daß ich ihm dankbar bin«, erklärte Paul Burghardt, der sich seines alten Zornes entsann. »Ich will ihm meine Tochter entreißen. Deshalb frage ich Sie: Wo könnte er sein?«

»Herr Burghardt«, entgegnete Yvonne Padenberg ruhig, »ich weiß nicht nur, wo er sein *könnte*, sondern, wo er *ist*. . .«

Er wollte sie unterbrechen.

». . . aber das sage ich Ihnen nicht«, ließ sie ihn nicht zu Wort kommen.

»Warum nicht?«

»Weil Sie in einer Verfassung sind, die mich Befürchtungen hinsichtlich des Wohles meines Mannes hegen läßt. Ich liebe ihn nämlich sehr.«

»Immer noch?«

»Immer noch, ja. Ich unterschätze das, was sich da möglicherweise am Eibsee zwischen ihm und Ihrer Tochter entwickelt hat, durchaus nicht. Ich will aber auch nicht glauben, daß daran meine Ehe zugrunde gehen könnte oder sollte. Er kam aus dem Urlaub zu mir zurück und war wie immer. Spricht das allein nicht eine deutliche Sprache? Ich hoffe, mich da keinem Trugschluß hinzugeben. Ich bin keine Schifahrerin und habe ihn deshalb im Winter nie begleitet, sondern bin immer zu Hause geblieben. Das war, wie sich jetzt herausstellt, ein Fehler, den ich künftig abstellen werde.«

Yvonne Padenberg lächelte noch einmal.

»Mit anderen Worten«, fuhr sie fort, »ich habe eingesehen, daß es auch für eine ältere Dame unerläßlich sein kann, Schikurse zu nehmen.«

»Für eine ältere Dame«, protestierte Paul Burghardt, dem so etwas wie Galanterie höchst selten unterlief; Yvonne Padenberg hatte ihm von Minute zu Minute mehr und mehr imponiert. »Daß ich nicht lache! Sie sind doch alles andere als eine ältere Dame, gnädige Frau.«

»Ich möchte Ihnen einen Vorschlag machen, Herr Burghardt.«

»Ja?«

»Sie fahren nach Hamburg zurück – sagen wir: für drei, vier Tage – und überlassen es mir, die schwebende Angelegenheit zu regeln. Sie treten also gewissermaßen auf der Stelle. Sollte ich meine Kräfte überschätzen, sollte also bis spätestens nächste Woche Ihre Tochter nicht nach Hamburg zurückgekehrt sein, können Sie immer noch aktiv werden. Diese Vereinbarung zwischen uns hat natürlich nur Sinn, wenn sich Ihre Tochter tatsächlich bei meinem Mann befindet. Noch hege ich ja die leise Hoffnung, daß dies nicht der Fall ist.«

»Einverstanden«, erwiderte kurz entschlossen Paul Burghardt, da er sah, daß ihm Frau Padenberg, eine willensstarke, zielbewußte Dame, heute ja doch nicht verraten würde, wo ihr Mann zu finden wäre.

Er verabschiedete sich, nicht ohne zu erkennen zu geben, wie sehr er von einer Dame in diesem Haus, das er nur mit Abscheu betreten hatte, beeindruckt worden war. Draußen bestieg er wieder sein Taxi, ließ sich ins Hotel zurückbringen und trat von dort die Heimreise in seinem eigenen Wagen an.

X

In einer kleinen, engen, nicht das ganze Jahr über bewohnten Fischerkate direkt an der Küste hinter dem Deich lebte seit einigen Wochen Detlev Padenberg. Von seinem Fenster aus konnte er das Feuer der Eider-Lotsen-Galiote sehen, und wenn er sich einmal des Sonntags die Zeit nahm, zum Endpunkt der Eisenbahn, nach St. Peter, zu wandern, stand er auf der Deichkuppe und blickte hinaus auf die grau verhangene Nordsee. Dann fühlte er das Fernweh in sich und bereute es, Architekt – und nicht Seemann– geworden zu sein.

Unter der Woche kamen ihm solche Gedanken nicht. Da stapfte er die Deiche entlang und beaufsichtigte die Ausbesserungskolonnen. Da hockte er in seiner Stube über Plänen und Karten und zeichnete und rechnete, verglich die Tabellen und maß die Entwürfe nach.

Am heutigen Abend spannte Padenberg einmal aus. Er hatte seinen Sessel, ein uraltes, knarrendes Stück, nahe an den Ofen herangerückt und las in einem Roman. Er hatte es sich gemütlich gemacht, seine Schuhe mit Pantoffeln vertauscht, den Rock ausgezogen und sich eine Pfeife angesteckt. Draußen war ziemlich starker Wind aufgekommen, der das Meer aufgewühlt hatte und die Fischer besorgt auf die Deiche blicken ließ, besonders auf die Stellen, wo Padenbergs Kolonne seit Wochen flickte und ausbesserte.

Nach einer Weile ließ der Deichspezialist das Buch, welches er in Händen hielt, auf den Schoß sinken und blickte hin zu einem Wandschränkchen zwischen Fenster und Tür. Wie lange habe ich mir eigentlich keinen Grog mehr gebraut? fragte er sich. Es war eine Ewigkeit her. (Vier volle Tage!) Heute hätte ich aber wieder einmal Lust auf einen richtigen steifen Seemannsgrog, der die nötige Bettschwere verleiht. Ich bräuchte ja nur hingehen zum Wandschränkchen und den Rum herausnehmen . . .

Gedacht, getan. Detlev Padenberg erhob sich, sein Sesselveteran knarrte jämmerlich. Er legte das Buch auf den Tisch, zwängte sich am Ofen vorbei und streckte schon die Hand aus, um das Türchen des Wandschränkchens zu öffnen, als es draußen leise an den Holzladen des Fensters klopfte.

Padenberg ließ die Hand sinken, sah zum Fenster und lauschte. Stille herrschte. Nur das Tosen des Windes war zu vernehmen. Hatte es nun geklopft oder nicht, fragte sich Padenberg. Ach was, ich werde mich getäuscht haben.

Schon hielt er den Knopf des Schranktürchens wieder in der Hand, um dieses zu öffnen, als es wieder – und zwar etwas stärker – pochte. Jetzt gab es keinen Zweifel mehr, draußen stand jemand und klopfte an seinen Fensterladen.

Nicht gerade begeistert, ließ Padenberg vom Wandschränkchen ab, ging zum Fenster und öffnete es einen Spalt.

»Ja?« rief er durch den Laden hindurch.

Er rechnete damit, die Stimme eines bekümmerten Fischers zu vernehmen, und hatte die Antwort, die für Beruhigung sorgen würde, schon parat: Ja, der Deich hält, Sie können sich darauf verlassen. Ihr könnt euch alle ohne Befürchtung bis morgen früh aufs Ohr legen. Gute Nacht.

Er täuschte sich aber, draußen meldete sich kein um den Deich besorgter Fischer.

»Kann ich rein?« war jemand zu hören.

Detlev Padenberg nahm erstaunt die Pfeife aus dem Mund. Das war nicht die Stimme eines Mannes.

»Zu wem wollen Sie?«

»Zu dir.«

Sein Erstaunen wuchs. Draußen befand sich – daran war nicht zu zweifeln – eine Frau oder ein Mädchen – ein weibliches Wesen jedenfalls – und begehrte Einlaß. Das Wesen duzte ihn. So gut kannte er aber hier droben, nördlich von Flensburg, weit und breit keine Frau. Sollte er etwa eine Unbekannte so sehr entflammt haben, daß sie beschlossen hatte, ihn das wissen zu lassen? Dann hatte die Betreffende aber einiges auf sich genommen. Der Zeitpunkt war keineswegs günstig. Finsternis herrschte, kein Stern stand am Himmel, der Wind wurde von Stunde zu Stunde stärker, man mußte damit rechnen, daß er sich zu einem Sturm auswuchs. Das Meer rumorte jedenfalls schon beträchtlich.

Detlev Padenberg schüttelte den Kopf, schlüpfte in sein Jackett, ging zur Tür, durchquerte stolpernd den engen, unbeleuchteten Flur und öffnete die Haustür. In Umrissen stand eine vermummte Gestalt vor ihm, die keinen Augenblick zögerte, an ihm vorbeizuschlüpfen, um ins schützende Innere seiner Behausung zu gelangen. Bis er die Haustür wieder geschlossen hatte, stand sie schon im hellen Zimmer. Verblüfft über die Selbstverständlichkeit, mit der sie sozusagen ihren kleinen Eroberungszug durchgeführt hatte, folgte er ihr, blieb aber wie angenagelt auf der Schwelle stehen, als er sie erkannte.

Sie hatte sich nach ihm umgedreht. Überflutet vom Schein

der Lampe, unter der sie stand, nahm sie ihr Kopftuch ab und gab das prachtvollste Blondhaar frei, dem Detlev Padenberg je begegnet war.

»Du?« brachte er völlig überrascht nur hervor.

»Guten Abend, Detlev.«

»Guten Abend, Carola.«

»Mich hast du wohl nicht erwartet?«

»Nein.«

»Hat dieser gottverlassene Fleck Erde hier überhaupt einen Namen?«

»Ja, Süderhöft. Wie bist du hergekommen?«

»Mit der Bahn nach St. Peter und dann weiter zu Fuß. Es war keine schöne Wanderung.«

»Das glaube ich . . . Entschuldigung«, unterbrach er sich, »leg doch ab und nimm Platz.«

Seine Erstarrung, der er an der Türschwelle anheimgefallen war, löste sich allmählich, und er half ihr aus dem Mantel.

Krampfhaft überlegte er, was er sagen sollte.

»Kann ich dir etwas anbieten, Carola? Erwarte aber bitte nicht den Service eines Luxushotels.«

»Was hättest du denn anzubieten?«

»Eigentlich gar nichts«, gestand er verlegen. »Ein paar Konserven . . .«

»Zu trinken, meine ich«, fiel sie ihm ins Wort. »Hunger habe ich keinen.«

Appetit habe sie keinen, hätte sie zutreffender sagen sollen.

»Alkohol oder Tee?« fragte er sie.

»Tee – oder noch lieber, wenn du hast – Kaffee.«

»Nescafé?«

»Ja, gern.«

Während er sich am Ofen zu schaffen machte, um für heißes Wasser zu sorgen, wurde von keinem der beiden viel gesprochen. Sowohl in seinem als auch in ihrem Kopf jagten sich die Gedanken. Sein Inneres war noch aufgewühlter als das ihre, weil ihn ihr Erscheinen völlig unvorbereitet getroffen hatte.

Nur Carola trank Kaffee. Detlev machte sich eine Flasche

Bier auf, von der er allerdings wußte, daß sie ihm wieder nicht kühl genug sein würde, da es in der Kate keinen Eisschrank gab.

»Danke«, sagte Carola, als er ihr alles auf den Tisch gestellt hatte: heißes Wasser, Zucker, Büchsenmilch und natürlich löslichen Kaffee.

»Bitte.«

»Wer versorgt dich hier?«

»Das mache ich selbst.«

»Nescafé ist etwas sehr Praktisches.«

»Ja.«

Wann fängt sie denn endlich richtig an, dachte er. Sie ist doch nicht gekommen, um sich mit mir über Nescafé zu unterhalten.

Und ihr gingen ähnliche Gedanken durch den Kopf. Will er nicht bald konkret werden? Er muß sich doch fragen, warum ich gekommen bin.

Carola trank eine zweite Tasse Kaffee.

»Er schmeckt dir wohl«, bemerkte er.

Sie nickte.

»Das freut mich, Carola.«

In Wirklichkeit war sie von dem Gebräu keineswegs entzückt. Sie war schließlich noch viel zu jung, um sich aus Kaffee allzu viel zu machen, schon gar nicht aus pulverisiertem. Tee mochte sie allerdings noch weniger.

»Deiner Sekretärin in Flensburg – oder wer das ist – müßtest du einmal Bescheid stoßen.«

Er zeigte sich überrascht.

»Der Unhold?«

»Ich weiß nicht, wie sie heißt. Sie hat sich mir ja nicht einmal vorgestellt.«

»Wie bist du denn zu der gekommen?«

»Ich werde dir alles erzählen. Ich habe einen Architekten namens Detlev Padenberg in Flensburg gesucht. Das Branchenverzeichnis führte mich in sein Büro. Privatadresse hatte ich nicht.«

Er blickte sie stumm an.

»Die Behandlung, die mir von besagter Dame widerfuhr, war empörend.«

»Inwiefern?«

»Ich hatte ihr erklärt, ich wolle mir von jenem Architekten ein Haus bauen lassen. Daraufhin hat die mir doch nicht zugetraut, die nötigen Mittel zu besitzen.«

Nun mußte Detlev allerdings lachen. Dadurch wurde nicht nur sein bis zum Zerreißen gespanntes Inneres, sondern die ganze Atmosphäre im Raum etwas aufgelockert.

»Ich werde ihr den Kopf waschen, Carola. Verlaß dich drauf.«

»Ihr Benehmen hat gezeigt, daß sie sich Kompetenzen anmaßt, die über die einer Sekretärin weit hinausgehen.«

»Die Hunold ist sehr tüchtig, deshalb . . .«

»Ich habe nur gesehen, daß sie recht hübsch ist«, unterbrach ihn Carola. »Vielleicht blendet dich das.«

»Carola, soll das eine Andeutung sein?«

»Ja«, erwiderte sie freiweg.

»Dann befindest du dich im Irrtum. Ich gehöre nicht zu denen, die mit ihren Sekretärinnen zu schlafen pflegen.«

Wie aus der Pistole geschossen kam aus ihrem Mund die Antwort: »Aber mit jungen Mädchen schon, wenn sie nicht gerade deine Sekretärinnen sind.«

Nun lag also das Thema auf dem Tisch.

»Carola«, sagte er, »wenn du dich diesbezüglich für eine von vielen hältst, bist du auf dem Holzweg.«

»Soll das heißen, daß ich mich für eine von wenigen halten darf?«

»Für die einzige.«

Carola mußte sich sehr beherrschen, um nicht in Tränen auszubrechen.

»Warum bist du dann heimlich verschwunden?« fragte sie ihn, nachdem sie ein paarmal geschluckt hatte.

Er wand sich.

»Heimlich verschwunden . . . das klingt so . . . so kriminell.«

»Wie soll ich mich sonst ausdrücken? Warum warst du

fort, als ich zu deinem Quartier kam? Hört sich das besser an?«

»Du warst bei den Anthofers?« fragte er sichtlich betroffen.

»Ja, nachdem ich tagelang vergeblich auf dich gewartet hatte.«

»Ich hatte dir doch gesagt, du sollst dich dort nicht mehr allein ins Gelände wagen.«

»Was regst du dich auf, Detlev? Du wolltest mich nicht mehr sehen, und wenn mir etwas zugestoßen wäre, hättest du mich nicht mehr gesehen – nie mehr!«

»Carola, sprich nicht so!«

»Wie dann?«

»Wenn du glaubst, daß ich deshalb verschw . . . abgereist bin, weil ich dich nicht mehr sehen wollte, bist du glattweg verrückt.«

Ein kleiner Funke glomm in Carolas Augen auf.

»Ja?«

»Es hat mich eine unmenschliche Überwindung gekostet, das zu tun.«

»Wirklich?«

»Ich habe lange darunter gelitten.«

Der Funke wurde immer strahlender.

»Das ist dir recht geschehen.«

»Ich leide . . .«

Er verstummte. Er leide jetzt noch darunter, hatte er sagen wollen, korrigierte sich aber rechtzeitig: »Ich erweise dir keinen Gefallen, wenn ich bleibe, dachte ich. Außerdem war mein Urlaub ohnehin abgelaufen.«

»Das weiß ich, aber darum geht's nicht. Du hättest mir das sagen müssen.«

»Und dann? Was wäre dann geschehen? Mein fester Vorsatz, den ich mir in einer langen schlaflosen Nacht abgerungen hatte, wäre in sich zusammengebrochen.«

»Ja?«

»In meinem Büro ging's damals auch schon drunter und drüber.«

»Du hättest ja auf alle Fälle fahren können.«
»Nein, eben nicht, mir hätte die Kraft dazu gefehlt.«
»Und wenn ich mitgekommen wäre?«
»Carola!« rief er. »Mach mich nicht nachträglich noch wahnsinnig!«
Warum sage ich ihr nicht die Wahrheit, fragte er sich. Warum verschweige ich ihr die einzig entscheidende Tatsache?
»Detlev«, erwiderte sie, »ich mache dich gerne nachträglich noch wahnsinnig. Ich bin glücklich zu sehen, daß ich das kann. Ich hatte es nicht mehr erwartet. Du hast nichts anderes verdient.«
Ich muß sie bremsen, dachte er. Sie und mich selbst auch. Ich muß, muß, muß!
»Carola«, zwang er sich zu sagen, »du hättest nicht herkommen dürfen.«
»Ich finde, doch, es war höchste Zeit.«
»Nein.«
»Warum nicht?«
»Weil nicht noch einmal alles von vorne anfangen darf.«
»O doch!«
Schlagartig war alles an ihr Verführung. Mit blitzenden Augen sah sie sich in der Fischerkate um.
»Wo schläfst du eigentlich?«
»Nebenan steht ein Feldbett.«
Carola scheute sich nicht, sozusagen einen Lokaltermin durchzuführen. Das knappe Urteil, mit dem sie aus dem Nebenraum zurückkehrte, lautete: »Zu schmal.«
Detlev spürte, wie ihm der Schweiß ausbrach. Das schaffe ich nicht, ihr zu widerstehen, dachte er. Aber es geht nicht anders.
»Wo bist denn du untergebracht?« fragte er sie.
»Nirgends. Ich bin von der Bahnstation direkt hierhergelaufen, weil ich hoffte, du würdest mich aufnehmen.«
»Inzwischen hast du aber gesehen, daß das kaum möglich ist.«
»Stroh steht uns hier keines zur Verfügung?« sagte sie lächelnd.

»Nein, aber ich kann dich zunächst in der Nähe einmieten, bei den Fringolds.«

Das wichtigste an diesem Satz war für sie das Wort »zunächst«. Es eröffnete günstige Perspektiven auf die Zukunft.

»Wer sind die Fringolds?« fragte sie.

»Mutter und Sohn. Sie ist eine alte Fischerswitwe, er ein junger Heringsfahrer. Beide sind gute, treuherzige Menschen. Ein paar Mark nebenher zu verdienen wird ihnen guttun.«

»Das hat aber noch ein bißchen Zeit.«

»Was hat noch ein bißchen Zeit?«

»Meine Einquartierung bei den Fringolds. Ich möchte noch eine Weile mit dir zusammensein. Oder willst du das nicht?«

»Doch.«

»Das klang aber nicht gerade begeistert.«

»Carola, darf ich . . . ehrlich sein?«

»Ich bitte dich sogar darum. Ich kenne mich nämlich nicht aus mit dir. Auf der einen Seite gestehst du mir, unter unserer Trennung gelitten zu haben, auf der anderen Seite hält sich deine Freude über unser Wiedersehen offensichtlich in Grenzen.«

»Carola, ich . . . ich würde dich am liebsten an mich reißen, glaub mir, aber . . .«

»Dann tu's doch!« unterbrach sie ihn, sprang auf und warf sich ihm in die Arme.

Ein Feuer loderte. Flammen der Leidenschaft schlugen über ihnen zusammen. Carolas junger, bebender Körper, der sich an den seinen preßte, ihre Küsse, ihre gestammelten Laute der Liebe, all dies summierte sich zu einer Herausforderung für ihn, die nur eine einzige Reaktion seinerseits hervorrufen konnte: Gleiches mit Gleichem zu vergelten. Nur fehlte es seinem Körper an vergleichbarer Jugendlichkeit, aber dieses Manko war noch nicht so groß, daß es nicht – genau wie in der Schutzhütte im Schatten der Zugspitze – durch Erfahrung mehr als ausgeglichen werden konnte.

Das Feldbett lief dem Stroh eindeutig den Rang ab.

»Sagtest du nicht, es sei zu schmal?« fragte Detlev sie in der Pause nach dem ersten Sturm und vor dem zweiten.

»Da ging ich noch von anderen Voraussetzungen aus.«

»Wär's nur bei denen geblieben«, seufzte er.

»Was soll das nun wieder heißen?«

»Carola, wie denkst du dir das eigentlich mit mir?«

»Das siehst du doch«, erwiderte sie, ohne lange zu überlegen. »Ich liebe dich, und ich möchte, daß du mich heiratest. Ganz einfach, nicht wahr?«

»Oder liebst du mich nicht?« fragte sie ihn, als er schwieg.

Die Antwort darauf war der zweite Sturm, zu dem Detlev mit seinem buchstäblichen Crescendo die Voraussetzung schuf.

Danach aber sagte er. »Ich weiß, du hörst das nicht gern, aber ich muß dich trotzdem daran erinnern: Du denkst überhaupt nicht an den Altersunterschied zwischen uns beiden.«

»Von dem ich nicht das geringste merke«, meinte sie frivol.

»Der aber da ist, Carola, schon jetzt. Du merkst ihn nicht, sagst du. Warum merkst du ihn nicht? Weil es dir an einschlägiger Erfahrung fehlt. Ich war dein erster und einziger Mann, bin es noch . . . oder?« zögerte er.

»Natürlich! Denkst du, in der Zwischenzeit hätte sich daran etwas geändert?«

Teils vorwurfsvoll, teils zornig, im ganzen beleidigt blickte sie ihn an.

»Siehst du, und das ist der Fehler, Carola.«

»Was ist das?«

»Der Fehler. Wenn du neben mir einen Jüngeren kennengelernt hättest, einen, der altersmäßig zu dir paßt, sähe alles ganz anders aus.«

»Für wen?«

Sie hatte sich neben ihm aufgerichtet – ein schwieriges Unterfangen auf dem schmalen Lager, das sie sich teilten.

»Für dich, Carola.«

»Nein.«

»Doch, denke einmal weiter: In zwanzig Jahren bin ich über sechzig – ein Greis. In zwanzig Jahren bist du aber noch keine vierzig – eine blühende Frau. Und nun stell dir vor, du wärst an mich gekettet. Schauderhaft!«

Carola legte eine kleine Pause ein, dann sagte sie: »Bist du deshalb am Eibsee ausgerissen, weil du in zwanzig Jahren sechzig sein wirst und ich vierzig?«

Nein, nicht nur deshalb, dachte er, beileibe nicht nur deshalb.

Die Rechnung ließe sich beliebig fortsetzen.

»Vergegenwärtige dir, wenn dir ein Zeitraum von zwanzig Jahren nicht genügt, einen von dreißig – wie's dann aussieht.«

»Weißt du was? Ich vergegenwärtige mir einen von vierzig Jahren. Dann bist du achtzig – ein Greis. Und ich bin sechzig – eine Greisin. Mit anderen Worten: Ich habe dich eingeholt. Also überhaupt kein Grund, am Eibsee auszureißen.«

»Mit dir kann man nicht reden, Carola«, sagte er seufzend.

Ich muß mir ein bißchen Zeit nehmen, dachte er, für sie, und auch für mich. Ich darf nicht glauben, daß in einer Stunde oder meinetwegen auch am heutigen Abend das Kapitel zwischen uns beiden zu bereinigen ist. Laß sie erst einmal ein paar Tage in der primitiven Kate der alten Fringold herumsitzen, während ich die ganze Zeit am Deich bin. Laß mich am Abend müde sein. Laß sie . . .

»Woran denkst du?« unterbrach sie sein Schweigen.

»Daran, was du morgen tagsüber machen wirst, wenn ich keine Zeit für dich haben werde.«

»Auf den Abend warten«, sagte sie lächelnd.

»Und übermorgen?«

»Auf den Abend warten.«

Plötzlich fiel ihm etwas ein.

»Und deine Schule? Was ist eigentlich damit?«

»Nichts mehr.«

»Was – nichts mehr? Du stehst doch kurz vor dem Abitur?«

»Nicht mehr.«

»Nicht mehr, nichts mehr . . . Was heißt das? Du willst mir doch nicht etwa sagen, daß du . . .«

Der Rest erstarb ihm auf der Zunge.

»Doch.«

»Carola, bist du wahnsinnig?«

Sie ist es, sagte er sich. Einen krasseren Beweis könnte es dafür gar nicht geben. Hierin zeigt sich eben der Altersunterschied. Es liegt einfach zuviel dazwischen. Ich stell' mir vor, meine Tochter – wenn ich eine hätte – würde das machen. Großer Gott! Oder mein Sohn – wenn ich einen hätte. Nein, nein! Und dann eine Ehe. Wie lange könnte die gut gehen? Keine fünf Jahre. Keine drei.

Carola, dachte er, es ist ja nicht so, daß ich mich leichten Herzens von dir lösen würde, o nein, ich habe dich tief im Blut, und ich weiß zur Stunde nicht, ob ich dich aus diesem je wieder ganz herauskriege; ich fürchte, niemals. Aber . . .

»Woran denkst du?« schreckte sie ihn wieder auf.

»Du bist wahnsinnig, ich sagte es schon.«

»Ich liebe dich wahnsinnig, ja.«

»So weit darf es nicht gehen.«

»Wer hat mich denn dazu getrieben?«

»Sag nur nicht, ich sei das gewesen.«

»Nein, der Kaiser von China.«

»Carola!« rief er. »Du machst das rückgängig mit der Schule!«

Sie lächelte.

In der Tat, sie grinst, dachte er erregt.

»Es gibt nur eine Position, aus der du mir das befehlen könntest, Detlev.«

»Aus welcher?«

»Als mein Ehemann.«

Und wieder war er geschlagen.

»Carola!«

»Ja?«

»Wenn du schon auf mich nicht hörst, was haben denn deine Eltern zu diesem Wahnsinnsschritt gesagt?«

»Ich weiß es nicht.«

»Warum weißt du das nicht?«

»Weil ich nicht mit ihnen gesprochen habe, sondern ihnen nur einen Brief hinterlassen habe.«

»Großer Gott, das wird ja immer toller. Du bist also, wenn ich das richtig sehe, regelrecht durchgebrannt?«

Nun nickte sie doch ziemlich zerknirscht. Sie mußte an ihre Mutter denken.

»Mama wird sehr geweint haben«, sagte sie leise.

»Und dein Vater?«

»Getobt.«

»Das kann ich mir denken. Wenn er ein richtiger Vater ist, werde ich mich vor ihm in acht nehmen müssen.«

»Wieso du?« fragte sie bange.

»Weil er der Sache nachgehen und dabei zwangsläufig auf mich stoßen wird.«

»Die haben alle keine Ahnung von dir«, beruhigte sie sich selbst. Daß dies ein Irrtum war, ahnte sie nicht.

Frauen tun sich oft schwer mit der Logik, das trat selbst bei der hochintelligenten Carola Burghardt gelegentlich in Erscheinung. Selbst wenn es zugetroffen hätte, daß Detlev Padenberg für ihren Vater noch eine vollkommen unbekannte Größe gewesen wäre, hätte sie sich sagen müssen, daß gerade ihre Bestrebungen der Erhaltung dieses Zustandes am wenigsten förderlich waren. Oder strebte sie keine Ehe mit Detlev Padenberg an? Im allgemeinen läßt es sich dabei nicht vermeiden, daß sich Schwiegervater und Schwiegersohn kennenlernen. Spätestens dann besteht Gelegenheit, daß der eine dem anderen – oder der andere dem einen – sagt, was er von ihm hält.

»Carola«, erklärte Detlev nach längerem Stillschweigen, »nach Lage der Dinge muß ich dich bitten, von mir Geld anzunehmen.«

»Wieso?« antwortete sie kurz.

»Weil ich mir nicht vorstellen kann, daß dein alter Herr deine Flucht groß finanziert hat.«

»Ach, du denkst, da einspringen zu müssen? Erschreckt dich das?«

»Sei nicht albern.«

»Ich verfüge über ein eigenes Konto.«

»Ein großes?«

»Ja, und zwar . . .«

»Schweig still!« fiel er ihr ins Wort. »Ich will es nicht wissen, mich interessiert das nicht. Solange du hier bei mir bist, geht das auf meine Kosten, verstanden?«

»Das kann aber ins Geld laufen«, sagte sie vergnügt, »denn daran wird sich nicht schon morgen etwas ändern.«

»Los!« forderte er sie abrupt auf. »Aufstehen! Wir müssen rüber zur alten Fringold, sonst geht die zu Bett, und wir können nicht mehr rein zu ihr.«

Die Witwe Fringold entpuppte sich als eine gütige, dicke Frau, die Carola gerne aufnahm. Sie schwor einen Eid, daß man sich auf sie verlassen könne, als Detlev Padenberg zu ihr sagte: »Passen Sie auf das kleine Fräulein gut auf.«

Das Wetter war noch schlechter geworden.

Padenberg ging wieder. Dann saß Carola in einem warmen Raum am Ofen, ein junger Mann hockte in der Ecke und flickte Netze, und vor ihr auf dem Tisch stand rasch eine Tasse Tee, die sie gar nicht mochte, aber nicht ablehnen konnte, wenn sie die freundliche Witwe nicht vor den Kopf stoßen wollte.

Carola dachte natürlich an Detlev, an das Feldbett, fühlte sich sehr, sehr müde, lächelte aber . . . und mit diesem glücklichen Lächeln schlief sie im Sitzen am Ofen ein.

Vorsichtig, um keinen Lärm zu machen, flickte Per Fringold seine Netze. Seine Augen leuchteten.

Er hatte noch nie ein so schönes Mädchen gesehen.

Gegen elf Uhr weckte Frau Fringold behutsam ihren Gast.

»Sonst bleiben Sie die ganze Nacht hier sitzen«, sagte sie lächelnd. »Aber im Liegen schläft sich's doch besser. Ich habe Ihnen eine Wärmflasche ins Bett gegeben.«

Und das im Frühjahr!

Draußen heulte der Sturm.

Was hieß schon Frühjahr, hoch oben am grauen Meer . . .

XI

Das schlimme Wetter wollte und wollte nicht besser werden, auch den ganzen nächsten Tag nicht. Die Arbeiten am Deich mußten deshalb vorübergehend eingestellt werden. Das hieß aber nicht, daß der leitende Architekt die Hände in den Schoß hätte legen können. Für ihn gab es immer noch Papierkram genug zu erledigen, und so saß denn Detlev Padenberg in seiner Kate an der Schreibmaschine und tippte mit zwei Fingern mühsam Briefe und Stellungnahmen und Kostenerhöhungsbegründungen an die Landesregierung oder zwischengeschaltete Behörden. Diese Arbeit strengte ihn mehr an als der Außendienst auf dem Deich. Er erleichterte sie sich etwas mit einem halblauten Fluch und dem Wunsch: »Der Teufel soll sie alle holen!« Gemeint waren die Behörden.

Padenberg überwand sich aber, setzte seine Arbeit fort und erlag nicht der Versuchung, sich zum Häuschen der Witwe Fringold zu begeben und Carola auf den Gedanken zu bringen, daß eigentlich Gelegenheit für sie bestünde, auch tagsüber die Zweisamkeit mit ihm zu suchen. Gerade das wäre falsch gewesen, denn es ging ihm ja darum, ihr den Aufenthalt hier mehr oder minder rasch zu versauern, wenn es je zu einer Lösung kommen sollte, die Detlev unumgänglich schien. Die Primitivität, der sich Carola ausgesetzt sah, war der Hauptfaktor, auf den der Architekt setzen zu können glaubte. Sein eigener Verzicht auf das Mädchen, zu dem er sich dadurch verurteilte, fiel ihm schwer genug. Das stand jedoch auf einem anderen Blatt.

Das Telefon läutete. Andere Einrichtungen, die ebenfalls an die moderne Zeit erinnert hätten, gab es in dieser Hütte nicht. Das Telefon hatte ihm aber die Post, als er eingezogen war, unbedingt legen müssen, damit er in der Lage war, eine jederzeit effektvolle Bauleitung auszuüben.

Er hob den Hörer ab und meldete sich: »Padenberg.«

Am anderen Ende meldete sich niemand.

»Padenberg«, wiederholte er.

Wieder nichts.

»Hallo!«

Nichts.

»Hallo, hier ist die Deichbauleitung in Süderhöft – Padenberg. Mit wem spreche ich?«

Scheinbar mit niemandem, er bekam keine Antwort. Zornig legte er auf. Es war aber jemand in der Leitung gewesen, daran gab's keinen Zweifel. So etwas merkt man, wenn man mit dem Telefon vertraut ist.

Detlev Padenberg kehrte an seine Schreibmaschine zurück.

Zur gleichen Zeit näherte sich Jens Kosten in seinem Sportwagen dem Deich, hielt an und stieg aus. Er trug einen Ledermantel und eine tief in die Stirn gezogene Mütze. Der Sturm packte ihn mit Urgewalt und warf ihn fast um. Er blies ihm auf dem Weg zu Padenbergs Kate ins Gesicht. Dieser Weg war ihm auf Befragen so genau beschrieben worden, daß er ihn – erst mit dem Auto und nun das letzte Stück auf Schusters Rappen – ohne weiteres gefunden hatte. Bei jedem Schritt versank Jens bis zu den Knöcheln in dem aufgeweichten Sand, als er sich gegen den Wind vorwärtskämpfte. Obwohl die Strecke, die er zu Fuß zurücklegen mußte, keine dreihundert Meter lang war, war er in Schweiß gebadet, als er Padenbergs Kate erreicht hatte und sich durch Klopfen bemerkbar machte. Er tat dies mit den Fingerknöcheln, hatte aber keinen Erfolg. Das erzeugte Geräusch schaffte inmitten des Sturms nicht einmal den Weg von der Tür bis zu Jens Kostens eigenen Ohren. Es mußte also die Faust her, mit der Jens, gegen die Tür trommelnd, einen zweiten Versuch unternahm. Detlev Padenberg wurde davon aufgeschreckt. Nicht gerade begeistert, fragte er den jungen Mann, den er vor seiner Tür entdeckte: »Was gibt's?«

»Sind Sie Herr Padenberg?«

»Ja.«

»Mein Name ist Kosten. Kann ich Sie sprechen?«

»Bitte.«

»Darf ich reinkommen? Es wird nämlich etwas länger dauern.«

»Länger? Ich habe wenig Zeit . . .«

»Sie werden sie sich nehmen müssen.« Das klang ziemlich aggressiv.

»Wieso? Geht's um den Deich?«

»Nein, um Carola Burghardt.«

Wortlos gab Padenberg jetzt den Weg ins Hütteninnere frei. Die Atmosphäre war natürlich sehr, sehr frostig. Drinnen fragte Padenberg: »Wie, sagten Sie, war Ihr Name?«

»Kosten. Jens Kosten.«

Padenberg musterte Jens kühl.

»Setzen Sie sich. Was haben Sie mit Carola Burghardt zu tun?«

»Ich war mit ihr am Eibsee. Ich nehme an, das sagt Ihnen etwas.«

»So, der sind Sie? Ja, das sagt mir etwas.«

Daß ihm das wenig Erfreuliches sagte, ging deutlich aus Padenbergs Ton hervor.

»Wo ist sie?« fragte Jens.

»Nicht hier.«

»Aber in der Nähe?«

»Wie kommen Sie darauf?«

»Sie hat Hamburg verlassen, um zu Ihnen zu fahren. Daran gibt es keinen Zweifel.«

»Und warum sind Sie ihr gefolgt?«

Kosten hielt Padenbergs Blick, der nichts an Geringschätzung zu wünschen übrigließ, stand. Mit klarer Stimme antwortete er: »Dafür gibt's zwei Gründe. Der erste ist, daß ich Carola liebe . . .«

Padenberg unterbrach ihn: »Warum sind Sie dann am Eibsee verschwunden, statt . . .«

»Das war falsch, heute weiß ich das«, fiel ihm Kosten ins Wort. »Damals war das aber vielleicht trotzdem nicht verkehrt, weil ich Sie, wenn ich geblieben wäre, vielleicht umgebracht hätte.«

Padenbergs Blick veränderte sich etwas. Der Ausdruck der

Geringschätzung minderte sich.

»Das wäre jedenfalls ein Beweis für Ihre Liebe gewesen«, antwortete er, immer noch ironisch genug. »Ob ein echter, das ist eine andere Frage.«

»Und der zweite Grund, warum ich hierherkam, ist, daß ich Sie warnen möchte.«

»Mich warnen? Wovor?«

»Vor Carolas Vater. Er ist Ihnen auf der Spur.«

»Auf der Spur? Hören Sie, was ist das für ein Ausdruck? Ich bin keiner, dem jemand auf der Spur zu sein hat, wie etwa die Polizei einem, nach dem gefahndet wird.«

»Er will Sie erschießen.«

»Was?«

»Er sucht Sie, wie ich Sie gesucht habe, und wird Sie, wie ich, finden – und er hat gesagt, daß er Sie dann erschießen wird.«

Detlev Padenberg ging zum Wandschränkchen, in dem sich neben der Rumflasche auch eine mit Kornbranntwein befand. Er nahm letztere heraus, goß sich ein Glas ein und kippte es hinunter. Dann fragte er Jens Kosten: »Zu wem hat er das gesagt?«

»Zu mir am Telefon.«

»So Ähnliches sagen viele.«

»Unterschätzen Sie den nicht. Ich kenne ihn. Oder fragen Sie Carola, die wird Ihnen das bestätigen.«

Padenberg schwieg eine Weile, deutete dann mit dem Zeigefinger auf die Flasche.

»Auch einen?«

»Danke, nein.«

Detlev Padenberg füllte trotzdem ein zweites Glas und stellte es vor Kosten auf den Tisch.

»Vielleicht später«, sagte er dabei.

Dann fuhr er fort: »Warum warnen Sie mich? Um mich zu schonen oder vielleicht gar zu retten?«

»Nein.«

Das kam so spontan und dabei so ehrlich aus Kostens Mund, daß Padenberg kurz lachen mußte.

»Warum dann?«

»Weil ich nicht möchte, daß Carolas Vater eingesperrt wird. Das wäre doch schrecklich für Carola.«

»Aber ich wäre Ihnen damit aus dem Weg.«

»Durchaus.«

Noch einmal mußte Padenberg lachen.

»Doch auch dies«, fuhr Kosten mit leiser werdender Stimme fort, »würde Carola, wie ich leider annehmen muß, sehr, sehr weh tun. Deshalb möchte ich das ebenfalls nicht.«

Er senkte seinen Blick und sah auf die Tischplatte.

Detlev Padenberg schien sprachlos zu sein. Erst nach einer längeren Pause sagte er: »Trinken Sie doch einen, Herr Kosten, Sie würden mir damit eine Freude machen.«

Jens blickte zögernd das Glas an.

»Bei Ihnen scheint es sich ja wirklich um eine große Liebe zu handeln«, fuhr Detlev fort.

»Ja«, sagte Jens ganz leise, aber gerade deshalb absolut glaubhaft.

»Daran habe ich bisher gezweifelt.«

»Carola anscheinend auch«, meinte Jens seufzend.

»Zum Wohl, Herr Kosten.« Detlev hob sein Glas und leerte es.

Stumm folgte Jens dem Beispiel des älteren. Es sträubte sich allerdings noch viel in seinem Innern, in Herrn Padenberg einen Gastgeber zu sehen.

In der nun eintretenden Stille stopfte sich Padenberg eine Pfeife, zündete sie an, stieß ein paar mächtige Rauchwolken aus, erhob sich und ging einige Male auf und ab. Es waren nur wenige Schritte, die ihm der enge Raum erlaubte. Dann setzte er sich wieder hin.

»Hören Sie, Herr Kosten«, sagte er, »ich will mit Ihnen reden. Nehmen Sie vorab zur Kenntnis, daß ich Ihnen Carola nicht abspenstig machen möchte . . .«

»Nicht?« rief Jens ungläubig.

»Entscheidend ist, ob sie Ihnen überhaupt gehört – aber das müssen Sie mit ihr ausmachen.«

»Herr Padenberg, dem hat noch vorauszugehen, daß Sie

aus Carolas Leben verschwinden. Verstehen Sie, was ich meine?«

»Natürlich. Aber lassen Sie sich sagen, daß ich das schon versucht habe, als ich mich am Eibsee klammheimlich aus Carolas Blickfeld entfernt habe. Das war nicht schön von mir, aber eine wohlüberlegte, mir selbst schwer abgerungene Handlung. Ich kann Ihnen gar nicht sagen, was Carola, dieses hinreißende junge Mädchen, in mir, einem Mann, der längst einer anderen Generation angehört, noch einmal alles entfacht hat. Vielleicht machen Sie in zwei Jahrzehnten eine ebensolche Erfahrung, eher können Sie Empfindungen dieser Art nicht beurteilen. Ich wünsche sie Ihnen nicht. Ich kann Ihnen auch nicht sagen, was jetzt, in diesen Augenblicken, da ich so zu Ihnen spreche, in mir vorgeht, denn . . .«

Das Telefon schrillte. Padenberg wollte nicht abheben, er winkte mit der Hand ab. Nach dem sechsten Läuten kapitulierte der Architekt jedoch.

»Padenberg.«

Keine Antwort.

»Deichbauleitung in Süderhöft – Padenberg.«

Nichts.

»Hallo, verdammt noch mal, wer ist denn da?«

Die Leitung, in der ohne jeden Zweifel wieder jemand war, blieb still.

»Sie können mich mal . . .«, sagte Padenberg wutentbrannt und warf den Hörer auf die Gabel.

Das sei heute schon das fünftemal, übertrieb er, zu Kosten gewandt, um eine Erklärung für seine Unbeherrschtheit zu liefern.

»Wo waren wir stehengeblieben?« fragte er, sich mit der Hand über die Stirn streichend. »Ach ja, daß ich aus Carolas Leben verschwinden will bzw. wollte. Aber dann hat sie mich gesucht und tauchte gestern hier auf, genau wie Sie heute. Und nun fängt also das Ganze noch einmal von vorne an, denn es ist mir klar, daß ich das Carola schuldig bin, auch wenn sie selbst das im Moment noch ganz und gar nicht einsehen will. Eine Verbindung mit mir wäre ein Unglück für uns beide. Und das würde viel schneller der Fall sein, als sie glaubt. Möchten Sie noch einen Schnaps?«

»Ja, gern, Herr Padenberg.«

Während Detlev die Gläser füllte, meinte Jens: »Sie sind ganz anders, als ich Sie mir . . .«

Er brach mitten im Satz ab.

»Sagen Sie's ruhig«, ermunterte ihn Padenberg. »Als Sie sich mich vorgestellt haben, nicht wahr? Nämlich als Schwein, als einen Lustgreis, der sich junge Mädchen unter den Nagel reißt . . .«

»Nein, nein«, widersprach Jens, »ich wußte ja bis heute nicht, daß Sie schon ein älterer Mann sind.«

»So? Hat Ihnen Carola das verschwiegen? Nett von ihr. Aber warum hat sie das getan? Sehen Sie, das ist doch sehr bezeichnend. Weil sie sich an diesem Punkt, meinem Alter nämlich, selbst stieß. Oder warum sonst?«

Jens zuckte die Achseln. Ich weiß es nicht, sollte das heißen. In Wirklichkeit wußte er es sehr gut und stimmte Padenberg insgeheim zu.

Detlev fuhr fort: »Machen Sie aber jetzt nicht den Fehler, in mir plötzlich einen Engel zu sehen. Ich bin weder das eine noch das andere, sondern ein ganz normaler Mann von einundvierzig Jahren, mit allen Fehlern und Tugenden behaftet, einer, der mit einem himmlischen neunzehnjährigen Mädchen noch einmal ein Wunder erlebt hat. Nur wenigen ist das vergönnt. Die Erinnerung daran werde ich mir bis zu meinem Lebensende als etwas Heiliges bewahren. Den Versuch jedoch, dieses Verhältnis bis zum unvermeidlichen Bruch fortzusetzen, werde ich unterlassen. Damit erweise ich auch, ich sagte es bereits, Carola einen Gefallen.«

»Wo ist sie?« fragte Jens.

»Ich habe sie einen guten Kilometer von hier bei einer treuen, zuverlässigen alten Frau untergebracht, der Witwe eines Fischers. Wir sehen uns untertags nicht. Ich hoffte, das primitive, langweilige Leben im Schatten des Deichs würde rasch dazu beitragen, einem verwöhnten, von Luxus umgebenen Mädchen aus Hamburg das Leben hier zu verleiden. Das war meine Erwartung. Ich will nicht noch einmal davon anfangen, welchen Zwang ich dabei auf mich selbst ausüben mußte. Nun ist es aber jedenfalls so, daß Sie auch noch vorhanden sind und ich mir das zunutze machen kann. Mit anderen Worten: Ich schalte Sie ein. Haben Sie etwas dagegen?«

»Nein!« rief Jens.

»Sie lieben sie doch?«

»Carola? Ja.«

»Worauf es ankommt, ist, daß Sie diese Liebe auch in ihr zu Ihnen wecken müssen. Zusammenpassen würdet ihr beide in meinen Augen sehr, sehr gut.«

»Ach«, seufzte Jens nur.

»Nur keinen Pessimismus aufkommen lassen, Junge«, sagte Padenberg aufmunternd. »Wenn Sie das Handtuch immer so rasch werfen wie am Eibsee, kommen Sie nie auf einen grünen Zweig. Solchen Supermädchen wie Carola darf man keinen Augenblick von der Fährte weichen, sonst gehen sie einem durch die Lappen. Merken Sie sich das als Lebensweisheit, Jens. Ich werde es so einrichten, daß ihr beide euch hier trefft. Damit ist Ihnen die Möglichkeit eines Neubeginns geboten. Was Sie dann daraus machen, ist Ihre Sache. Carola wird nach Lage der Dinge von mir enttäuscht sein – ein günstiger Boden für Sie. Kapiert?«

»Ja«, meinte Jens, teils glückselig, teils aber auch schokkiert durch das Geschäftsmäßige der Vorschläge Padenbergs. Daß dieser damit seine wahren Gefühle überspielte, kam ihm nicht in den Sinn.

»Wann müssen Sie nach Hamburg zurück, Jens?«

»Warum?«

»Weil Sie natürlich schon ein paar Tage Zeit haben müssen für Ihre Aufgabe hier. Wir wissen ja nicht, wie rasch oder wie zäh sich die Dinge hier entwickeln.«

»Wenn's davon abhängt, bleibe ich ein ganzes Jahr hier.«

»So ist's recht«, lobte Padenberg ein bißchen spöttisch.

»Sie würden also sogar Ihr Studium unterbrechen. Ich nehme jedenfalls an, daß Sie studieren. Oder was machen Sie?«

»Ich studiere.«

»Welches Fach?«

»Medizin.«

»Sehr aussichtsreich. Sie werden eine Frau ernähren können. In welchem Semester?«

»Im neunten.«

»Also bald fertig. Es paßt doch alles. Jens, wenn ich Carola wäre, wüßte ich, wie ich mich zu entscheiden hätte.«

Das war aber nun doch eine Geschmacklosigkeit, die übers Ziel hinausschoß. Detlev Padenberg merkte es selbst auch und fragte rasch: »Wie sind Sie denn eigentlich hergekommen? Ebenfalls mit der Bahn, wie Carola?«

»Nein, mit dem Wagen.«

»Ihrem eigenen?«

»Ja.«

»Wo haben Sie ihn stehen?«

Jens beschrieb die Stelle und fügte hinzu: »Den letzten Kilometer mußte ich zu Fuß gehen.«

Es war bei weitem kein Kilometer gewesen, doch die Beschwerlichkeit des Weges hatte in dem jungen Mann diesen Eindruck erweckt.

»Sichergestellt ist«, sagte Padenberg, »daß Sie den Weg zurück nach St. Peter finden. Von dort sind Sie ja gekommen, es gibt nämlich keine andere Möglichkeit. Ich werde Ihnen in der ›Post‹ ein Zimmer bestellen.«

Er erledigte das telefonisch. Erst danach richtete er an Jens eine Frage, die er eigentlich schon vorher hätte klären müssen.

»Haben Sie genügend Geld bei sich?«

»Hätte ich gehabt«, antwortete Jens, »aber auf der Herfahrt mußte ich mit dem Wagen in die Werkstatt, und Sie wissen ja, wie das ist: Die sahnen heutzutage ganz schön ab.«

»Sie scheinen mir kreditwürdig. Wieviel brauchen Sie?«

»Von Ihnen?«

Detlev nickte.

»Kommt nicht in Frage«, entgegnete daraufhin Jens. »Ihr Angebot finde ich zwar prima, aber Gott sei Dank bin ich nicht darauf angewiesen. Ich werde von St. Peter aus meinen Vater anrufen und ihn um eine telegrafische Überweisung bitten. Danke.«

»Aber wenn Sie dann schon am Telefonieren sind, können Sie auch noch ein zweites Gespräch erledigen . . .«

»Welches?«

»Mit Carolas Vater.«

»Mit . . .« Die Stimme erstarb dem erschrockenen Jens Kosten.

»Er wollte doch kommen und mich erschießen. Oder haben Sie mir etwa einen Bären aufgebunden?«

»Nein, nein.«

»Na, sehen Sie. Und das sollte doch in unser aller Interesse vermieden werden. Ich glaube zwar nicht an meinen frühen Tod, aber es wäre ja schon vertrackt genug, wenn der Mann überhaupt hier auftauchen würde. Eine Art Berserker wird er ja sein, der alles verderben würde, glauben Sie nicht auch? Am meisten würde wohl Carola selbst erschrecken. Wer weiß, wie sie reagieren würde. Vielleicht gäbe sie Ihnen die Schuld am unerwünschten Erscheinen ihres Vaters . . .«

»Um Gottes willen!« rief Jens Kosten.

»Sorgen Sie deshalb dafür, daß er sich von der Szene hier fernhält. Sagen Sie ihm, daß alles gut läuft, auch in seinem Sinne, und daß Sie bald mit Carola nach Hamburg zurückkehren werden – aber nur, wenn er sich, wie gesagt, raushält. Vielleicht verlangt er, daß Sie ihm eine Frist nennen.«

»Wenn er das tut, was dann?«

»Nennen Sie ihm eine von . . . sagen wir: drei Wochen.«

»Gut. Noch was?«

Detlev Padenberg dachte noch einmal scharf nach.

»Nein«, sagte er dann, »das wär's vorläufig. Ich halte telefonische Verbindung mit Ihnen in der ›Post‹.«

Jens Kosten konnte verschwinden; er spürte, daß Padenbergs Bedarf, ihn zu sehen, gedeckt war. An der Tür streckte er spontan noch einmal die Hand aus und sagte: »Ich danke Ihnen, Herr Padenberg.«

Detev blickte ihm nach, als er sich rasch entfernte. Nun blies der Sturm Jens in den Rücken und trieb ihn vorwärts.

Drei Wochen, dachte Detlev, ob die reichen? Sie *müssen* reichen.

Sie waren, wie sich herausstellen sollte, reichlich bemessen. Es verlief sogar alles viel, viel schneller – und katastrophaler.

Detlev Padenberg ging zurück in seine Kate.

Am Abend kam Carola zu ihm.

Die Unterhaltung begann mit einem kleinen Schreck für Detlev.

»Zu dir kam heute Besuch«, begann Carola.

»Wieso? Wer sagt dir das?« antwortete er vorsichtig.

»Ich sah zufällig von weitem aus dem Fenster ein Auto in deine Richtung fahren. Dort steht doch nur deine Villa, oder?«

»Villa ist gut«, entgegnete Detlev ausweichend.

»Weißt du, an wen ich dabei unwillkürlich habe denken müssen?«

»An wen?«

»An Jens Kosten. Der Name wird dir nichts mehr sagen. Jens war einmal mein Freund, der mich am Eibsee im Stich gelassen hat, statt mich deinen Klauen zu entreißen«, erklärte Carola lachend.

»So? Und warum mußtest du an den denken?«

»Weil derselbe Wagen, wie er ihn hat, zu dir unterwegs war – der gleiche Typ, die gleiche Farbe.«

»Es gibt viele gleiche Autos.«

»Aber auch wieder nicht so viele Austin Morris von derselben Sorte in Deutschland. Deshalb kam ich auf Jens, weißt du.«

Detlev nahm einen inneren Anlauf.

»Vielleicht dachtest du auch an ihn, weil er dir fehlt.«

»Jens?« Sie lachte. »Nicht im geringsten.«

»Wie lange hast du ihn nicht mehr gesehen?«

»Seit damals. Er hat mich zwar angerufen und wollte mich noch einmal treffen, aber ich habe abgelehnt.«

»Warum? Ist er ein solches Scheusal?«

»Scheusal? Nein, das nicht.« Sie blickte vor sich hin, schien sich Jens vorzustellen. »Damit würde man ihm sicher unrecht tun.«

»Was macht er denn?«

»Er studiert Medizin, will sich auf Chirurgie spezialisieren.«

»Mann!« rief Detlef. »Etwas Tolleres gibt's doch heutzutage gar nicht! Denen schneit es geradezu Geld!«

»Zahnärzten noch mehr.«

»Hat sich das bei den jungen Mädchen rumgesprochen?«

»Selbstverständlich. Deshalb halten sie ja auch ständig Ausschau nach solchen.«

»Du auch?«

»Natürlich«, erwiderte Carola lachend. »Leider hat mir aber ein Architekt das Konzept verdorben. Ich sitze in der Falle, die er mir gestellt hat, fest, und komme nicht mehr raus.«

»Architekten halten keinen Vergleich mit Chirurgen aus, Carola.«

»Für mich schon«, sagte sie und hängte sich ihm an den Hals.

Detlev hatte sich ein Programm fest vorgenommen, in dem das Feldbett nicht mehr vorkam.

»Was hast du heute gemacht?« fragte er sie nach einigen Küssen, bei denen sie gewissermaßen die treibende Kraft gewesen war.

»Willst du mir nicht sagen, wer dein Besucher war?« kam sie noch einmal auf ihre erste Frage zurück.

»Woher soll ich das wissen?«

»Mach keine Witze. Er kam doch nicht maskiert zu dir.«

»Höchstwahrscheinlich nicht, aber möglich wäre es dennoch gewesen.«

»Wie soll ich das verstehen?«

»Das sollst du so verstehen, daß ich über den Mann nichts sagen kann, weil ich nicht da war. Er hat mich also nicht angetroffen.«

»Ach ja«, schien sie sich zu erinnern, »du warst ja den ganzen Tag am Deich.«

»Das sagte ich dir doch.«

»Der hat aber dann lange auf dich gewartet.«

»Woher willst du das wissen?«

»Weil ich den Wagen erst viel später wieder zurückfahren sah.«

Detlev blickte Carola ein Weilchen an, als wollte er sagen, vor dir muß man sich aber in acht nehmen. Dann meinte er achselzuckend: »Tut mir leid, er hätte sich anmelden müssen.«

Nun blickte Carola ihn ein Weilchen an, ehe sie zu seiner Überraschung sagte: »Ein Mädchen kann's nicht gewesen sein, Detlev?«

»Ach«, schaltete er, »von daher bläst der Wind. Nein, mein Kind, das kann es nicht gewesen sein. Mädchen sind nicht so verrückt, sich hierher zu verirren – von einer einzigen Ausnahme abgesehen.«

Schon hing sie wieder an seinem Hals und erschwerte ihm die Einhaltung seines Programmes, in dem das Feldbett nicht mehr vorkommen sollte.

»Du wolltest wissen, was ich heute gemacht habe«, sagte sie dann.

»Ja.«

»Lange geschlafen, aufgestanden, Toilette gemacht – frag mich nicht, wie, da gibt's ja kein Bad. Ich verstehe nicht, wie die Leute so leben können. Gefrühstückt, nichts Besonderes, Fisch bereits am frühen Morgen ist nicht mein Fall. Mich mit Frau Fringold unterhalten, ein liebes Mütterchen. Aus dem Fenster geguckt, an dich gedacht, wieder aus dem Fenster geguckt, festgestellt, daß es sich nicht lohnt. Man hat beim erstenmal schon alles gesehen. Zu Mittag gegessen. Kochfisch. Gebraten esse ich ihn lieber, aber auch nicht zu oft. Danach trotzdem wieder ein paarmal aus dem Fenster geguckt, den roten Austin Morris entdeckt, später beobachtet, wie er zurückkam. Mich gefragt, wer das wohl sein könnte, ob nicht doch ein Mädchen? Mit der Versuchung gerungen, zu dir herüberzugehen, um Gewißheit zu erlangen . . .«

»Das untersage ich dir ein für allemal«, unterbrach er sie. »Das Terrain hier ist zu gefährlich. Du befindest dich hier nicht auf einer Promenade am Tegernsee, merk dir das.«

»Ich verstehe euch nicht«, sagte Carola kopfschüttelnd. »Auch Frau Fringold macht dasselbe Theater. Schlimm ist doch hier momentan nur das Wetter, der blöde Sturm, der kein Ende zu nehmen scheint. Alles andere finde ich eher langweilig.«

Letzteres will ich ihr nicht ausreden, dachte Detlev und schwieg.

»Ich halte es auch für überflüssig«, fuhr Carola fort, »daß mich Per, der Junge, rüberbringt zu dir, so wie heute. Er will das in Zukunft beibehalten. Du wünschst das, sagten mir die beiden. Ich bitte dich, ihnen das auszureden.«

»Nein.«

»Aber . . .«

»Es hat keinen Zweck, Carola, darüber mit mir zu verhandeln. Du kannst mich nicht umstimmen, weil ich für dich verantwortlich bin.«

»Wie für ein kleines Kind, nicht wahr?«

»Ganz recht, den Jahren nach bist du ja auch noch eines«, sagte er barscher, als er eigentlich wollte.

»Kann schon sein, Opa«, erwiderte sie in derselben Art. »Deinen Jahren nach sogar sicher.«

Der erste Streit drohte zwischen den beiden, die ersten verletzenden Worte.

»Ich mache uns etwas zu essen«, sagte er, sich von ihr abwendend. »An sich hatte ich an Fisch aus der Dose gedacht, aber . . .«

»Nicht schon wieder Fisch«, bat sie, nachdem er verstummt war.

»Was möchtest du? Um Konserven kommen wir allerdings nicht herum.«

»Woraus besteht deine Auswahl?«

»Komm, wir sehen nach.«

Er führte sie in einen kleinen Nebenraum, wo in einem Regal ein mittlerer Vorrat an Büchsen und Dosen in verschiedenen Größen aufgestapelt war.

»Das hat die Fringold geahnt«, sagte Carola. »Deshalb wollte sie mir etwas Frisches mitgeben.«

»Was denn?«

»Eine Stunde vorher von Per heimgebrachte Schollen.«

»Schollen?!« rief Detlev, sich die Fingerspitzen küssend. »Und die hast du ausgeschlagen?«

»Hätte ich das nicht tun sollen?«

»Ich sterbe für Schollen.«

»Und wer hätte sie dir gekocht?«

»Du!« sagte er, um sie auf die Probe zu stellen. Auch das gehörte zu seiner Taktik.

»Ich?!« entsetzte sich Carola. »Mir wäre dabei übel geworden. Du ahnst nicht, wie empfindlich ich in dieser Beziehung bin.«

Sie wandte sich wieder dem Regal mit den Büchsen zu und fuhr dabei fort: »Bin ich froh, daß dieser Kelch an mir vorübergegangen ist! Laß mich mal hier suchen ...«

Das Telefon läutete. Detlev ging zurück in den größeren Raum, wo sich das Telefon befand.

»Padenberg.«

Nichts.

»Hallo, wer sind Sie denn, was soll der Quatsch, wie oft ...«

»Liebling!« rief Carola aus dem Nebenraum. »Hast du auch Lust auf einen Nachtisch? Ich sehe hier Ananas in der Dose ...«

»Bring sie her!« rief er zurück, sich nicht einmal die Mühe machend, die Sprechmuschel mit der Hand abzudecken. Dann setzte er das Telefonat fort: »Wie oft gedenken Sie mir Ihre Blödheit noch vorzuführen? Was Sie mich können, habe ich Ihnen heute schon gesagt. Vergessen hatte ich allerdings, hinzuzufügen: Und zwar kreuzweise! Das sei hiermit nachgeholt. Hängen Sie sich auf, damit die Welt möglichst bald Ruhe vor Ihnen hat.«

Als könnte der Apparat dafür, warf Detlev den Hörer mit größtem Grimm auf die Gabel.

»Was war denn das?« fragte Carola verwundert. Sie stand auf der Schwelle zum Nebenraum und hielt ein paar Konserven an die Brust gedrückt.

»Ein Verrückter«, schimpfte Detlev. »Ich weiß nicht, wer. Er ruft mich an, meldet sich nicht, führt mich an der Nase herum. Den ganzen Tag geht das schon so.«

Das war unbedacht von Detlev und sollte ihn schon sehr bald in Schwierigkeiten bringen.

»Woher willst du das wissen?« fragte Carola.

»Was?«

»Daß das den ganzen Tag schon so geht.«

»Weil es schon ein halbes dutzendmal passiert ist.«

»Ich denke, du warst nicht zu Hause?«

»Ich ... ich war auch nicht hier ... aber zwischendurch ... weißt du, am Deich werden immer wieder Unterlagen gebraucht, die ich holen mußte, Skizzen, Entwürfe, Berechnungen. Das kannst du dir doch denken?«

Sie nickte, nicht recht überzeugt.

»Und jedesmal hat das Telefon geläutet«, schloß er.

»Du bist sicher, daß es keine Frau war?«

Er verdrehte die Augen.

»Carola, fängst du schon wieder damit an? Wie kommst du nur darauf?«

»Weil ich die Männer kenne.«

»*Du* kennst die Männer?«

»Ja, du hältst mich zwar noch für ein Kind, aber ich kenne sie besser, als du denkst, und zwar aus zahlreichen Romanen, die ich aufmerksam gelesen habe.«

»Aha.«

»Am schlimmsten sind sie in der Einsamkeit. Da halten sie es ohne Frauen schon gar nicht aus.«

»Welchen Schwur verlangst du von mir, daß du mich im falschen Verdacht hast?«

Sie blickte ihn an, plötzlich wieder gar nicht mehr wie ein Kind, lächelte, ging zum Tisch, entledigte sich der Büchsen.

»Keinen Schwur, einen tätigen Nachweis, der ist am überzeugendsten«, erwiderte sie, nahm ihn an der Hand und führte ihn zum Feldbett, zeigte auf dieses. »Hier hast du Gelegenheit . . .«

»Carola, nein.«

»Siehst du, ich wußte es, mein Verdacht bestätigt sich.«

»Nein, so habe ich das nicht gemeint.«

»Wie dann? Es gibt keine andere Erklärung.«

»Doch.«

»Welche?«

»Ich laufe von früh bis spät auf dem Deich herum . . .«

»Holst Unterlagen, Skizzen, Entwürfe aus deiner Kate . . .«

»Schlafe kaum . . .«

»Weil dir die Arbeit auch noch nachts im Kopf herumgeht . . .«

»Ich esse unregelmäßig . . .«

»Trinkst aber dafür um so regelmäßiger . . .«

Er stutzte.

»Sag mal, du willst mich wohl auf den Arm nehmen!«

»Das würde ich nicht wagen.«

»Carola, du . . . du bist . . .«

»Was?«

»Ein Luder.«

»Wie bitte?«

»Ein süßes Luder«, sagte er, riß sie an sich, küßte sie leidenschaftlich und fing dabei an, sie auszuziehen, wobei er fortfuhr: »Auf gar keinen Fall bist du noch ein Kind, ich werde das nie mehr behaupten. Du raubst mir meinen Verstand, untergräbst meinen Willen. Du . . .«

»Was?«

Er konnte nichts mehr sagen, er stöhnte nur noch. Sie war seinem Beispiel gefolgt und zog ihn noch rascher aus als er sie. Die Hände zu jenen Stellen des Körpers gewandt, die, wenn sie beim einsetzenden Liebesspiel berührt werden,

Laute des Stöhnens auslösen. Dies zeigte sich hier wieder einmal nicht nur bei Detlev, sondern auch bei Carola.

Detlev war ein reifer Mann, mit einem Erfahrungsschatz im intimen Umgang auf seiner Seite, aber es entging ihm nicht, in welch unglaublich kurzer Zeit sein Vorsprung an Erfahrung gegenüber Carola auf ein Nichts zusammengeschmolzen war.

Gegessen wurde von den beiden an diesem Abend kein Bissen mehr. Von der Nacht blieb für den Schlaf nicht viel übrig. So kam es, daß sich die beiden, als sie am anderen Morgen reichlich früh vom Telefon geweckt wurden, ziemlich kaputt fühlten und Detlev den Apparat am liebsten aus dem Fenster geworfen hätte, dies um so mehr, als er wieder mit einem anonymen Anruf rechnete. Trotzdem hatte er keine andere Wahl als abzuheben, er konnte sich ja auch täuschen. Und so war es tatsächlich. Der Anruf erwies sich als wichtig.

»Padenberg«, krächzte Detlev in die Muschel.

»Guten Tag, Herr Padenberg«, antwortete eine Mädchenstimme, »Ich bin eine Mitarbeiterin von Herrn Baurat Jahnke bei der Baubehörde in Rendsburg. Herr Jahnke hat gestern anscheinend länger gearbeitet, denn ich fand soeben auf meinem Schreibtisch einen Zettel von ihm, mit der Bitte, Ihnen folgendes durchzugeben: Sie möchten heute morgen gegen halb zehn in Jevenstedt sein zu einer dringenden Besprechung im Zusammenhang mit einem Bauvorhaben am Westensee. Sie sollen so freundlich sein, sich in der Gastwirtschaft ›Weißer Schwan‹ einzufinden. Sie werden erwartet.«

Padenberg rieb sich die Augen. Jevenstedt? Blödsinn! Was sollte er in Jevenstedt? Aber Auftrag ist Auftrag. Er schaute auf die Uhr.

»Gut«, sagte er. »Da muß ich mich ja beeilen. Ich danke Ihnen.«

Nach Jevenstedt war es ziemlich weit und umständlich zu fahren. Detlev mußte sich, wenn er pünktlich im »Weißen Schwan« eintreffen wollte, sputen.

»Los, meine Liebe«, scheuchte er Carola auf, »ich werde erwartet, es eilt. Zieh dich an.«

»Laß mich doch noch liegen«, jammerte sie. »Das ist ja Wahnsinn, ich bin todmüde. Ich kann doch hier auf dich warten.«

»Ich weiß nicht, wann ich zurückkomme.«

»Das ist doch egal. Zu essen habe ich hier.«

Er ließ sich erweichen.

»Dann muß ich aber auf alle Fälle noch bei der alten Fringold vorbeischauen«, meinte er, »und ihr sagen, daß du hier bist, damit sie sich keine unnötigen Sorgen macht.«

»Danke.«

Er klopfte mit dem Zeigefinger streng auf den Tisch.

»Und du bleibst schön hier drinnen, verstanden! Du läufst mir nicht draußen rum, ich habe dir erklärt, warum. Versprichst du mir das?«

»Ja.«

»Ehrenwort?«

»Ehrenwort.«

Padenbergs Wagen stand in einem Schuppen abseits der Straße nach St. Peter. Dorthin zu gelangen kostete auch wieder kostbare Zeit. Erst gegen halb neun saß Padenberg am Steuer seines Mercedes und brauste über die regennasse Chaussee. Er fuhr wie der Teufel, traf jedoch trotzdem mit Verspätung in Jevenstedt ein, wo er vorher noch nie in seinem Leben gewesen war. Nun mußte er auch noch den »Weißen Schwan« erfragen. Nervös fluchte er vor sich hin, als ihm zwei Leute achselzuckend gestanden, nicht zu wissen, wo dieses Gasthaus in Jevenstedt zu finden sei.

Detlev hätte sich die ganze Raserei und Aufregung ersparen können.

Der nächste, den er um Auskunft bat, entpuppte sich als Däne, aber dann geriet er endlich an einen waschechten Einheimischen, der auf Detlevs Frage, ob er sich hier auskenne, verheißungsvoll wissen ließ, jeden Stein in Jevenstedt zu kennen.

»Dann können Sie mir ja auch sagen«, meinte Detlev

aufatmend, »wo der ›Weiße Schwan‹ ist.«

»Wer?«

»Der ›Weiße Schwan‹.«

»Was soll das sein?«

»Ein Gasthaus.«

Der Einheimische faßte sich mit Daumen und Zeigefinger an seine Nase, deren auffallend rote Färbung eigentlich dazu hätte führen müssen, daß man ihm Glaubwürdigkeit zugestand, rieb sie nachdenklich und sagte: »Speziell die Gasthäuser kenne ich alle hier. ›Weißer Schwan‹ heißt keines von denen.«

»Unmöglich«, stieß Detlev Padenberg hervor. »Man hat mich zu einer wichtigen Besprechung dorthin bestellt.«

»Zu einer wichtigen Besprechung?«

»Ja.«

»In ein Gasthaus namens ›Weißer Schwan‹?«

»Ja.«

Der Einheimische ließ seine Nase los.

»Dann könnte ich mir nur eine Möglichkeit vorstellen . . .«

»Welche?«

»Daß man Sie in den April geschickt hat.«

Detlev Padenberg ließ diesen Idioten, wie er ihn innerlich nannte, stehen und suchte das nächste Polizeirevier auf. Hoffnungsvoll, wenn auch nicht mehr ganz sicher, betrat er es, total zerschmettert kam er wieder heraus. Es gab keinen »Weißen Schwan« in Jevenstedt, auch Verwechslungsmöglichkeiten schienen nahezu ausgeschlossen zu sein. In der Fauna, an die man in diesem Zusammenhang dachte, existierte nur noch ein »Roter Ochse«. Trotzdem meinte ein freundlicher alter Wachtmeister, der anscheinend fast alles für möglich hielt: »Vielleicht hat man den gemeint.«

Detlev fragte ihn nach dem nächsten Postamt.

Ein Ferngespräch mit dem Baurat Jahnke in Rendsburg überzeugte ihn davon, daß sich jemand einen üblen Scherz mit ihm erlaubt hatte. Aber wer?

»Die Person am Telefon«, sagte er zu Jahnke, »gab sich als

eine Ihrer Mitarbeiterinnen aus.«

»Mitarbeiterinnen?« antwortete er zynisch. »Die Weiber, von denen ich hier umgeben bin, sind etwas ganz anderes. Selbst der akuteste Größenwahn könnte ihnen einen solchen Titel nicht einflüstern.«

»Ich stehe vor einem Rätsel.«

»Gibt's bei euch junge Chaoten, die sich gegen eure Tätigkeit wenden?«

»Doch nicht gegen die Arbeit am Deich.«

»Dann müssen Sie die Täterin in Ihrem persönlichen Bereich suchen.«

In meinem persönlichen Bereich? Das ging Detlev nicht mehr aus dem Kopf.

Was mache ich jetzt mit dem verpfuschten Tag, fragte er sich, nachdem er das Postamt verlassen hatte. Er fühlte sich ausgelaugt – verständlich nach dieser Nacht – und verwirrt.

Dumme Frage, gab er sich selbst die Antwort, ich muß zurück nach Süderhöft.

Zuerst frühstückte er aber noch in Jeverstedt, da er schon mit knurrendem Magen hierhergekommen war. Wegen des überstürzten Aufbruchs in Süderhöft hatte er nicht einmal mehr einen Schluck Tee trinken können.

In meinem persönlichen Bereich? Das ging ihm, wie gesagt, nicht mehr aus dem Kopf.

XIII

Es war an diesem Vormittag gegen zehn Uhr, als Carola Burghardt aufwachte, weil sie hörte, daß jemand Detlevs Hütte, in der sie auf dem Feldbett lag, betrat. Da sie nicht wußte, wie sie sich verhalten sollte, blieb sie mucksmäuschenstill. Das rettete sie aber nicht davor, daß die Person, die in die Kate eingedrungen war, bald vor dem Feldbett stand, sie überrascht musterte und dann spöttisch sagte: »Guten Morgen! Ich hatte nicht damit gerechnet, hier jemanden vorzufinden, der noch schläft.«

Es war eine Dame, ja, unverkennbar nicht irgendeine weibliche Person, sondern eine Dame. Das sah Carola sofort. Für so etwas hatte sie ja, aufgrund ihrer eigenen Herkunft, einen Blick.

Und diese Dame bemerkte umgekehrt ebenso rasch, daß sie nicht irgendein hergelaufenes junges Ding vor sich hatte, wenn auch der Rahmen, von dem die Betreffende umgeben war, nicht gerade überzeugend wirkte. Das Bett war ein Feldbett. Sachen lagen verstreut herum, darunter weibliche Intimwäsche, der wieder eine ganz bestimmte Aussagekraft innewohnte, wie damals Carolas Schlüpfer in der Schutzhütte am Fuß der Zugspitze. Nur ein Mann, der seinerzeit noch das Bild vervollständigt hatte, fehlte hier.

»An sich«, sagte die Dame, »überrascht mich Ihre Anwesenheit nicht. Ich hatte freilich nicht damit gerechnet, daß der Tag für Sie so spät anfängt.«

»Wer sind Sie?« fragte Carola.

»Dazu kommen wir später. Zuerst möchte ich Ihnen Gelegenheit geben, sich in eine Verfassung zu bringen, die einem Gespräch zwischen uns beiden angepaßt ist«, erwiderte die Dame und verließ den Raum. Dadurch war klar, was sie meinte. Carola sollte aufstehen, sich anziehen und überhaupt ihr Äußeres, soweit das hier möglich war, salonfähig machen.

Dem stellten sich aber beträchtliche Schwierigkeiten entgegen. Carola hatte ja nicht gewußt, daß sie die ganze Nacht hier verbringen würde, daher lagen ihre ganzen Kosmetikartikel, jene Hilfsmittel, deren auch sie sich trotz ihrer Jugend zu bedienen wußte, im Häuschen der Witwe Fringold. Hier bei Detlev gab's praktisch nur ein Stück Seife und einen Kamm, worauf sie zurückgreifen konnte. Ihr Selbstbewußtsein hielt sich also erklärlicherweise in Grenzen, als sie der ihr unbekannten Dame, von der sie im Wohnraum erwartet wurde, gegenübertrat. Trotzdem hatte sie, was ihr Aussehen anbelangte, ein kleines Wunder vollbracht. Wie Mädchen das auch unter eingeschränktesten Verhältnissen immer wieder bewerkstelligen, ist ein immer wieder zu beobachtendes Rätsel. Sogar die unbekannte Dame, die sich schließlich in weiblichen Fähigkeiten auskennen mußte, konnte Carola ihren innerlich empfundenen Respekt nicht versagen. Donnerwetter, dachte sie, als Carola über die Schwelle trat. Erfreut war sie allerdings nicht darüber, eines der hübschesten Mädchen, die sie je gesehen hatte, vor sich zu haben. Die Erklärung dafür wurde bald geliefert.

»Nehmen Sie Platz«, sagte die Dame, auf einen Stuhl weisend, zu Carola.

»Sie nehmen mir das Wort aus dem Mund«, erklärte Carola. »Dasselbe wollte ich Ihnen gerade anbieten.«

Die Unbekannte zog eine Augenbraue in die Höhe.

»Das soll wohl heißen, daß *Sie* sich hier als die Dame des Hauses betrachten?«

»Wollen Sie das etwa für sich beanspruchen?«

Carola war also rasch dabei, ihr Selbstbewußtsein zurückzugewinnen. Man konnte das aus ihrem Auftreten schließen.

»Gut, ich trete Ihnen diese Rolle ab«, erwiderte die Dame und entnahm ihrer Handtasche ein Päckchen Zigaretten. »Kann ich bitte einen Aschenbecher haben?«

Ihr Wunsch wurde erfüllt.

»Danke, Fräulein Burghardt«, sagte sie.

Natürlich war Carola überrascht.

»Sie kennen mich?«

»Ja.«

»Woher?«

»Von Ihrem Vater.«

»Wer sind Sie?« fragte Carola zum zweitenmal.

»Ihr Vater«, antwortete die Dame, »war bei mir und hat mir sein Leid geklagt. Welches Leid das war, können Sie sich denken.«

Carola ärgerte sich sichtlich. Sie lief rot an.

»Denken kann ich mir schon, daß er betrübt ist. Daß er bei Außenstehenden herumtratscht, hätte ich bis jetzt allerdings nicht gedacht.«

»Wenn ich Sie richtig verstehe, halten Sie mich also für

eine Außenstehende?«

»Sicher. Sie sagen mir ja auch nicht, wer Sie sind.«

»Wie wenig Ihr Vater eine Außenstehende in mir gesehen hat, beweist die Tatsache, daß er mich sogar den Brief, den Sie Ihren Eltern hinterlassen haben, lesen ließ.«

»Wie geschmacklos!«

»Geschmacklos finden Sie das? Ein Ausdruck der Etikette, nicht wahr? Haben Sie sich eigentlich schon einmal in die Verfassung Ihres Vaters hineingedacht? Oder in die Ihrer Mutter?«

»Lassen Sie meine Mutter aus dem Spiel!« stieß Carola sichtlich betroffen hervor.

»Nein, das tue ich nicht«, sagte die Dame unerbittlich. »Stellen Sie sich vor, in die Ehe Ihrer Eltern hätte sich eines Tages ein junges Mädchen hineingedrängt. Ihre Mutter, alt reizlos, verbraucht . . .«

»Ich verbiete Ihnen, so von meiner Mutter zu sprechen! Sie ist weder reizlos noch verbraucht!« fauchte Carola. »Sie kann sich jederzeit mit Ihnen messen!«

»Aber nicht mehr mit Ihnen –?«

Vorübergehend entstand betroffene Stille. Ein Nagel war auf den Kopf getroffen worden. Der Triumph der Jugend war angesprochen worden, gegen den in diesem Zusammenhang auch und gerade von Gertrud Burghardts eigener Tochter nichts vorgebracht werden konnte.

Die Unbekannte ließ nicht locker. Sie war eine reife Schönheit, und es stimmte nicht, daß sich Carolas Mutter mit ihr hätte messen können, denn bei dieser hatten sich im Verhältnis Reife/Schönheit die Gewichte schon sehr zugunsten der Reife verschoben. Daß Carola das nicht gelten lassen wollte, sprach nur für sie.

»Stellen Sie sich vor, sagte ich«, fuhr die Unbekannte fort, »Ihre Mutter hätte sich eines Tages in ihrer Ehe der Konkurrenz eines junges Mädchens ausgesetzt gesehen. Ihr Vater hätte den Verstand verloren, und Ihre Mutter wäre dadurch Gefahr gelaufen, abserviert zu werden . . .«

»Nein, nicht von meinem Vater!« rief Carola. »Er mag

andere Fehler zur Genüge haben – aber bestimmt nicht den!«

»Jedenfalls hätte er – Sie sollen sich das ja nur vorstellen – beruflich ohne weiteres Gelegenheit gehabt, sich in die Einsamkeit zurückzuziehen, sagen wir: ans Meer, und zu warten, bis ihm seine Lolita nachgefahren käme.«

Die Dame legte eine kurze Pause ein, in der Hoffnung, der Name Lolita, den sie genannt hatte, würde bei Carola seine Wirkung nicht verfehlen: Lolita, das minderjährige Mädchen, ein Kind fast noch, die Titelfigur des berühmten Romans von Nabokov, der Inbegriff des Nymphchens, dem ein alternder Mann verfällt.

Carola verriet aber mit keiner Wimper, daß sie das Buch kannte. Etwas anderes hatte angefangen, in ihr zu bohren: eine gewisse Parallelität.

Die Dame zündete sich ein zweite Zigarette an.

»Ihr Vater, sagten Sie«, fuhr sie dann fort, »würde das nicht tun?«

»Nein.«

»Aber wenn er's dennoch täte, was würden Sie dann von ihm halten?«

Carola wollte auf diese Frage nicht antworten.

»Oder was würden Sie von einem Mädchen halten, dem Ihre Mutter ihre Abdankung zuzuschreiben hätte? Sie lieben doch Ihre Mutter?«

»Worauf«, entgegnete nun Carola, »wollen Sie eigentlich hinaus? Wer sind Sie? Ich will das jetzt endlich wissen.«

»Denken Sie mal nach, dann kommen Sie von selbst darauf. Sie sind doch ein hochintelligentes Mädchen. Ich kann das beurteilen, ich war früher Gymnasiallehrerin.«

Zögernd erwiderte Carola: »Wenn ich nachdenke ... könnte ich zu dem verrückten Schluß kommen ... daß Sie ...«

Sie verstummte.

»Daß ich was?« fragte die Dame.

»Daß Sie ... Detlev Padenbergs Frau sind.«

Carola starrte, innerlich bebend, die Dame an, von deren

Antwort ihr Leben abhing. Die Dame zog zweimal an ihrer Zigarette, ehe sie erwiderte: »Dieser Schluß schiene Ihnen verrückt, sagen Sie?«

»Ja.«

»Warum?«

»Weil ich weiß, daß Detlev Padenberg nicht verheiratet ist.«

Wieder ein Zug aus der Zigarette.

»Von wem wissen Sie das?«

»Von ihm.«

»Hat er Ihnen das gesagt, daß er nicht verheiratet ist?«

»Ja, natürlich hat er das.«

»Ausdrücklich?«

»Was heißt ausdrücklich? Ausdrücklich nicht. Das ist doch auch gar nicht notwendig, wenn einer nicht verheiratet ist.«

»Wenn er's aber ist?«

Carola war längst totenblaß geworden.

»Ist er's denn?« schrie sie aus wunder Seele.

»Säße ich denn sonst hier?« lautete die Antwort, von der Carola vernichtet wurde.

Sie preßte die Fäuste an den Mund. Ich muß schreien, dachte sie, ich muß laut und gellend schreien.

Aber sie blieb stumm.

Die lügt, dachte sie.

Aber sie wußte, daß die Frau vor ihr nicht gelogen hatte. Warum säße sie sonst hier?

Detlev, dachte sie, ich verstehe das nicht, warum hast du das getan?

Ich verstehe das nicht.

Du Schwein, dachte sie.

Und sprang auf, stürzte zur Tür und rannte hinaus ins Freie, ungeachtet des Regens, den ihr der Sturm ins Gesicht peitschte. Sie stolperte vorbei an dem hübschen Zweitwagen, mit dem Yvonne Padenberg gekommen war. Er trug eine Flensburger Nummer. Auch darin sah Carola noch einmal eine Bestätigung dafür, daß man mit ihr während der letzten schrecklichen Viertelstunde in der Kate nicht mit falschen Karten gespielt hatte.

Jens Kosten rief von seinem Hotelzimmer in St. Peter die Reederei Burghardt in Hamburg an. Er wollte den Chef sprechen.

Herr Burghardt, erklärte man ihm, sei nicht in der Firma. Seine gesundheitliche Verfassung erlaube dies nicht.

»Ist er krank?« fragte Jens fast freudig. Er sah den Reeder schon ans Bett gefesselt, also zur Passivität verurteilt.

»Ja«, bestätigte der Direktionsassistent.

Krank im körperlichen Sinne war Paul Burghardt jedoch nicht. Die Geschichte mit seiner Tochter hatte ihn seelisch niedergeworfen. Für Geschäfte brachte er in diesen Tagen kein Interesse auf.

Jens Kosten erreichte ihn schließlich unter der privaten Nummer.

»Herr Burghardt«, begann er, »ich wünsche Ihnen gute Besserung.«

»Was?«

»Ich wünsche Ihnen gute Besserung, Sie sind doch krank?«

»Jens, was redest du für einen Stuß, wer sagt das denn?«

»Ich habe in Ihrer Firma angerufen.«

»Ach, diese Idioten! Wo bist du eigentlich?«

»In St. Peter.«

»In welchem St. Peter? St. Peter gibt's 'ne ganze Menge. Eines zum Beispiel bei Kössen in Tirol. St. Peter gibt's wie Sand am Meer.«

Das war das Stichwort für Jens.

»In St. Peter am Meer«, erklärte er.

»Was? An welchem Meer? Jens, mach mich nicht verrückt! Ich frage dich, wo du bist, weil du doch Carola nachgefahren bist. Hast du sie gefunden?«

»Ja.«

»Herrlich! Und den Ganoven, der ihr den Kopf verdreht hat, auch?«

»Ja.«

»Wo ist er? Ich habe dir gesagt, was ich mit dem mache.«

»Darum geht's ja, Herr Burghardt. Sie müssen ihn in Ruhe lassen. Ich rufe Sie sogar in seinem Auftrag an, er steht auf unserer Seite. Er tut alles, damit Ihnen Carola bald wiedergegeben wird. Sie dürfen ihm nur nicht dabei in die Quere kommen. Sie müssen deshalb in Hamburg bleiben.«

»Du hast dich von dem hoffentlich nicht einseifen lassen, Junge?«

»Nein, bestimmt nicht.«

»Ich habe das jetzt satt, alle wollt ihr, daß ich in Hamburg bleibe. Die Frau von dem auch.«

»Welche Frau?«

»Die von dem.«

»Von Padenberg?«

»Ja.«

»Ist der ... verheiratet?«

»Und wie! Mit einer Superfrau! Ich habe mit ihr gesprochen. Nach der kann er sich die Finger lecken. Aber was macht er?« Burghardt hustete vor Aufregung. »Also los, sag mir, wo er ist, damit ich ihn mir vorknöpfen kann.«

Die Antwort blieb aus. Jens war so perplex, daß ihm wie von selbst die Hand mit dem Hörer herabgesunken war und er auflegte. Mit offenem Mund starrte er auf den Apparat. So stand er fast eine Ewigkeit da. Endlich raffte er sich auf, holte Mantel und Mütze aus dem Schrank und steckte den Zündschlüssel in die Tasche.

Sein einziger Gedanke war: Ich muß so rasch wie möglich nach Süderhöft.

XIV

Yvonne Padenberg schlüpfte, nachdem Carola fortgerannt war, in eine neue Rolle. Sie begann Ordnung zu schaffen in der Hütte. Daß dies notwendig war, stand unbestreitbar fest.

Yvonne suchte sich Besen und Schaufel und fegte die Böden der drei Räume. Im Ofen entfachte sie ein prasselndes Feuer. Sie räumte lächelnd ein Paar Socken mit Löchern weg. Über den rohen Holztisch deckte sie eine Tischdecke aus Leinen, die sie aus ihrer Reisetasche holte und dafür die durchlöcherten Socken hineinsteckte. Interessiert besah sie sich zwischendurch die herumliegenden neuen Zeichnungen und Pläne und legte sie zusammen. Ob sie damit dem, der sie angefertigt hatte, eine Freude bereitet hatte, mußte sich erst noch herausstellen. Nicht wenige Männer werden gerade von diesem spezifischen Drang der Frauen, Ordnung zu schaffen, an den Rand von Nervenzusammenbrüchen gebracht.

Als Yvonne mit dem Putzen und Aufräumen fertig war, setzte sie sich an den Ofen und begann eine Handarbeit, nahm den Anruf eines Bauführers entgegen und notierte eine Durchsage der Oberbauleitung in Flensburg. Später machte sie sich Kaffee, aß aber nichts dazu, da sie streng auf ihre Linie achtete. Bei dem Angebot an Speisen, das vorhanden war, fiel ihr das Fasten nicht schwer.

Ab ein Uhr mittags sah sie alle fünf Minuten auf die Uhr.

Detlev war nach Jevenstedt gefahren.

Wenn er sich dort nicht lange aufgehalten hat, muß er bald kommen, sagte sie sich.

Woher wußte sie, daß er nach Jevenstedt gefahren war?

Sie hatte keine Angst vor der bevorstehenden Aussprache.

Draußen knirschten Schritte im Sand. Plötzlich hatte sich der Sturm gelegt. Als hätte er nur Atem geholt, setzte er kurz darauf mit der alten Wucht wieder ein. Yvonne Padenberg erhob sich von ihrem Stuhl, füllte eine Tasse mit Nescafé und stellte daneben einen Teller mit Gebäck, das sie ebenfalls mitgebracht hatte. Dann nahm sie wieder Platz.

Detlev betrat die Kate. Er war keineswegs überrascht von Yvonnes Anwesenheit, da er draußen schon ihren Wagen gesehen hatte. Mit Auseinandersetzungen mußte er dennoch rechnen, bestand für ihn ja auch Grund zu der

Annahme, daß Carola ebenfalls gegenwärtig war. Am Tisch saß aber nur Yvonne, die ihm lächelnd entgegenblickte.

Hatte sie Carola gar nicht angetroffen?

War Carola, trotz Verbot, vorher aus der Hütte verschwunden? Hatte sie diese verlassen? War sie zur Witwe Fringold hinübergelaufen?

»Guten Tag, Detlev«, begann Yvonne.

»Tag, Yvonne. Was machst du hier? Du hättest dich ansagen müssen. Ich war in Jevenstedt.«

»Ich weiß«

»Was weißt du?«

»Daß du in Jevenstedt warst, und zwar vergeblich, das weiß ich auch.«

»Woher weißt du das?«

»Weil ich dich hingeschickt habe.«

»Du warst das!« Detlev setzte sich vor Überraschung hin.

»Ja, ich habe den Text am Telefon von einer Freundin sprechen lassen, die du bis heute nicht kennst. Für meine Freundinnen interessierst du dich ohnehin nicht sonderlich.«

»Und warum der Blödsinn, wenn ich fragen darf?«

»Ich mußte mir hier für ein paar Stunden freie Hand schaffen.«

»Ich wäre nicht überrascht, wenn du mir nun noch sagen würdest, daß du auch hinter den anonymen Anrufen, mit denen ich belästigt wurde, gesteckt hast.«

»Erraten, die habe ich sogar selbst inszeniert.«

»Und warum, wenn ich auch das fragen darf?«

»Um die beste Zeit, hierherzukommen, herauszufinden. Du solltest nicht hier sein; ich wollte aber auch vermeiden, von gähnender Leere empfangen zu werden. Verstehst du, was ich meine?«

Als er schwieg, sagte sie ironisch: »Man hat doch gern eine Ansprache.«

»Soweit ich mich erinnere, wurde ich bei deinen Anrufen zweimal recht ausfallend. Muß ich mich dafür entschuldigen?«

»Weil du gesagt hast, was ich dich kann, sogar kreuzweise? Nein, mein Lieber. Ich hoffe nur, daß du die Einladung jetzt nicht noch einmal wiederholst, nachdem du weißt, an wen sie gegangen ist.«

Detlev stopfte sich eine Pfeife. Das erinnerte Yvonne an ihr Zigarettenpäckchen. Als sich die Rauchwolken der beiden über dem Tisch vereinigten, fragte Yvonne: »Hat der Nachtisch geschmeckt?«

»Welcher Nachtisch?«

»Gestern abend die Ananas. Ich hörte durchs Telefon, daß du gefragt wurdest, ob du Lust darauf hättest.«

Detlev entschloß sich, dem Katz-und-Maus-Spiel ein Ende zu bereiten. Er nahm die Pfeife aus dem Mund.

»Yvonne, sag's schon, du willst dich scheiden lassen.«

»Ich?«

»Etwa nicht?« fragte er mit ungläubiger und dennoch etwas hoffnungsvoller Miene.

»Nein.«

»Wann bist du hier angekommen?«

»Gegen zehn Uhr vormittags.«

»Na also, dann wurdest du ja wohl nicht von, wie du sagst, gähnender Leere empfangen?«

»Nein.«

»Und du willst dich trotzdem nicht scheiden lassen?«

»Nein. Du?«

»Ich doch nicht! Grund hättest du allerdings!«

»Dein Grund wäre«, antwortete sie mit größter Selbstüberwindung, »dieses junge, unglaublich hübsche Mädchen. Dieser Grund würde vielen Männern ausreichen. Erwarte aber nicht von mir, daß ich sage, ich würde dich sogar verstehen.«

Er blickte sie schuldbewußt an.

»Yvonne, mach mich nicht fertig, du bist großartig, ich verdiene dich nicht. Du bist hier, Carola ist weg, du hast offenbar gesiegt. Was hat sie denn gesagt?«

Ehe Yvonne antworten konnte, fragte er sie noch: »Weißt du überhaupt, daß sie Carola heißt?«

»Carola Burghardt, ja.«

»Hat sie sich dir vorgestellt?«

»Nein, das wußte ich schon vorher.«

»Von wem?«

»Ihr Vater war bei mir.«

»Ihr Vater? Bei dir?«

»Das scheint dich genauso zu überraschen wie Carola.«

»Natürlich. Was wollte er? Wie kam er überhaupt zu dir?«

»Detlev«, sagte Yvonne, »du siehst, ich habe dir noch manches zu erzählen. Du mir aber auch, ich glaube sogar, noch viel, viel mehr. Ich schlage vor, wir überstürzen nichts. Es muß sich noch einiges setzen in jedem von uns, meinst du nicht auch?«

Er seufzte.

»Yvonne, ich kann dir nur sagen, daß ich dieses Abenteuer nicht gesucht habe. Nein«, unterbrach er sich, »Abenteuer ist nicht der richtige Ausdruck, es war mehr, ich gebe das zu.«

»Dein Kaffe ist sicher schon kalt, Detlev. Du hast ihn noch nicht angerührt. Auch die Plätzchen nicht.«

»Ich habe in Jevenstedt gefrühstückt, danke.«

»Wie lange dauern die Arbeiten hier noch?«

»Einige Wochen. Auf den Tag genau kann man das nicht sagen.«

»Ich überlege, ob ich diese Zeit hier bei dir bleiben soll.«

»Yvonne, du bist nicht bei Trost, sieh dich um, diese Primitivität hier . . .«

»Weißt du, was ich mir noch überlegt habe?«

»Was?«

»Schikurse mitzumachen. Gibt's da so eine Art Fernunterricht, den man vorab absolvieren kann?«

»Yvonne«, meinte er lachend.

»Und da auch diese Stricke noch reißen könnten, mußt du mir zusätzlich eines versprechen . . .«

»Was?«

»Daß du dieser modernen Unsitte der Männer, keinen Ehering zu tragen, abschwörst.«

»Einverstanden«, sagte er. »Aber ich weiß gar nicht mehr,

wo der meine zu Hause liegt.«

Yvonne lächelte und griff in ihre Handtasche.

»Ich habe ihn dir mitgebracht.«

Er steckte sich den Ring an, beziehungsweise wollte es tun, denn der Versuch schlug fehl.

»Zu klein«, sagte er grinsend. »Er muß eingegangen sein.«

»Oder du bist auseinandergegangen.«

»Ich zu fett?!« protestierte er. »Sag das nicht noch einmal. Sieh mich an.«

Er strich sich mit der Hand über den Bauch, der wirklich keiner war.

»Den Ring«, erklärte sie lachend, »werden wir weiten lassen. Gib ihn her.«

»Kauf doch einen neuen.«

»Unter keinen Umständen. Das sähe dir ähnlich, du Banause. Was hätte denn ein solches Stück mit unserer Trauung zu tun? Ihr Männer seid doch schrecklich. Du brächtest es glatt fertig und . . .«

Die Tür wurde aufgestoßen, und die alte Witwe Fringold stolperte in ramponiertem Zustand herein. Abgesehen von den Spuren des draußen herrschenden Unwetters, die sich an ihr zeigten, schien sie sich auch seelisch in einer schlimmen Verfassung zu befinden. Ihre Augen waren weit aufgerissen, ihre Lippen zitterten, sie war blaß. Sie sah nur Padenberg an, die Frau auf der anderen Seite des Tisches beachtete sie nicht. Sie brachte einen Brief zum Vorschein und streckte ihn Padenberg hin.

»Hier«, sagte sie mit einer Stimme, die ihr kaum mehr gehorchen wollte.

Gegrüßt hatte sie nicht, auch nicht angeklopft. Sie schien derart außer Rand und Band zu sein, daß sie beides vergessen hatte.

»Was ist das?« fragte Padenberg.

»Vom Fräulein . . . an Sie.«

Detlev betrachtete den Umschlag, drehte ihn um. Eine Anschrift war nicht zu entdecken.

»Wieso an mich?« fragte er. »Ist das sicher?«

Die Witwe nickte heftig.

»Sie hat es mir zugerufen«, sagte sie dabei.

»Zugerufen?«

»Ehe sie davonlief.«

»Wohin?«

»Ich glaube . . . zum Deich.«

Es war nicht leicht, die alte, völlig konsternierte Frau dazu zu bringen, im Zusammenhang zu berichten. Nach einiger Zeit stand jedoch fest, daß Carola am Vormittag weinend bei der Fringold aufgetaucht war und sich in ihr Zimmerchen zurückgezogen hatte. Zu ihr vorzudringen war unmöglich gewesen, da sie die Tür abgeschlossen hatte. Nach stundenlangem Weinen, zu vernehmen durch die Tür, war es endlich still geworden. Wahrscheinlich hatte sie in der Zeit den Brief geschrieben. Und dann war das Ende gekommen. Carola hatte plötzlich die Tür aufgerissen und war herausgetreten, leichenblaß, mit dem Brief in der Hand. »Für Herrn Padenberg«, hatte sie gesagt und den Brief auf den Tisch gelegt. Dann war sie plötzlich aus der Hütte gestürzt. Niemand hatte sie aufhalten können, auch Per nicht.

Der Junge wäre normalerweise um diese Zeit ohnehin nicht zu Hause gewesen, aber bei diesem Wetter war an Fischfang auf dem Meer nicht zu denken, deshalb hatte Per heute in seinem Winkel gesessen und Netze geflickt.

»Was macht er jetzt?« fragte Padenberg aufgeregt.

»Er ist draußen . . . und sucht sie«, antwortete die alte Fringold.

Padenberg sprang, seine Frau anblickend, auf.

»Wir müssen auch raus!« stieß er hervor.

»Lies doch erst mal den Brief«, meinte Yvonne.

Der Umschlag lag immer noch ungeöffnet auf dem Tisch. Detlev riß ihn auf und holte den Brief heraus. Er setzte sich hin und begann zu lesen:

Detlev!

Was hast Du getan? Warum?

Mein Herz ist leer, meine Augen sind es auch, ich kann

nicht mehr weinen.
Ich habe Dich unendlich geliebt, ich glaubte seit heute, Dich hassen zu können, wenigstens zu verachten, und weiß nun, daß mir beides nicht gelungen ist. Ich muß Dich nach wie vor lieben – aber nicht mehr lange, und darum bin ich froh. Diese Liebe wäre mir als Last zu schwer. Du hast mich nämlich mißbraucht.
Ich habe eine kurze Zeit geglaubt, daß Liebe das Schönste auf dieser Welt sei, und mußte erfahren, daß es das Schmerzlichste ist, was einem vom Schicksal zugedacht werden kann.
Lebe wohl, Detlev.
Ich gehe.
Du solltest wissen, daß ich Dir verziehen habe.
Ob Du Dir aber selbst auch jemals verzeihen kannst?

Carola

Detlev ließ das Blatt sinken, starrte darauf, schob es über den Tisch hinüber zu Yvonne, deren Erschütterung nicht lange auf sich warten ließ.

Sie wischte sich über die Augen.

»Detlev . . .«, es war mehr ein Flüstern als ein Sprechen, ». . . . ich weiß nicht, was ich sagen soll. Dieses Mädchen . . .«

»Yvonne, ich habe doch nicht gedacht . . .«

»Das kann sein, aber . . .«

»Das Ganze ist übertrieben, sieh mal . . .«

»Hast du ihren letzten Satz gelesen, du weißt, die Stelle, an der sie . . .«

»Der Per ist doch ein kräftiger Bursche. Warum konnte er nicht . . .«

»Der Per«, mischte sich die alte Fringold zur Verteidigung ihres Sohnes ein, »hätte Gewalt anwenden müssen, um das Mädchen zurückzuhalten. Das meinen Sie doch, Herr Padenberg?«

Gepeinigt von Selbstvorwürfen, wurde Detlev ungerecht.

»Jawohl, Frau Fringold! Und warum nicht mit Gewalt,

verdammt noch mal?«

»Aber doch nicht gegen ein so feines Fräulein. Das gehört sich nicht, Herr Padenberg.«

Detlev winkte mit der Hand und erhob sich. Er sagte: »Wenn wir hier noch lange rumsitzen . . .«

Er sprach nicht zu Ende, holte aus dem Schrank rasch wetterfestes Zeug, in das er und Yvonne schlüpften. Der Mantel für Yvonne, der ebenfalls Detlev gehörte, reichte ihr fast bis zu den Knöcheln und hatte viel zu lange Ärmel für sie. Aber was spielte das jetzt für eine Rolle! Die alte Fringold wurde nach Hause geschickt. Sie sollte dort die Stellung halten, wie Detlev zu ihr sagte. Dann liefen sie hinaus, dem Deich entgegen.

Detlev hörte hinter sich Yvonnes Schritte, die als ambitionierte Tennisspielerin sportlich geübt war und über eine ausreichende Kondition verfügte, um mit Detlev mithalten zu können. Gemeinsam rannten sie den Deich entlang.

Weit und breit war kein Mensch zu sehen. Detlev hielt tief atmend im Laufen inne und blickte sich um. Er schaute in Yvonnes gerötetes und angstvolles Gesicht und schwieg. Beide wußten: Wenn Carola ins Meer gegangen ist, wird auch unser Leben unter dieser Last zerbrechen.

»Du kennst dich hier aus«, sagte Yvonne. »Wohin könnte sie gegangen sein?«

»Überallhin, das ist ja das Vertrackte. Verdammte Sch . . .«

»Wer hätte in diesem Augenblick nicht Verständnis gehabt für Detlevs Ausruf! Yvonne jedenfalls zuckte keineswegs zusammen.

Sie liefen weiter den Deich entlang. In Abständen blieb Detlev immer wieder stehen und spähte durch den Dunst. Wenigstens Per müßte doch hier herumgeistern, dachte er, und im selben Augenblick schien es, als ob Yvonne seinen Gedanken hätte lesen können, denn sie sagte: »Dieser Per, wo mag der nur sein?«

»Das frage ich mich auch«, antwortete Detlev.

»Wer ist das eigentlich?«

»Der Sohn der alten Fringold. Ein Nachzügler.«

»Dann kann die doch noch gar nicht so alt sein, wie sie aussieht.«

»Aussehen tun hier alle so. Was glaubst du, wie hart das Leben für die ist!«

»Und Pers Vater, wo ist der?«

»Schon vor Jahren ertrunken. Der Junge mußte praktisch von Kindesbeinen an seiner Mutter unter die Arme greifen.«

Detlev wollte weitergehen, aber Yvonne hielt ihn noch einmal am Arm fest.

»Detlev, ich mache mir solche Vorwürfe . . .«

»Weshalb?«

»Ich hätte mich anders verhalten sollen.«

»Wann?«

»Als ich mit dem Mädchen sprach. Das Ganze hier ist doch auf mich zurückzuführen.«

»Sicher, aber . . .«

»Siehst du, du sagst es auch«, fiel sie ihm ins Wort. »Jedes Wort von mir war verkehrt.«

Tränen traten in ihre Augen. Tränen aber konnte Detlev jetzt am allerwenigsten brauchen.

»So habe ich das nicht gemeint«, sagte er und fügte barsch hinzu. »Du konntest doch nicht wissen, daß Carola so reagiert. Mach dich also nicht verrückt. Los, komm jetzt, wir müssen weiter.«

Der aufgeweichte Boden holte ihnen die Kraft aus den Gliedern. Der brausende Wind, der mal direkt von vorn, mal schräg von der Seite blies, tat ein übriges. Die Intervalle zwischen Laufen und Stehenbleiben verschoben sich. Die Laufstrecken wurden kürzer, die Pausen des Ausschnaufens länger.

Da . . . war da nicht ein Kleid?

Ganz weit hinten . . . ein helles Kleid . . . ein Fleck oben auf dem Rand des Deiches?

Der Wind blies es hoch . . . oder war es etwas anderes, eine Wetterfahne?

»Siehst du das, Yvonne?«

»Was?«

»Dort hinten ... geradeaus auf dem Deich.«

»Nein, ich sehe nichts.«

»Weit hinten ...«

»Doch, ja ... etwas Helles.«

»Ein Kleid? Kann das ein Kleid sein?«

»Schon möglich. Es bewegt sich. Das Mädchen hatte ein gelbes Kleid an.«

Detlev legte die Hände trichterförmig an den Mund.

»Carola!« brüllte er in den Dunst hinein. »Caroooola!«

Nach zwei, drei Sekunden sagte Yvonne aufgeregt: »Es bewegt sich rascher – aber von uns weg.«

Und wieder Detlev: »Carooola ... waaaarte!«

Carola wartete aber nicht.

»Carooola ...«

»Waaaarte ...«

Das flatternde Kleid verschwand plötzlich von der Deichkuppe. Detlev zog Yvonne an der Hand mit sich fort.

»Sie ist es«, keuchte er. »Sie hat uns gehört. Schnell, ehe sie ...«

Den Rest riß ihm eine Sturmbö von den Lippen.

Es war ein Wettlauf mit dem Tod, das wußten die beiden. Die Lungen drohten ihnen zu bersten. Yvonnes Kondition war längst aufgebraucht, und auch Detlev dachte vor jedem Schritt, den er sich abrang, daß es für längere Zeit der letzte sein werde. Und dennoch erreichten die beiden verhältnismäßig rasch die Stelle, wo sie das Kleid gesehen zu haben glaubten. Es kommt eben immer auf die Situation an, ein Beweis dafür, daß der menschlichen Leistungsfähigkeit schier keine Grenzen gesetzt sind.

Die Stelle war aber leer. Kein Mensch war weit und breit zu sehen. Detlev fing an zu fluchen. Yvonne bückte sich, um sich erschöpft zu Boden sinken zu lassen. Da sah sie einige sehr deutliche Fußabdrücke, die sich der feuchte Sand quasi nicht hatte nehmen lassen.

Detlev war am Fluchen.

»Kreuzdonnerwetter, wir müssen uns getäuscht haben, Sakra ...«

»Nein«, unterbrach ihn Yvonne, »da, sieh dir das an ...« Sie wies auf die Abdrücke im Sand.

Detlev besah sich die Spuren.

»Sie stand hier und ist weggelaufen«, erklärte Yvonne.

»Caroola!« schrie Detlev wieder in den Dunst hinein. »Sei vernüüünftig, komm heeer!«

Carola war aber nicht vernünftig und kam nicht.

»Mach keine Dummheiten, Carola!«

Detlevs Stimme zeigte bereits Abnutzungserscheinungen, sie wurde schwächer.

»Die muß noch hier in der Nähe sein«, meinte Yvonne. »Sie hält sich irgendwo versteckt. Sie kann in der kurzen Zeit nicht weit gekommen sein.«

Groß stellte sich Detlev auf die Deichkuppe. Seine Haare flatterten im Wind, der Mantel schlug ihm um die Beine. Sie sieht mich, dachte er, während er über das Watt blickte und mit den Augen den Deich und die Marsch absuchte. Sie sieht mich, und solange ich in ihrer Nähe bin, wird sie nicht ins Meer gehen. Das weiß ich. Deshalb bleibe ich hier stehen, den ganzen Tag, wenn es sein muß, und nachts lasse ich Scheinwerfer aufstellen, bis sie vernünftig geworden ist.

»Was machen wir?« fragte Yvonne.

»Ich rühre mich hier nicht von der Stelle«, entgegnete Detlev.

»Und ich?«

»Geh zurück, steig in deinen Wagen und fahr nach Hause.«

»Nein.«

»Du kannst hier nichts mehr tun.«

»Ich kann genausoviel tun wie du – oder genausowenig.«

»Ich bleibe hier stehen.«

»Ich auch«, sagte sie, hängte sich bei ihm ein und setze ihre Haare ebenfalls dem Wind aus. Da diese viel länger als seine waren, flatterten sie wie eine Fahne.

Stumm und lange standen Detlev und Yvonne Padenberg so auf dem Deich und starrten in den Dunst.

Und irgendwo in einem Winkel hockte ein Mädchen,

zerbiß vor Schmerz und Trotz ihr Taschentuch und suchte nach einer Möglichkeit, Detlev Padenberg in eine Schuld zu verstricken, von der er sich nie mehr würde befreien können.

Und das Meer gurgelte heran . . . das Meer, welches dem Mädchen Carola das große Vergessen bringen sollte.

XV

Jens Kosten näherte sich Padenbergs Hütte. Schon von weitem sah er einen Wagen der gehobenen Mittelklasse mit Flensburger Nummer davor stehen.

»Besuch«, murmelte er vor sich hin. »Das paßt mir gar nicht in den Kram.«

Er kam schließlich, um mit Detlev Padenberg ein Hühnchen zu rupfen. Seine Wut auf den Architekten, von dem er sich zu sehr enttäuscht fühlte, war groß. In seinen Augen hatte der Kerl eindeutig Mißbrauch mit Carola getrieben.

Doch dann fand Jens die Kate leer vor. Er betrat das Haus, nachdem er einige Male an die Tür geklopft, dann getrommelt hatte, ohne zum Eintritt aufgefordert worden zu sein. Es lagen untrügliche Anzeichen vor, daß in der Hütte noch kurz vorher Leben geherrscht hatte. Auf dem Tisch stand Kaffeegeschirr, eine Tasse war voll, auf dem Teller lag Gebäck. Die Schranktür stand offen. Auf dem Tisch lagen auch noch eine Damenhandtasche und ein Brief ohne Anschrift. Die Handtasche war geschlossen, der Brief lag offen herum.

»Niemand da?« rief Jens.

Er schaute auch in die Nebenräume, um sich zu vergewissern, daß er allein war. Dann zögerte er nicht, die Handtasche zu öffnen. Er wollte sich ja nichts aneignen, nur hineinschauen. Das Übliche: ein Taschentuch, Lippenstift, Puder, Zigaretten, Feuerzeug, eine Börse, noch einige Kleinigkeiten; ungewöhnlich war nur ein Ehering, der sich lose in der Tasche befand.

Nun der Brief. Auch diesmal war der innere Kampf zwischen dem Anstand des jungen Mannes und seiner Neugierde kurz. Letztere siegte.

Und dann wurden Jens die Knie weich. Er sank auf einen Stuhl, las den Brief zum zweitenmal, sprang auf und stürmte aus der Hütte. Aber wohin? Instinktiv wandte er sich zum Deich, fühlte sich jedoch der Lage überhaupt nicht gewachsen. Jens war einer jener modernen verhätschelten jungen Menschen, die in der Großstadt aufgewachsen waren und solchen Situationen völlig hilflos gegenüberstanden. Kopflos stolperte er herum, rannte kreuz und quer und dachte nur immer: Großer, allmächtiger Gott, laß das bitte nicht zu ... Dabei hatte er schon mit 14 Jahren nicht mehr am Religionsunterricht teilgenommen und sich auf seine atheistischen Erkenntnisse manches zugute gehalten.

Und gerade er, der den Kopf hier völlig verloren hatte, sollte Carola finden. Das geht oft so im Leben.

Jens bog um den Holzstapel an einer verlassenen Bauhütte in der Nähe des Deichs herum, als er einen halberstickten, erschreckten Ausruf hörte und aufblickte.

Vor ihm stand Carola.

Eng an die Holzstämme gedrückt, als verstecke sie sich vor jemandem, die Haare strähnig und unordentlich am Kopf klebend, das Kleid beschmutzt und durchnäßt, so stand sie vor ihm und sah ihn aus erschrockenen Augen an.

Jens Kosten brachte in diesem Augenblick kein Wort heraus. Er kam sich wie gelähmt vor, die Stimmbänder versagten ihm den Dienst.

»Jens«, stammelte das Mädchen, »was ... was machst du hier?«

Er öffnete den Mund, brachte aber kein Wort heraus.

»Wo kommst du her, Jens?«

»Carola ...«

Es klappte noch nicht ganz, er mußte einen zweiten Anlauf nehmen.

»Carola, ich habe dich gesucht . . .«

»Wie kommst du hierher, Jens?«

Es durchzuckte ihn plötzlich, daß sie entsetzlich frieren mußte in ihren durchnäßten Kleidern. Er knöpfte sich rasch den Mantel auf, wobei er sagte: »Ich gebe dir den, komm, du erkältest dich ja sonst und holst dir den Tod.«

Sie ließ sich den Mantel um die Schultern legen.

»Du solltest auch etwas Warmes trinken, Carola«, fuhr er fort. »Einen steifen Grog, schlage ich vor. Darf ich dich zum nächsten Gasthaus begleiten?«

»Du hast mir immer noch nicht gesagt, wie du hierhergekommen bist, Jens.«

Alles andere als die Wahrheit konnte ihm jetzt nur zum Schaden gereichen.

»Ich bin dir nachgefahren, Carola«, sagte er.

»Aber niemand in Hamburg wußte, wo ich bin.«

»Es war nicht so schwierig, das herauszubekommen.«

»Wieso nicht schwierig?«

»Die erste Etappe war Flensburg . . .«

»Flensburg? Von wem wußtest du das?«

»Von dir selbst am Telefon. Erinnerst du dich nicht mehr?«

Carola strich sich über die Stirn und erwiderte mit abwesendem Blick: »Nein, daran erinnere ich mich nicht mehr.«

»Du nanntest mir sogar den Namen dieses . . .«

Jens brach ab, da er erkannte, daß er dabei war, einen Riesenfehler zu machen. Doch es war schon zu spät.

»Welchen Namen, Jens?«

»Ist ja egal. Komm, laß uns gehen, Carola.«

Er streckte die Hand aus, um sie am Arm zu fassen.

Sie wich einen Schritt zurück.

»Welchen Namen?«

Er räusperte sich.

»Es war ja nur der Vorname.«

»Welcher?«

»Detlev.«

»Den habe ich dir genannt?«

»Ja.«

Der Zweifel wich nicht aus Carolas Gesicht.

»Aber Flensburger, die Detlev heißen, gibt's doch viele.«

»Sicher, Carola, aber nur ein Architekt in Flensburg heißt Detlev.«

Carola überlegte. Man konnte ihr ansehen, daß sie in Gedanken nachvollzog, was Jens vermutlich unternommen hatte.

»Du hast also«, sagte sie, »in Flensburg jenen Architekten ermittelt.«

»Ich bin hingefahren. Ja.«

»Und?«

»Und habe ihn im Branchenadreßbuch gefunden.«

»Wen?«

»Den Padenberg«, sagte Jens, fast ein bißchen stolz auf seine Findigkeit.

Carolas Reaktion holte ihn aber rasch von seinem Podest wieder herunter.

»Wer gab dir das Recht dazu?« fragte sie ihn kalt.

»Wo . . .wozu?« stammelte er.

»Mir nachzuspionieren.«

»Carola, das war doch kein Nachspionieren.« Er sah sie flehentlich an. »Wir hatten alle Angst um dich, ganz besonders ich. Du weißt auch, warum.«

»Du willst mir sagen, daß du mich . . . liebst?«

»Ja, unendlich«, erwiderte Jens leise.

»Immer noch?«

»Immer und ewig, Carola.«

Das klang so schön und so ehrlich, daß es Carola, ob sie wollte oder nicht, ein bißchen warm ums Herz wurde. Ein bißchen nur, aber immerhin . . .

»Ach Jens«, sagte sie nach einem flüchtigen leisen Lächeln, »ich verstehe dich nicht, du hast doch am eigenen Leib erfahren, daß ich dir den anderen vorgezogen habe. An deiner Stelle wäre das ein für allemal ausschlaggebend für mich.«

»Für mich aber nicht.«

»Jens, du bist verrückt.«

»Ja«, nickte er, »ich weiß, ich bin verrückt. Und es ist wohl so, daß mich das in deinen Augen erst recht erledigt.«

»Nein, Jens«, erwiderte Carola.

»Ich bin sogar so verrückt, daß ich dem anderen bis heute gar nicht böse sein konnte. Warum sollte er dich nicht lieben? Warum sollte dich nicht jeder lieben, der dich sieht? Das sagte ich mir, mußte ich mir sagen, aufgrund meiner eigenen Liebe ... bis heute«, wiederholte er.

Er tat dies mit einem gewissen Nachdruck, der Carola aufhorchen ließ.

»Nur bis heute, Jens?«

»Ja.«

»Soll das also heißen, daß du die Nase endgültig voll hast von mir?«

»Nein, nein, Carola, das soll heißen, daß ich neuerdings ganz anders denke. Ich hasse den Kerl. Wenn du willst, bringe ich ihn um für das, was er dir angetan hat.«

Die Temperatur fiel wieder in Carolas Herz. Kalt wurde ihr. Was weiß der? fragte sie sich. Detlevs falsches Spiel? Meine Blamage, mehr noch: meine Schande?

»Jens«, sagte sie, »ich möchte nicht, daß du dich in Schwierigkeiten bringst.«

Ich wurde benützt, dachte sie, wurde benützt, in der klaren Erwartung des Augenblicks, in dem ich weggeworfen werden würde.

»Er hat dir weh getan«, sagte Jens.

Sie brach in Tränen aus, deren sie sich nicht erwehren konnte.

»Ja, das hat er«, schluchzte sie.

»Ich bringe ihn um.« Jens geriet in Fahrt. »Ich habe deinen Brief an ihn gelesen.«

Carola erstarrte.

»Was hast du?«

»Deinen Brief gelesen. Er lag in seiner Hütte offen auf dem Tisch. Carola, du hast darin das Kind nicht beim Namen genannt, aber ich weiß, was er dir angetan hat.«

»Was?«

»Er hat dir nicht gesagt, daß er verheiratet ist, nur das kann es gewesen sein – oder?«

Ich wurde benützt und weggeworfen, dachte sie. Es ist bekannt.

Der Tränenfluß stockte.

»Woher weißt du das, Jens?«

Sicher von seiner Frau – wie ich – dachte sie. Er war ja in Flensburg. Oder hat er sie hier getroffen?

»Von deinem Vater«, sagte er.

Das Herz drohte ihr stehenzubleiben.

»Von . . .«

»Wir haben miteinander telefoniert.«

»Wann?«

»Vor wenigen Stunden. Er wollte von mir erfahren, wo du bist, damit er herkommen könnte.«

»Herkommen?«

»Ich habe es ihm aber nicht verraten. Er will nämlich den Padenberg erschießen, weißt du, sagte er, und dazu brauche ich ihn nicht, dachte ich und legte auf.«

Carola sagte nichts mehr. Ihr Entschluß, in den Wellen Vergessen zu suchen, der vorübergehend ins Wanken geraten war, stand nun wieder fest. Sie wollte nicht mehr leben. Detlevs Verhalten, ihr Schmerz, ihr verletzter Stolz, die Drohung des Vaters, das Entsetzen der Mutter, von der noch gar nicht gesprochen worden war, das alles war so fürchterlich, so unerträglich, daß Carola nichts mehr davon wissen wollte. Dem großen Vergessen galt erneut ihre einzige Sehnsucht. Notwendig war aber, dem lästigen Jens hier irgendwie zu entgehen, ohne sein Mißtrauen zu wecken, ihn zu überlisten.

Er fing plötzlich an, sich mit Selbstvorwürfen zu überhäufen.

»Komm, Carola«, sagte er, »laß uns jetzt endlich gehen. Ich Idiot quatsche und quatsche hier und vergesse ganz den steifen Grog, den du brauchst. Verzeih mir.«

»Einverstanden«, antwortete Carola mit einer Stimme, die

schon von weit her zu kommen schien. »Ich möchte vorher nur noch einmal einen Blick auf das Meer werfen. Die Zeit der Flut ist angebrochen, weißt du. Dieses Bild vergißt man nicht, wenn das Meer zurückkommt und das Watt versinkt. Man muß aber, um das zu sehen, auf den Deich hinauf. Wartest du hier?«

So dumm oder naiv war er nun auch wieder nicht.

»Nein, ich komme mit, Carola.«

Jenseits des Deiches gurgelte und gluckste es.

»Hörst du das, Jens«, sagte Carola, »die Flut, wie sie näher und näher kommt?«

Jens ging mit ihr über die Marsch, half ihr, den Deich zu erklimmen, und stand dann mit ihr oben auf der Kuppe. Im Dunst sahen sie die Umrisse der beiden Gestalten, in die bei ihrem Erscheinen plötzlich Leben kam. Die größere der Gestalten näherte sich ihnen.

Carola blickte zur Seite und sah dem Schatten entgegen. Und dann – ganz plötzlich – warf sie Jens' Mantel von den Schultern und rannte, halb fallend, halb gleitend den Abhang des Deiches hinunter in Richtung Meer, der Flut entgegen.

»Carola!« gellte Jens' Ruf über das Watt. »Carola!«

Dann hielt es ihn nicht länger, und er rannte ebenfalls den Deich hinab, watete durch den Schlick des Wattenmeeres.

Detlev Padenberg stand wie erstarrt und beobachtete stumm die Szene. Dann aber machte auch er einen Satz und kämpfte sich durch den Schlamm der fliehenden Carola entgegen.

Die Priele hatten sich bereits mit Wasser gefüllt, langsam trat dieses über die Ränder und durchweichte den Schlick. Von ferne hörte man das Brausen des Meeres, und man konnte die Minuten an den Händen abzählen, bis es wieder an die Deiche donnern und die drei im Watt umherirrenden Menschen verschlingen würde.

Padenberg, der ein hochgewachsener Mann war, versank bei jedem Schritt knöcheltief im Schlick. Das zehrte an seinen Kräften. Mühsam kämpfte er sich vorwärts. Nicht ganz so schwer hatte es der leichtgewichtigere Jens Kosten, der auch noch wesentlich jünger und damit in physischer Hinsicht ausdauernder als Padenberg war. Er kam schneller voran und blieb Carola auf den Fersen. Sie selbst hüpfte am leichtfüßigsten über die Priele und die saugende Schlammdecke. Mit einer fast an Eleganz grenzenden Leichtigkeit überwand sie alle Tücken des Watts und rannte mit flatternden Haaren dem gewaltigen Brausen zu – dem Meer entgegen.

Erschöpft hielt Padenberg inne und blieb keuchend stehen. Er begriff, daß es ihm unmöglich war, Carola einzuholen. Seine Hoffnung, daß Carola gerettet würde, gründete nur noch auf den jungen Mann, der ihr stetig folgte. Da er ihn nicht von vorne, sondern nur von hinten sah, erkannte er ihn nicht. Wer immer du bist, junger Mann, dachte er, gib nicht auf, hol sie ein, halt sie fest, bring sie zurück, du entscheidest auch über mein ferneres Leben.

Mit brennenden Augen, die Lippen fest zusammengepreßt, stand Detlev Padenberg im Schlamm und erwartete das Meer.

»Detlev!«

Ein dünner Schrei im Brausen der Elemente – des Wassers und der Winde – erreichte ihn; er war von hinten gekommen.

Yvonne Padenberg war ebenfalls den Deich heruntergeklettert und stand nun am Rande des Watts.

»Detlev!« schrie sie wieder. »Zurück! Die Flut kommt! Sie ist schon da!«

Detlev hörte die Schreie seiner Frau, aber er wandte sich nicht nach ihr um. Mit starrem Gesicht stand er wie angewurzelt im Schlamm und blickte der Flut entgegen.

Auch Carola und Jens hörten Yvonnes Rufe. Das veränderte die Szene. Beide verhielten den Schritt, blieben stehen, Jens etwa zehn Meter hinter Carola. Beide drehten sich um und sahen zwischen dem Deich und ihnen Padenbergs Gestalt, groß, unbeweglich, gegen den Dunst sich abhebend. Noch weiter hinten, am Fuß des Deiches, rannte ein

Schatten verzweifelt hin und her.

Nun erkannte Padenberg den jungen Medizinstudenten.

Es lag ihm auf den Lippen zu rufen: Idiot, was stehst du rum? Schnapp sie dir, das ist die Gelegenheit! Starr nicht zu mir her!

Aber er schwieg. Es war ihm wohl klar, daß er mit einem unbedachten Wort alles hätte verderben können.

Du Schwein, dachte Jens Kosten, siehst du nun, was du angerichtet hast? Du bist schuld, und sonst keiner. Warum gibst du auf, warum gehst du nicht weiter? Die Hose voll, was? Du siehst, daß es ernst geworden ist, du Scheißkerl.

Warum lassen sie mich nicht endlich in Ruhe? dachte Carola. Warum gehen sie nicht zurück? *Ich* will sterben – nicht sie! Aber wenn sie nicht zurückgehen, sind sie ebenfalls verloren. Für Detlev wäre das vielleicht die gerechte Strafe, was aber wäre es für Jens?

»Jens«, rief sie mit unterdrückter Stimme.

Dieser wandte sich von Padenberg ab und ihr wieder zu.

»Jens, was willst du? Hau ab!«

»Nein, Carola.«

Er sagte es ganz ruhig, aber felsenfest entschlossen. Tödlich entschlossen.

»Jens, ich mag nicht mehr, und du kannst das nicht verhindern.«

Er machte einen Schritt auf sie zu, den gleichen Schritt tat sie in Richtung Meer. Der Abstand zwischen ihnen blieb der alte.

»Carola«, sagte er so ruhig wie vorher, »laß jetzt den Quatsch, es ist genug.«

Wenn er Zeit und Gelegenheit gehabt hätte, sich selbst zu beobachten, hätte er sich selbst gewundert.

»Jens, du bist wahnsinnig.«

»Das wissen wir doch schon, Carola.«

»Was wissen wir schon?«

»Daß ich wahnsinnig bin.«

»Wieso?«

»Vor zehn Minuten stellten wir fest, daß ich verrückt bin –

und jetzt bin ich wahnsinnig. Ist halt noch ein Stückchen dazugekommen.«

»Jens, wenn du nicht auf der Stelle von hier verschwindest, bist du's wirklich.«

»Ich weiche keinen Millimeter von hier, Carola.«

Er versuchte es wieder mit einem Schritt auf sie zu. Das Resultat war das gleiche wie vorher.

»Detlev!« rief Yvonne Padenberg inzwischen immer wieder in wachsender Verzweiflung. »Komm zurück, Detlev!«

Nach Carola ruft sie nicht, dachte Jens verbittert. Die ist ihr völlig gleichgültig. Und ich auch.

Das Wasser stieg und stieg. Schon schwappte es ihnen um die Waden.

»Jens«, begann Carola noch einmal, »geh zurück.«

»Nein, Carola.«

»Ich verlange von dir, daß du es tust.«

»Nein.«

»Dann flehe ich dich an. Du konntest mir doch nie eine Bitte abschlagen.«

»Das ist lange her, Carola. Diese Bitte kann ich dir jetzt schon abschlagen.«

»Jens«, rief sie, »begreifst du nicht, ich will sterben!«

»Es sieht so aus, ja.«

»Aber allein! Nicht zusammen mit dir!«

»Das *allein* mußt du dir aus dem Kopf schlagen, Carola«, sagte er so ruhig, aber auch so entschlossen wie bereits die ganze Zeit. Mit einemmal war der Spieß umgedreht. Ein geniales Resultat. Jens hatte es erreicht, ohne sich darüber im klaren zu sein, was er tat. Ein psychologischer Umkehrschluß war vollzogen worden. Von nun an zog Carola mit jedem Schritt, den sie zum Meer hin tat, Jens mit sich in den Tod; nicht mehr Jens stand als derjenige da, welcher sie in den Tod trieb, wenn er sich von der Stelle rührte.

Und das Wasser stieg weiter. Bald leckte es ihnen an den Knien.

»Carola«, meinte Jens, »es wird Zeit: Entweder du kehrst um, oder wir bleiben beide hier.«

»Worum ich dich bitte, habe ich dir gesagt, Jens.«

»Und ich habe dir gesagt, was überhaupt nicht in Frage kommt, Carola.«

»Jens, du . . .«

»Erspar dir jedes weitere Wort, Carola. Ich sehe, dein Entschluß steht fest, der meine auch, laß ihn uns gemeinsam ausführen. Ich schlage vor, du bleibst stehen, ich komme zu dir, und wir gehen miteinander weiter, Hand in Hand . . .«

»Warum du?« rief schluchzend Carola, der die Tränen in die Augen schossen.

Jens setzte sich in Bewegung, wobei er sagte: »Ich werde dich nicht täuschen, ich will dich nicht überlisten. Mein Wort gilt. Ich werde mit dir weitergehen bis zum Ende, Carola.«

»Warum du, Jens?« schluchzte sie noch einmal.

»Weil ich ohne dich nicht leben will, Carola.«

Sie blieb stehen. Fassungslos blickte sie ihm entgegen. Irgend etwas wollte sich in ihrem Gesicht abspielen, hatte aber nicht die nötige Zeit dazu, denn zehn Meter sind eine kurze Strecke, und Jens legte sie zügig zurück.

Mit einem Lächeln, aus dem jede Angst gewichen war, erreichte er Carola, durch deren Körper ein Zittern lief.

»Komm«, sagte er, »gib mir deine Hand . . .«

Und wenn sie etwa noch immer damit gerechnet hatte, daß er kehrtmachen und sich mit ihr dem Deich zuwenden würde, befand sie sich im Irrtum. Sein Blick blieb hinaus auf das Meer gerichtet.

»Jens«, kam es tonlos von Carolas Lippen.

Dann fühlte sie plötzlich, wie der Boden unter ihren Füßen nachgab. Die Knie knickten ihr ein, ihr Körper wankte, in ihren Ohren dröhnte und brauste es. Hilfesuchend griff sie nach irgend etwas . . .

»Jens!« wollte sie rufen, es wurde aber nur noch ein erstickter Laut.

Ein ungeheurer Schwindel überkam sie, und noch im Fallen fühlte sie, wie sie emporgerissen wurde, glaubte aber dennoch, sie fiele und fiele ..., bis es dunkel um sie wurde.

Jens hielt die Ohnmächtige in seinen Armen.

Wohin mit ihr?

Er war wahrhaftig ein Mensch, der sich das fragte. Band ihn sein Versprechen noch? Oder rief ihn eine andere Pflicht?

»Mann«, drang eine rauhe Stimme in sein Ohr, »worauf warten Sie? Raus aus dem Watt, es ist allerhöchste Zeit!«

Detlev Padenberg.

Jens schaute sich um, sah den Architekten, der ihm winkte. Der Schatten beim Deich bewegte sich nicht mehr. Yvonne starrte gebannt auf die Szene, die sich ihr darbot. Jens warf sich den Körper der Ohnmächtigen über die Schulter. Keuchend unter der Last, watete er im Schlamm zurück zum Deich, nun wieder beseelt von dem Willen, den Wettlauf mit der Flut zur rettenden Küste zu gewinnen.

»Schneller!« rief Padenberg ihm zu.

Die Füße im saugenden, quatschenden Schlick wurden ihm zentnerschwer.

Das Rollen und Donnern des Meeres kam näher.

»Schneller, verdammt noch mal! Nicht einschlafen!«

Ich trete ihn in den Arsch, wenn ich ihn erreiche, dachte Jens, der vor Überanstrengung schon abwechselnd schwarze und rote Ringe vor den Augen sah. Es war aber so, daß dem provozierenden Verhalten Padenbergs ein durchaus ehrenwertes Motiv zugrunde lag. Aus Jens mußte das Letzte herausgeholt werden. Und das war nur auf diese Weise zu erreichen.

Detlev konnte die Situation klarer überblicken als Jens. Normalerweise gab es für Jens – und damit auch für Carola – keine Rettung mehr, die beiden waren verloren. Alle Zurufe wären deshalb an sich sinnlos gewesen. Detlev hatte aber etwas gesehen, das dem unter Carolas Last gebeugten Jens bis zu diesem Moment noch entgangen war. In der Nähe des Deichs, von links kommend, war ein Punkt aufgetaucht, der rasch größer wurde. Was oder wer mochte sich in diesen letzten Minuten noch im Watt befinden? Detlev fand keine Antwort auf diese Frage, doch als der Punkt immer größer wurde, Formen gewann, Umrisse annahm, war zu erkennen, daß es ein Mann auf einem Wattschlitten war, der schnell und wendig über den Schlamm sauste.

Das ist die Rettung, durchzuckte es Padenberg. Ein Schlitten!

Es war das Leben, das von dort herannahte.

»Nach links!« schrie Padenberg Jens zu, und nun sah auch dieser das Gefährt. Von einem Mann mit dem Fuß über den Schlamm dahingestoßen, schien es unglaublich leicht heranzugleiten.

Geschafft, hämmerte es in Jens, und jetzt, da er die Rettung vor Augen hatte, war er mit seinen Kräften schlagartig am Ende. Er taumelte und sank gerade in dem Augenblick zu Boden, als Per Fringold von seinem Schlitten sprang und ihn stützen wollte.

Mit ausgeruhten, kräftigen Armen lud Per die immer noch ohnmächtige Carola Burghardt und den völlig ausgepumpten Jens Kosten auf das schmale Brett des Schlittens, klemmte sich selbst dahinter und hob das Bein, um sich wieder abzustoßen. Das mußte alles sehr schnell gehen, doch noch einmal war ein kurzer Stopp nicht zu vermeiden. Detlev Padenberg kam heran.

Nach einem Blick auf Carola sagte er zu Jens: »Bravo, Junge!«

Jens sah durch ihn hindurch.

Padenberg glaubte noch hinzusetzen zu müssen: »Ich werde dich für die Lebensrettungsmedaille vorschlagen.«

»Hau ab, Mann!« erwiderte Jens Kosten nur.

»Vorsicht!« rief Per Fringold. »Wir müssen weg!«

Padenberg war ihm im Weg. Er wollte ihn nicht über den Haufen fahren. Im nächsten Augenblick setzte der Sturmritt des Schlittens über den Wattstreifen, der eine Region des Todes war, bis hin zum Fuß des rettenden Deichs ein. Dort stand Yvonne Padenberg und streckte die Hand aus, um ihre Hilfe anzubieten, die aber ausgeschlagen wurde. Per schleppte Carola den Abhang hinauf, Jens versuchte den Anstieg aus eigener Kraft und schaffte ihn auch. Oben auf der Kuppe setzte er sich in das nasse, harte Gras, das spärlich auf dem Deich wuchs. Mit unendlich müdem, fast gleichgültigem Blick sah er die ersten Wogen heranrollen.

Detlev Padenberg wußte, daß es für ihn hier nichts mehr zu bestellen gab. Die Gefühle, die Jens Kosten ihm entgegenbrachte, waren verständlich. Er war ehrlich genug, sich innerlich einzugestehen: Ich habe nichts anderes verdient.

Mit gesenktem Haupt ging er davon, die verwirrte Yvonne folgte ihm. Schon nach wenigen Minuten dachte sie nur noch an die Maßnahmen, die sie ergreifen mußte, um ihn vor jedweder Erkältungskrankheit zu schützen.

Nicht mehr gerettet werden konnte der Wattschlitten. Die tödliche Flut, die nach Opfern gierte, mußte sich mit ihm begnügen. Als er innerhalb von Sekunden in den rollenden Wogen verschwunden war, sagte Jens zu Per, den der Verlust sichtlich traf: »Keine Sorge, wir beschaffen dir einen neuen. Die Rechnung kriegt der!«

Mit dem Daumen wies er dabei, ohne hinzusehen, in Richtung des sich entfernenden Detlev Padenberg.

Carola, deren Kopf Jens inzwischen in seinen Schoß gebettet hatte, schlug die Augen auf und blickte in sein Gesicht.

»Jens«, sagte sie leise.

Da er glaubte, sein Kompetenzen überschritten zu haben, wollte er rasch zur Seite rutschen, um ihrem Kopf eine andere Unterlage zu beschaffen. Sie sollte beileibe nicht den Eindruck gewinnen, daß ihre Bewußtlosigkeit von ihm unstatthaft ausgenützt worden war.

»Jens«, sagte Carola, »halt still . . .«

»Carola, ich wollte nur . . .«

»Halt still.«

»Carola . . .«

»Ich möchte so liegen bleiben, Jens.«

Da brausten kein Sturm mehr und kein Ozean, sondern das Meer sang. Da erschien dem glückseligen Jens der

Himmel plötzlich herrlich blau, obwohl dieser düsterer und grauer denn je war. Da jubilierten Nachtigallen, obwohl in dieser Gegend nie etwas anderes zu hören war als der eintönige Schrei der Möwen.

Jens lächelte . . .